巨鲸歌唱

周晓枫——著

中信出版集团 | 北京

图书在版编目（CIP）数据

巨鲸歌唱 / 周晓枫著 . -- 北京 : 中信出版社，
2019.7（2026.1 重印）
ISBN 978-7-5217-0662-8

Ⅰ . ①巨… Ⅱ . ①周… Ⅲ . ①散文集—中国—当代
Ⅳ . ① I267

中国版本图书馆 CIP 数据核字 (2019) 第 098646 号

巨鲸歌唱

著　　者：周晓枫
出版发行：中信出版集团股份有限公司
（北京市朝阳区东三环北路27号嘉铭中心　邮编　100020）
承 印 者：嘉业印刷（天津）有限公司

开　　本：880mm × 1230mm 1/32　　印　　张：10.25
版　　次：2019年 7月第 1 版　　字　　数：208千字
印　　次：2026 年 1 月第 8 次印刷
书　　号：ISBN 978-7-5217-0662-8
定　　价：58.00 元

目录

巨鲸歌唱 _ 1
素描簿 _ 37
弄蛇人的笛声 _ 53

盛年 _ 78
夏至 _ 95

月亮上的环形山 _ 122
幼象 _ 150
毒牙 _ 160

紫禁红 _ 171
硬果核 _ 214
有关离开的三个梦 _ 224
纸艺里的乡村 _ 231

独唱 _ 250
齿痕 _ 277

跋：形容词赞美诗 _ 316

巨鲸歌唱

序曲

并拢手指，拱起手背，当我们用手模仿贝壳形状捂住自己的耳朵时，很快就能听到低沉而熟悉的冲刷声。那是血液流过头部微血管的声音；那是潮汐，储存在记忆里的声音。血，有海水的咸度。

海。除了悬在钟摆上的时间，也许海，是唯一在重复中永不让人厌倦的事物。安徒生童话里说，哑言的小人鱼，生活在无论多么长的锚链都无法触及的深海之国。多年前，电视台播放美国连续剧《大西洋底来的人》，我一直记得麦克·哈里斯那双湿蓝的眼睛，记得他与女科学家伊丽莎白之间难以言明的依恋——那是工业时代另一性别版本的人鱼故事吧，只不过，麦克与伊丽莎白之间，互为拯救者。我喜欢人鱼之类的角色，因为，他们怀有高度克制的深情和强烈的自我牺牲倾向。我想，只有大海，才能赋予他们那种爱的天分。

不过，所有生命都起源于海洋，我们的祖先也置身其中。因此能够解释，为什么酸甜苦辣咸，人生诸味中，我们的肌体唯一离不开的是盐。味蕾上的咸，带来大海之味，让我们得以返回古老的家园。食盐，已经成为日常化仪式，它不仅决定人体的酸碱平衡，更用于不断巩固我们关于海洋的回忆……鲑鱼一样，溯流而上，我们凭借味道的指引游向故乡。

‖ 水母

我沿着潮汐变幻的曲线向前走，海水有些凉。这个新开发的旅游区域游客不多，何况时间还早，天刚放亮。船已载着渔获归来，抬走的编筐里是垂死的鱼和它们银币般脱落的鳞。船头前端的数米外，有一摊灰白色的东西。我凑过去看。原来，渔民先把网中捕捞到的收获倒在沙滩上，拣走鱼虾，剩下这片毫无商业价值的水母。

它们大小整齐，差不多相当于一元硬币的直径。灰而透明，接近死人指甲盖那种颜色，此种审美，一直受到亡灵的青睐。这些死去的水母滑腻腻的，我不知道泡沫般的尸体是在萎缩还是膨胀，赤脚走上去，半液态的凝胶状物经过挤压就不分彼此地从我趾缝间流出来。离水之后，水母迅速变成了鼻涕样的流状物，不仅不美，还有点恶心。

作为刺胞动物的水母，出现时间比恐龙还早，可追溯到6.5亿年前，虽然它们个体的平均寿命短暂到只有几个月。水母没有耳目，也没有大脑和心脏，通体晶莹，长得分外抽象；甚至没有动物完整的体积感，仿佛是从某种动物体腔里掏出的内脏，或者鱼鳔、消化肠道之类的东西。但水母的运动方式，或如心跳；或者就安静地漂游，像传说中灵魂的样子。

被渔网捕获之前，水母看起来是最具诗意的精灵。像开放在水里的樱花……轻盈，飘逸，有种幻觉之美。有的具有钟状的简洁外观，有的缠绕蕾丝，更夸张的造型让人错觉水母属于外星生物。许多水母都会发光，它们提灯聚拢而来，让大海有如一个充满萤火虫的童话之夜。

水母往往以不可计量的复数存在，虽带来盛大花事，但那么短促汹涌的春天，需要不菲的供养。触手里密布毒刺细胞，水母随时寻找猎物，不放过渺小的浮游生物，甚至不惜同类相残。有人被水母蜇中，不仅肉体备受折磨，还险些丧命，再见妖异之物，形同水疱，毫无美感可言，更别提僧帽水母招魂幡般垂长的触丝——水母漂浮，本身就像死在水里的幽灵。我也曾遇袭，多亏及时上岸逃脱，但皮肤也是痒痛难忍。多年前，我有过食用蘑菇轻度中毒的经历，再加上这次水母之害，加深了我一种盲目而存有偏见的个人禁忌：对带有菌盖的东西要警惕。这种样貌所象征的保护，无不针对它们自身；而针对自身过度的保护里，往往暗藏对他人的险毒。

尽管是雌雄异体，但集群而来的水母依然给人感觉是个庞大的女儿国。水母纯洁无辜，手臂轻盈，然而对胆敢碰触者，杀无赦，后者将死于它们复古的裙撑之下。它们贞烈到了残酷的程度，柔软肘臂成为冒犯者的绞索，然后水母把填入腔囊的牺牲品处理为液体——这不容玷污的女性，将独饮这杯复仇的汤羹。

水母漾动，仿照着大海的律动，就像一片树叶模仿整棵树；海，亦如巨水母，伸出浪涛的触手，俘获猎物，填进它辽阔透明的腔囊。当溺亡者被冲上沙滩，月亮高悬，就像有着锈斑的斧刃……是否，噩运的步履轻盈，一如水母那有毒的安详？

Ⅲ 潮汐

潮汐，使海拥有自己的心跳，于是海不再是简单的地理概念，而是具有生物学特征的活体：蓝皮肤的海巨人有着古老而饱满的生命，我们能从潮汐里感受到原始情欲般不息的律动。

最初只是缓梯形的波浪，渐渐，海面现出猛虎的条纹……涨潮时的大海暗蓄风雷。近礁的迟钓者会因为一时贪心酿成大错，仅仅是晚于收竿，潮位就已发生变化，海水迅速吞没折返的路；他回不去了，拳击般迎面而来的浪头将把他带到与归途相反的方向。

当波涛如战鼓，当默默积聚的浪就像鲸鱼涌起的背，大海以令人震撼的席卷之力传达着它的愤怒。它似乎渴望着某种破坏和审判。巨浪澎湃，组成巴洛克式的白色塔尖——海洋，这座可以深到黑暗、深到绝望的深蓝教堂里，我猜测其中存在着怎样的宗教。既有云水襟怀，吐纳，承受，创造，海洋养育众生；同时，也根本不屑于为残暴寻找任何借口，血淋淋的即时杀戮进行得如此干净和纯粹，大海坦然执行它的法则——它的世界里，没有形容词的修饰，没有定语的位置。海就像初婴或者成熟到疲倦的神那样，不必支配话语，它不必依靠交流来获取能量和援助，海的世界根本不需要坐标系的校正。这是一种任性的强大，或者强大至此，才能拥有任性所象征的自由。海之所以令人敬畏，还在于，它的暴力同样可以漠然地作用于自身。风暴来临之前饥饿的海面，天空翻滚末日般的乌云，海水呈现出墓碑般的岩灰色。暴风雨只有开始的几分钟像打击乐，此后很快变成混浊的交响。为了锻炼勇气，我曾经尝试体验风浪，但大海那自毁般的无畏令人落荒而逃。到处是破碎的被强力撕扯的波浪，那时，连大海本身都像是残骸。我想起尤瑟纳尔提到过一句话："尊敬"这种纯金，如果不掺杂一定的恐惧成分，可能会太软。

幸好，海还有它的消沉、它的倦怠，还有它的无能为力，否则，海只是不受道德拘禁的兽王，让人类这种陆地生命难以亲近。正如醉酒的不断翻腾的胃囊，海呕吐着它尚未消化的东西：贝壳、死鱼、沉船上的遗骸。有时，累极了的海几乎无力掀动波浪，光线阴沉，我们看到的是水银般的、波动得异常缓慢、晦暗而凝滞的大海——那因庞大自重而不能挪移的巨物，慢慢丧失它的挣扎。尤其退潮时分，浪涌越来越弱，泡沫散碎，像垂危者逐渐松开的拳头……这是弥留之际的大海。

日复一日，海，重复这样的节奏，从雷霆万钧到筋疲力尽，它一次次复活，再度浪涌，隆起蝶泳者那有弧度的背肌。海在潮汐中不断复习，仿佛这是循环的历法，仿佛是在重复中巩固自制的律令。每当凝望大海——那喘息的胸膛，我总能感觉某种极端的激情：像追逐真理那样因无望而无限的激情。这种激情，甚至能表现出至为节制的力量。有时候的海水万般柔情，波浪就像动物被抚触的皮毛那样掠过一阵阵既迷醉又紧张的战栗——什么样的手，使大海这样的巨兽也为之颤抖，并在永不止息的剧烈渴望中自我折磨？

谜样的月亮，想象力之外的魔法。当首次得知潮汐主要来自月亮的牵引，我惊异不已，相当于听说蝴蝶用翅膀吊起了桶里的井水。月亮如此皎洁、宁静，它只是一小片虚幻的光。即使用调焦后的望远镜窥视，像把花瓣放在显微镜下的载玻片那样，我们看到的，依然是它内部的荒凉：碱性的月壤，注定只能种植一株落尽叶子的树；树下，旋转着清凉寂寞的舞者。气质孤楚，月亮带了一点病态的温柔。缥缈、微凉、静若处子，纸薄的月亮却能搅动遥远之外的海洋暴力。

这奇怪的对称，也许反倒是通约的法则：唯轻盈之物才能制衡最大的重器。比如灯塔之光指引万吨巨轮。比如理想，仅凭它动听的发音，可以让几代人甘愿付出喉咙里的血。比如死，为了抵偿它的安静，我们动用了一生的喧嚣。在更大的意义上，对诸如轻重大小的理解似乎是与日常远远不同的。所以最后的伊甸园未必存在于浩茫天际，也许是藏在小孩子的瞳孔里。所以，当月亮里的占卜者起舞，能够召唤史诗般汹涌的海水，召唤眼线狭长的信天翁展翼迁徙，召唤鲨鱼露出齿锋，召唤锚状海星，渐渐变成寂静的标本……

月亮月亮，无比安宁，这金黄斑驳的鱼鳞是大海所敬拜的图腾。一涨一落，巨大的蓝心脏为它而跳动、激荡。

Ⅳ 壳

退潮了。海浪携卷着将被它离弃的孩子，涌上墓地般的沙岸；潮水一次比一次更低，又像送礼物的使者慢慢退出了房间。裸露出来的沙滩，面积越来越大。这是个看似空旷却乐趣无限的乐园。摄影镜头为我们展示过另外的海滩，动物是那片领土的王。鸥鸟密集，到处是嘈杂的叫声、翅膀、粪便和卵。还有海象的聚合地，它们臃肿地拥挤在一起，肉滚滚的沙丘绵延，尝试移动位置是困难的，沉重庞大的身躯即使在运动中也像搁浅在沙滩。海象抬起它多褶的额头，当它用短而有力的桨叶形腹肢支撑着肥重的上半身来瞭望，看起来有种随时失衡的吃力感。对于人类而言，一个成为乐园的沙滩必须具有形式主义的空旷：没有季节性繁殖的鸟兽带来的视觉以及道德上的干扰；涛声近在咫尺，却传递着内藏其中、只可意会的静谧；孩子们既可以在此建筑工程浩大的沙堡，也可以就近找到丰富得近于无限的万物。

礁岩间，残留的水洼里保护着暂时滞留的鱼苗，以及和它们一样害羞的紫红色或棕绿色的藻葵。虾特别精巧，石英质般剔透。小得像蜘蛛的螃蟹，虚张声势，随时高举透明的小螯示威示警，并趁机侧身溜进气孔只有一颗痣那么大的洞穴之中。退潮后留下来的海生物，多数是些微型体。这些缺乏经验的小生命，在世时间尚短，没来得及充分掌握潮信的规律。

退潮时的大海，等于为食客提供了一张享乐的餐台和铺在上面的平整桌布：因为，贝类的美味。是的，贝类是如此迷人的食物，以至于它从边缘漫溢出来的肉色在我们看来就像飘摇在酒肆外的幌子。即使以贩卖为目的的采贝者，也难以抵抗即时的诱惑，虽然职业就是在礁石上敲敲打打撬走牡蛎，但在劳作过程中，他们也会奖励自己，用小刀直接别开牡蛎的锁扣，像吸啜汤羹一样饮用它们流质的肉体——如此新鲜，滑下喉咙的时候能感觉到牡蛎美妙的漾动。

内里柔弱，但双壳纲的闭壳肌之力，胜过胡桃夹子的咬合。它生活在严谨的对称之中，闭合着自己那修士般庄重的灵魂。因为软体动物没有四肢来进行反抗，外力强制给它的任何东西，它都只能作为自身的部分来接纳，无论过程中有多么艰难和疼痛。由于这种内在其实也是被迫性的宗教情怀，软体动物不得不发育硬壳来保护自己，以防受到频繁、轻易或过度的侵犯。我有一枚童年获赠的宝螺，润泽的瓷釉上，它的斑点边界不清晰，有晕染效果，一如透过泪光看到的星空。宝螺的唇齿很厚，但其间裂隙很小，铺张开来的肉身能通过区区几毫米的窄门收纳回来，就像魔术师把手绢塞进攥紧的拳头……美妙的缩骨术，软体动物把骨头本身都缩减为零。总而言之，贝壳是相当羞怯的动物，性情上喜欢隐蔽自己。也许它是小小的僧侣，终生背负袖珍的教堂。

位于辽东半岛的蛤蜊岛曾给我不同的体验。当潮水涌来，我不能像在其他海滩那样高高跃起或者逐浪奔跑，因为脚下，在浪与沙的衔接地带，厚厚堆积着宽达数米的贝壳带。我随手捧起一把，有浅碟形的乌蛤，剃刀状的蛏子残片，竟然还幸运地得到一枚女巫骨螺——狞厉的美，鱼刺状的棘，美人鱼用它梳理自己藻草般的长发。从继续涌来的海浪里，我听到贝壳相互之间摩擦的声音，千百万破损的贝片依然闪耀着壳上精湛的设计工艺以及内部的珠母光泽。有些收藏者毕生未见过活体贝类在海中的样貌：软体部分鲜艳夺目，甚至使壳体黯然失色。不过即便如此又如何？还不是买椟还珠的另一出戏？就像蝴蝶再蹁跹舞动，人们要的，只是它死去的鳞彩。因为贝壳之美，命运已是既定，对狂热的收藏爱好者来说，贝类只是住在精雕细镂的棺木里，如果需要，应该以生命为代价殉葬自己的美。有意思的是，无论贝壳怎样妙丽如歌剧里的花腔，它们的口盖都大同小异，样式非常简易，棕色，薄薄的，有指纹样的涡线——当贝类从壳子里探出脚来，就像讲究的人穿着旅馆里提供的简易拖鞋。

我把一只锥螺对准太阳的方向，隐约看到它内部通透的光晕和完美的螺轴。螺线具有不可思议的数学之美，我知道，这种融合极具感性与理性的螺线设计，体现在宇宙的每个角落：从猎犬座的涡旋星云到漏斗形的飓风，从盘羊坚硬而对称的巨角到植物向上攀援的触丝，乃至巴特农神殿的陶立克柱，以及，人类听骨之后隐秘的耳蜗。这只锥螺的轴线，其实，藏了神创世时的一个元音。于是住在蛤蜊岛的当晚我梦见，死去的螺在海底敲钟，以自己的肉撞击自己的壳，完成最后的晚祷。

贝类身上体现了奇异而极端的矛盾，它把最柔软和最坚硬的、把肉的蛋白质和壳的碳酸钙结合起来，可谓刚柔并济。换言之，伴随成长，贝类始终平均分配这两种对立的化学物质。然而不幸，对人类而言，贝壳不过是在完美地同时增长自己的食用价值与观赏价值。

我的女邻居热衷海鲜，我记得她边吃扇贝边发表的言论："长着那么硬的壳，有什么用呢？贝类又没有一颗蕴藏的心。在我看来，没有心脏的肉体根本是不需要护佑的。"她指端托着扇贝，那半片壳像只浅口碟，上面凸起的放射肋组成精巧的条纹，"没有心脏就没有头脸，

我把一只锥螺对准太阳的方向，隐约看到它内部通透的光晕和完美的螺轴。螺线具有不可思议的数学之美，我知道，这种融合极具感性与理性的螺线设计，体现在宇宙的每个角落：从猎犬座的涡旋星云到漏斗形的飓风，从盘羊坚硬而对称的巨角到植物向上攀援的触丝，乃至巴特农神殿的陶立克柱，以及，人类听骨之后隐秘的耳蜗。

所以贝啊螺啊，天然就像加工好的食物，吃它们不会产生吃别的肉那种面对它们眼睛的歉意和压力。”

可是既有壳又有头脸和心脏呢？也没逃过我们的嘴。比如蟹，铠甲覆身，长得就像中世纪的武士，甚至冷兵器时代的武器本身。体型大的蟹，有着微型坦克般庄严的震慑力，它状如铁锤的螯足令人生畏。不过像拳击蟹这种听起来吓人的武者，身量不过硬币大小，但它好勇斗狠，无论对手是怎样凶悍的猎食者，它都挥舞前螯无畏应战，有着从不屑于衡量输赢的一腔悍勇。我曾在纪录片中看到过一只拳击蟹搏斗，它的螯足有些团絮，开始我还以为是它的拳击手套有些破旧，被撕成了褴褛布条似的，定睛观察，才发现，是它抓着有蜇刺的海葵准备扔向敌人。因为它孩子气的勇敢，我不禁莞尔。可惜，螃蟹这样装备齐全的孔武者，硬甲还是被剪钳拆卸，脂膏成为人类唇齿间融化的美味。

越是硬质的保护，越有软质的心肠。也许这有助于鼓励我们穿越生活中无情的甲胄，去触及隐藏在背后那暖意的体温。就像冰冷的钟被撞击，传来的却是清越之音；就像通过霹雳金刚手段，体会菩萨慈悲心肠。不过，一切也互为因果：由于悦耳，响器才遭受频繁的击打；正因为那无能为力的至深的柔情，许多人才敢把渎神当作日常的娱乐。

……越过杯盘狼藉的餐桌，女邻居正在晒太阳的宠物龟一动不动，它有雕塑般的尊严感。我想起它那些漫游在大海里的同类，想起海龟用马赛克镶嵌的脸和身体，想起照进海水的光线如何在它们图案复杂的背甲上制造神秘而转瞬即逝的波光。乌龟，这一动物家庭如此独特，它们不但具有完整的内骨骼，同时还有拱形背甲和平坦的腹甲。有些品种的海龟所覆盖的并非骨板，而是革质的硬皮。生物学家说，乌龟的背甲只是肋骨骨架的延伸；我们只能把这种令人迷惑又迷醉的科学解释，恍惚地，复制到神话绘画中——天使只是把肩胛骨延伸成翅膀。爬行动物通常没有表情，奇怪，龟却终身带着苦役者的神情。即使刚刚孵化的小海龟，一爬出沙坑，就带着父辈那种奴隶表情。海龟遵循家族的传统，行动节奏也分外缓慢——带着那种悲哀者特有的缓慢，它们下潜到无边的咸味里。

如果说，海龟曾经敏捷和惊慌，唯有在它们的初生时刻。小海龟需要离开孵化地，穿越沙地，抵达海岸线。被密集的、赶赴飨宴的海鸟阻击着，只有少数幸运者能通过这个猎食者从天而降的危险地带。

V 海鸟

海鸟翱翔，它们是最自由的精灵。天空、陆地和海洋，没有什么能够限制，没有哪里能够阻碍，翅膀把它们带到任意的地方。它们穿过挟带闪电的翻滚云层，在荒凉的岛屿上热烈逐爱，或者，下潜到大海的深蓝之中。陆地般沉实的海床上，承载着海水；动荡起伏的海面上，承载着无尽的风……而这一切，都在海鸟的腹羽与弓弩形的翼骨之下。许多海鸟的巢建在悬崖峭壁上，因为习惯于一出生就面临险境，它们把令人眩晕的高度和危险都视为常态。

鸟类据说由恐龙进化而来，这是多么非凡的进化：由庞大笨拙，变得自由敏捷。它们选择轻盈，因此无往不至，鸟类懂得一种形而上的诗意的哲学。无论初次尝试的雏鸟，还是迁徙中的鸟群——它们飞起来的时候，就像歌声一样。

我通常会想起的海鸟，有敛起翅膀炮弹般坠入、潜海捕鱼的鲣鸟，还有海鹦，那日本艺伎般涂粉勾画、戏剧感充分的脸，但浮现在脑海里最具代表性的形象，无疑，是海鸥。

我曾站在船舰的甲板上，观察追逐尾浪的海鸥。天色阴沉，大海荒寂，在一片混沌的暗灰色中——海鸥，海妖般的魅影一直追随。闪光的翅膀，修拔的飞翔身姿，叫声却仿若濒死者求救，急促凄凉。它们动作迅捷，几乎像在游戏或施展巫术。当小鱼神经质般摆动尾鳍想要闪避临近水面的阴影，它已经变成颤动在鸟喙之间一缕最后的银光。海鸥狭长的黑眼线里，偶尔流露捕食者怡然的残忍。

昆明的翠湖和滇池，以拥有海鸥著称。在西伯利亚贝加尔湖度过春夏之后，海鸥深入内陆腹地越冬。它们从孩子的手掌间翻飞取食，洋溢着热情浪漫的乐观主义气质。作为梦境到来的海鸥，某天会突然消失，也像梦境中的许诺一样。它们将回到仿佛虚构中的远方。白衣胜雪，它们迹近理想。

Ⅵ 鲨

海洋馆的虎鲸表演总是受到欢迎。那种充气玩具式的体积感和光泽，使虎鲸显得格外顽皮。两块著名的椭圆形白斑易于被误认作眼睛，白斑的视觉欺骗下，虎鲸隐藏在黑暗色块中真正的眼睛位置很难被发觉。虎鲸的这两块白色吊斑，加之下颌部大面积的白，让人奇怪地联想起京剧里的曹操脸谱，圆头圆脑的虎鲸就这样隐隐流露奸邪之气。此种黑白相间、体型大而敦厚的形象，在陆地上能够找到类似的设计，比如熊猫和奶牛：笨笨的样子，温驯憨良。可在大海中，扮演的却是截然相反的角色。黑白相间的虎鲸可以成为阴阳两界的划分者，它是至高的法官宣判生死。虎鲸能轻易扑杀海豹等大型动物，又被称作杀人鲸。

不过，若提起令人胆寒的海洋杀手，虎鲸并不具有普遍的公众认知度，代表形象非鲨鱼莫属。鲨鱼，线条光滑，身着杀手经典的紧身皮革装束。从速度、力量到身体的感应系统，它是配备全套设备的杀戮之神。

鲨鱼游动起来，仪态优雅，甚至有种内在而缓慢的抒情感；这和陆地上的豹子做派相似，当豹子以极速奔跑，依然给人一种错觉：它好像在某个瞬间失去重力地在空中飘浮。对杀伐游刃有余而显现出来的专业之美，这是一种让人既难以承认，又难以否定的绝对的天赋。

鲨鱼就像植物人一样木无表情，它就那么麻木地巡游，掠过齿锋附近可能的猎物——鲨鱼的影子制造出海洋生物一片如影随形的惊慌。鲨鱼在电影中充当恐怖片的主角，但它自己，不屑于恐吓；鲨鱼是直接的行动派，它懒得预警，觉得事先渲染效果的唬人手法太滑稽。它似乎认为，杀，属于干净利落的技巧，相关的铺垫和后叙都应归入失败的部分。它甚至没有兴趣旁观猎物的惊惧，鲨鱼的速度，快到猎物根本来不及反应和接受自己的死亡。这点鲨鱼也和豹子一样，快到令人窒息；两者还有相似之处，如果非要从鲨鱼和豹子那里看出一点点面部情感，那么，奇怪的是它们好像都略带悲伤。

尽管鲨鱼有张化装面具般幽灵的脸，但它并不比他者过分，为什么鲨鱼会成为残忍的代言形象？我们对没有四肢的杀手格外恐惧，地上的蛇，海里的鲨，它们不能变化任何丰富的肢体动作，它们终生不懂得拥抱，不懂得一点点由此象征的亲密或和解。它们永不结盟。所以作为与我们迥然相异的类别，它们，带着邪恶而凛然的寒气。鱼类本身就缺乏表情，鲨鱼更是单调僵化，我们感觉鲨鱼就像已经死去那样活着，除了在杀戮中短暂的肌肉兴奋，它无喜无忧无惧——也就是说，它保持着除杀戮之外对一切的冷漠。这种坦荡的爱好令人生畏。

除了因为配偶或后代，自然界里很少有杀戮行为是为别人进行的。生杀予夺，只是自然的生理需要，因而反倒干净；不像人类社会，能把杀死他者进化到心理需求，能从别人的灾难与死亡里，获取巨大的快感。职业刽子手所展示的娴熟技艺带有表演性质和夸耀成分，能使观众摆脱不道德的压力去体验纯粹的享乐。当每种动物都只为自己的存活而杀戮，这就在所谓的残忍中依然有了底线和公正，又因其公正而变成一种坦然的法则……如同死一样，祛除了善恶。不能简单判断死的性质到底是好是坏，它只是普天下最大的公正。

鲨鱼游弋，汇聚着近于优雅的暴力和摆脱束缚的从容。其实，善旁边匹配适量的恶，从更大意义来讲，是一种善行，如同狼对于羊群的有效管理。狼使病弱的羊只失去交配可能，从而维护整个种群的强悍；并且控制羊的数量，使草原能够提供源源不断的供给——是狼，维护着猎物与它的食物之间的完美平衡。善里有看不见的恶，恶里，也有不被承认的善。尽管如此，没有人会歌颂鲨鱼，除非，那歌颂出于和鲨鱼一样的强悍者，或出于弱者彻底的折服与谄媚。

我诧异，鱼翅的味道乏善可陈，这种毫无美味诱惑可言的东西何以昂贵并受到追捧？或许它就像鲨鱼的战旗，怯懦者需要盗取其中所象征的荣誉。因为我们不是鲨鱼的对手，也没有它在杀戮中的磊落，所以我们用花钱的办法省略对攻的过程而直接买定胜局。我们这群作弊的家伙，这群乐于以卑下手段来满足虚荣心的胆小鬼，只差涂上鸡血来伪装与鲨鱼搏斗的伤口了。当割去鳍翅的鲨鱼一边流血，一边像燃烧的炮弹般垂直地沉向海底的深渊，我们正沦为餐桌旁最粗鲁的附庸风雅者。杀戮行为本身都是有尊严的，在这点上，我们甚至不如鲨鱼这样不动手脚的动物。

Ⅶ 乌贼

从着装到行为，乌贼，这个海上魔法师，神秘诡异，几近幻觉。运用斑点、条纹和色调，它千变万化，瞬间斑斓。许多地方把乌贼称为花枝，的确，它是一种会开花、花期却不会凋谢的动物。它能把自己变成节日。它艳异，像带电的新娘那样荡漾波光，不断辐射微妙的电压；有时它又沉静，背部看起来就像大理石斑纹，或者名贵的法国松露般的肌理。乌贼所制造的戏剧效果，强烈夸张，舞台上的灯光随时调亮调暗，布景更是匪夷所思。在这奇迹般的身体绚丽之中，乌贼有双分外迷人的、弦月般弧度下垂的、害羞的眼睛。

当乌贼飞碟般在水中悬停不动，状若外星生物，边缘随着水流小幅摆动，而触手缩在一起，它就像裹紧披风的僧侣。游动起来，乌贼又是另番模样，肉质鳍就像弗拉明戈乐曲中自由翻转的舞裙。

乌贼体内隐藏千百万个色素细胞，能像闪光电路板那样随时做出精密的反应。它可以立即随物赋形地融入所处的环境，速度比变色龙还快。我有时觉得拟态这种天赋，或多或少必须包含着无私的因素——拟态，需要极度关注他者和完全无视自己。因此它才使拥有这种天赋者变得丰富、宽广，变得多于和大于自己。但提起乌贼，让人态度模糊起来，它擅长运用欺诈和阴谋，不仅是利用拟态来隐身的绝妙高手，它甚至能伪装自己的性别。个头小的雄乌贼懂得伪装成雌乌贼，以妾的身份混入新婚夫妇之中，然后在雄乌贼的眼皮底下，完成公然的通奸。乌贼太聪明，样子像会活动的智囊——筒囊里插着如签的触手，用以占卜自己的命运。体表颜料不停变化着色泽和图案。突然，绘画者失去耐心一样暴躁地泼翻了自带的墨盒……乌贼，更以喷墨之技著称。它是魔术师，同时自己就充当那块点缀金箔银箔的道具幔布。施放烟幕，遮住他人视线，短暂的黑暗过后，魔术师消失了踪影。

许多海洋动物身怀绝技。比如射水鱼，有如弓弩手，依靠口腔里射出的冷箭击落树叶上的昆虫——以体力博弈的竞争者不在少数。乌贼，胜在智慧。有头脑才有灵魂，所谓狡诈，像种被乌贼的墨汁所浸染的智慧。不过乌贼虽诡计多端，所要做的，不过是自我保护，它要把自己变成猎食者不感兴趣的内容。也许正因为乌贼既无虾蟹的甲胄，又无硬骨鱼的鳞盾和埋藏在体内的复仇剑，它是绝对的软体，才发育出绝对的计谋。

我怀疑乌贼像蝙蝠一样存在身份的归属问题。乌贼的样貌令人犹豫，你可以说它既像鱼又像兽，也可以说它既不像鱼也不像兽。一个什么都像又什么都不像的家伙，当然不好归类。甚至在自己的近亲之间，乌贼的选择都是模糊的，它像鱿鱼和章鱼之间的某种混合物。对于我来说，只有一次错觉：当夜晚来临，活体的鹦鹉螺从海底向上漂浮，从壳里露出半张脸……很像一只幽灵乌贼找到了古老的寄宿壳。

除了几近传说的大王贼有着科幻片里描述过的巨大体量，普通的乌贼，谁都不会怕。尤其它变成餐馆中的美味更受欢迎。

它具有菠萝形的轮廓，躺在案板上，乌贼最后一次保持完整——半个小时后，它将成为自己的碎片。看起来像保温的橡皮袋子，其实却是凉的，细滑无比。我的手从它的触手之间探进去，指端摸到了藏在后面的齿。墨鱼崽的齿喙，有着赛璐珞或电影胶片的质地。这个曾经的华丽魔法师，早已失去全部自卫本领，它邋遢地摊在那里，任人摆布。作为食材的乌贼，反差最大的，是体色显出失血后的苍白，那种矿物质般毫无生命感的空旷的白，所有色彩消失无痕。乌贼在食客的肠胃里熄灭自己的小彩灯，进入停电之后的末日黑暗。

除了肉质鲜嫩，乌贼还能给美餐的孩子们带来一件奇特的礼物。芒果核般扁长的骨板是乌贼的鞘骨，摸起来表面有些涩，但要比粗糙的木纤维手感更光滑。乌贼曾经携带这个隐藏体内的小型冲浪板享受海水的乐趣，现在，它裸露出来，变成卸掉船板的底舱。据说鞘骨的药用功效强大，磨成骨粉，可以止血。

Ⅷ 鱼群

歌手周云蓬曾在《世界的气息》里这样写道：“海的腥气来自海沟深处的大鱼。”

鱼，闪动鳞彩，被马赛克精密镶嵌的身体……怎么能形容那种美呢？这些海里的彩宝石。海鱼奇形怪状：鳐鱼展开黑丝绒的翼展，就像海里的大风筝；比目鱼，扑克牌般拥有身体两面完全不同的花色；还有蓑鲉，有着非洲酋长那招摇夸张的羽饰。生活在这里的鱼对海怀有无与伦比的忠诚，那是一种关于盐的宗教……齿梳般的骨刺，仿若一条鱼从头到尾、贯彻终身的信仰。

鱼，水里结出的果实。它们是天然的食物。空中有呼啸而至的翅膀，水里有豁然张开的口腔，连陆地上看似笨拙的熊和看似优雅的人类，都磨刀霍霍，觊觎它们的美味。

其实，每条得以活到成年的鱼都是历尽劫波后的幸存者。从微小的卵粒，到草籽般的幼体，再到分币般慢慢积累一个个鳞片……鱼的一生随时可能在下个瞬间滑入不知什么动物的肠道。无论是在私密之所，还是盛大的集体婚礼中，交配的鱼释放大量的精卵，其中只有比例极低的受精卵能够长成父母的样貌，并且成功繁殖后代——而绝大多数，夭折途中。死亡并非意外，从来，都是家常的现实。不只鱼类，海洋生物甚至普遍具有这样的特点：它们的孩子，主要用途是奉献给这个世界作为食物。我惊讶，诞生如此巨额的数量，最后只为被吞噬；我更惊讶于，生存的成本加大到令人胆寒的程度，它们依然无往不至。是啊，世世代代，让孩子成为持续的牺牲品，海洋生物似乎并不着意于设计和改进保护措施，而是保持和激发自己汹涌的生殖力，继续进入凶多吉少的生死程序……为什么？我猜想，或许它们拥有不可思议的慷慨，或许，它们对生死有着超乎人类理解之外的从容。

什么是经典的海洋景象？鱼群。聚集的鱼群。

没有指挥，但数量惊人的鱼好像共享头脑，它们行动整齐，无论前行还是下潜，始终维护着内在秩序，不会彼此冲撞。它们沉默而一致地，在大海的咸涩里漫游，无声，却是宏伟壮阔的合唱。受到袭扰，鱼群会像礼花一样炸开……仿佛预感危机来临，它们要最后展现谢幕的辉煌。

细想，让人感慨。鱼，缺乏表情的鱼，这种活着的时候就已经像标本，冷冰冰、没有独立手脚的动物，如何被召唤成内聚力惊人的群体？真聪明，它们不需要照镜子就知道谁是同类。游动在鱼群里，随时有兄弟姐妹替它们抵抗死亡；正如某天，它们自己也将替代兄弟姐妹去死一样。哑言的不会讲述的鱼，或许天然就懂得斑驳的真理——事实上，我常常觉得真理就像鱼鳞：闪耀，零碎，易于剥落，弥散腥气又难以食用。

渔民拉动网绳的场面，曾带给我联想："渔网，这种用缺陷捕捞生活的方式，如同古老的诗歌之技。"尽管我在写作中完成轻巧的比喻，但真正看到网捕：看到鱼群怎样相互密集地挤压着，像沉重的金属团块垂坠在底部；看到它们被倾倒在甲板上，身体通电般痉挛，看到那么多的嘴此开彼合，那么多的鳃、充血的扇状褶皱，看到那么多湿亮的不会闭合的黑眼珠，有的已充血破裂……目睹集体之死，目睹它们没有方向，没有间距，我才明白，鱼群之所以焰火般瑰丽，秘密在于它们从不彼此碰触。深渊般的大海里，这些远离父母、天性体温冰凉的孩子是多么需要那完美的孤儿般的距离。

……如同夜空，星星密集而远离。

有时月色丰盈，大海像撒开一面有着金色绳结的网。有时星星密布，如鱼群。

站在礁岩上，听夜晚的波浪。向上是细密的星空，向下是磷光的大海，我就像站在魔镜的边缘。辐射对称性在许多海洋动物身上均有表现，比如海星、海葵和水母。而更伟大的对称，存留天地。我们不会觉得明亮光线下的大海和星空有什么相似之处，但夜晚，你会认出那种孪生的关系。沙床上，海星沉睡，组成与夜空对称的史诗般的星座；星星呢？真美啊，一颗颗发光的海胆。

仰面躺在海滩，让细小粗糙的沙粒摩擦耳郭。看星空无垠，斑点迷乱，有如被催眠大师施以魔法。看明月高悬，想着谁是天际提灯的漫游者。看流星雨，就像鲸鱼一条条冲向赴死的沙滩。斗转星移，看地老天荒。

有一年冬天，我去看海。气温很低，喧哗的游客早已不见踪影，我走在空旷如荒漠的海岸，尽管裹紧毛茸茸的厚围巾，还是觉得冷。这里的夏天曾热闹非凡。晒太阳的，游泳的，吃烧烤的，捡贝壳的……短暂栖居的候鸟游客，尽情挥霍着假期。快艇的噪声始终环绕，导游员热情介绍着岛上象形的礁石：像马，像龟，像情侣，像贝多芬。人类尽可以在这些巨石前轻慢地描述他们的想象，而它们，听任岁月的风蚀雨剥——如同此时的冬日之海，它们拥有属于自己的沉静。我望着海面，几乎可以看到波浪凝固的瞬间——海通过放慢自己的节奏，来放慢整个世界的运行。我一点也不寂寞，因为很快，不期而至的美，从天而降。

没有过渡，帷幕直接拉开：下雪了，不像盐晶那样小粒，一开始就是盛大的。天地和海，青苍一色，我站在这个以最简洁元素构成的世界里，看鱼鳞般晶莹闪亮的雪，降临。它们沿着同样的倾斜方向，以同样的下降速度，每片都有着同样精湛的六角形图案；它们密集，又隔着均匀的等距。在与海水相似的低温里，我有瞬间的幻觉，感觉自己进入了一个鱼群。天地之间的界线不再分明，我的脸颊水湿一片，空气中的大海已将我包围。放任想象，跟着银鱼群落漫游，很快，我体会到其中秘密而安详的暖意。越下越大，最后是天使羽毛般的雪，引领我，飞升到玄想的国度。

天，地，海。神，人，兽。更大的自由没有界限。夜晚时分，人类只是沉睡在更深的海沟，他们头顶之上是稠蓝的洋流。而星空，一如闪耀光斑的夜海。也许神的形体未必轻盈，只因为那里的海水咸度很高，他们才得以漂浮……对人类而言，那是唯有死海里才能体会的那种自由。

Ⅸ 深黑

我们说：大海是蓝色的，但那种蓝，可以说是景泰蓝的蓝：一种蓝里，蕴含斑斓丰富的艳色。

如果下潜，继续下潜，当光线难以到达，你就会目睹大海的黑暗。海蜇幽灵般漂移。平展或褶皱的沙床上，鳗在漆黑中发出闪烁的电量和微光。只剩空眼眶的盲鱼，等待着可能需要经过几个星期才能从海面缓慢下降到这里的碎屑。海洋的平均深度为 400 米，而最深处的马里亚纳海沟，可达至 11,521 米。海底给人的直接想象是冷峭、荒暗和空寂，曼德尔施塔姆写过这样的诗句：“沉睡在比陵墓更黑暗的海底……”

事实上，看似与世隔绝的海底，却在无比艳丽的寂静之中。90% 的深海动物都有制造光线的能力。管水母无数条有毒的发光的触手舒展，仿佛在施放巨大的烟火；又像圣诞树挂满闪闪发光的礼物，尽管这是格外危险的礼物，碰触它的好奇者可能像拉动炸药的捻线那样送掉自己的性命。发光的鱼，点缀这里的霓虹灯之夜……流动的斑斓与妖娆，没有哪个角落不曾被照耀。

生物体在水深 4000 米的地方所承受的压力无比巨大，相当于牛的重量压在跳蚤身上。但在如此重压下，万物优雅，并散出迷人光源。黑暗海底燃放的焰火……让我们明白，深渊里，也有节日。

海底也是水手的公共墓地。年轻的臂膀和肌肉，勇敢的心，桅杆一样坚硬的骨骼……沉船般搁浅，很快枯骨全无。没有比海洋更有力的喧嚣，也没有比海洋更有力的沉默。

远航并非文学描述中那么诗意，它有时枯燥到难耐的程度。

海面上没有岛屿、灯塔或其他参照物，水手从任意角度看到的都是一模一样的景象：海，海，像亡灵眼眶盛着的灰烬那样空无一物的海。其实从陆地出发的那一刻起，远航者已成为被放出的风筝，飘摇，命悬一线。风暴或者暗礁，可以摧毁船只，把颤抖的水手倾倒在汪洋之中。我曾在一部关于海难的电影中，逼真地看到濒死者的绝望。海水冰冷刺骨，黑暗越来越令人窒息——与溺水者同时下沉的，是瓷器、绸缎、黄金、香料、笼子里的鸟、被拆散的家具和同伴惊恐变形的脸。死神转动海水的魔方，让它呈现出诡异的组合。

每当看到幽灵般体形巨大的蝠鲼，我总觉得那是转世的水手，梦游般，游荡在大海的空腔。他们并未像《圣经》中进入鲸腹的约拿那样幸运地享有复活机会。但正是这些航海者，这些雄心壮志、热衷探险的灵魂，引领我们去认识新的版图，巩固我们关于彼岸的信仰。早期航海设备简陋，他们运用的不仅是六分仪、雾钟和霍尔锚，给他们以勇气的，更是夜空上有如神谕的辉煌星座。假如墓碑立在远方的彼岸上，那已是嘉奖；更多的兄弟沉睡海底，动脉里的血流有如最小的支系汇入海洋。中国神话有精卫填海之说，这些葬身黑暗的勇士同样具有悲剧之美，他们精卫填海一样，填入自己颗粒一样微小而结实的生命……一个又一个，一代又一代，人类的自由才得以扩充出更大的疆界。

保尔·瓦莱里在《精神的危机》中做过如下分析：“我们听说过一些世界整个地消失，一些王国连同其人、其器械直沉海底；它们跌进深不可测的世纪之底，带着它们的神和法，它们的科学院和纯粹应用科学，它们的语法，它们的词典，它们的古典派、浪漫派和象征派，它们的批评和批评之批评。我们深知整个地表幅度由灰烬构成，而这灰烬是意味着某种东西的。我们透过历史的厚度瞥见一些幽灵般的古船，上面载满了财富和精神。我们不能尽数。”

X 逝国

优美的海，沉静的海，狂寂的海……变化万千，我看到它永不驯服的野力。光线入水后都会改变方向发生折射，这就是大海的力量，甚至能使来自太阳的神谕，屈服。

假如银河系中有双俯望的眼睛，它会发现，彼岸的地球因为有了海洋，就像一颗溢出浆汁的蓝莓；从再近一些的太空继续观察，陆地只是地球生痂的表面。即使是地理知识并不丰富的孩童，也能从旋转的地球仪上轻易发现秘密：大部分面积被蔚蓝色所覆盖，五大洲仿佛漂浮其上略带破损的几条船……我们是不是始终就没有离开诺亚方舟?

海洋，十亿年前，这是地球上唯一存在生命的地方。至今，那里住着神秘的居民，有的海洋生物古怪得让人分不出头脸和组织，它们长有超现实主义的样貌；除此，海的丰富还在于，那里栖居着无限的想象之物。海，养育整个世界——这地球上伟大的墨滴，写尽宇宙洪荒，而它自身亘古不变，听任被礁石撞击的船头挂上盐霜，渔民把三叉戟狠狠插入鱼脊上结实的脂肪……千百万年，人类就像掏取鱼卵一样，从海洋的子宫里掏取它为数众多的孩子。

大海是地球的聚宝盆，但今天的人类太贪心了，常常等不及积储的过程，就想彻底砸碎它，取出全部的储藏。大海正日益失去它的富有，像老母亲被掏空的乳房。大规模毁灭性的网捕，不放过未成年的幼体，我们不惜把兜翻到底去搜刮很小很小一枚分币。多少跃动海豚身影的水湾，变成铁锈色的船坞，只有偶尔的死鱼，泛着冷钢色的肚皮，浮在漾动油污的海面。我们难以从鱼类湿亮的眼睛里，再找寻到那座倒映着的海底教堂。尽管呼吁声来得越来越迫切，保护措施越来越提上日程，但总体而说，杯水车薪。以至激进的环保人士被迫采取在小海豹身上喷漆、使其皮毛失去商业价值的方式，来保全它们濒危中的性命。我们已经沦落到恶性的循环程序里——唯有去毁灭美的一部分，才能艰难维护美所剩下的那另一部分。

只需把手指沾湿，我们就可以尝到大海之味。水滴落，指端很快就剩残余的最后一滴。如此微型而又畸形的大海，它甚至没有一颗饱满水滴的完整形状，却有汹涌的咸，仿佛里面藏着太多泪水。

……海，那喘息的受伤的胸膛。

事实上，海，除了提供度假胜地和为我们所热爱的海鲜，它的神话力量日益瓦解。它变成了公共的鱼塘和原油产地。只有海洋馆，作为海洋的小型标本，进入到现代生活的节奏之中，力图维护海浪之下那幻觉般的美。

建造海洋馆相当于搬运部分的海洋，这个过程会制造无数牺牲品，即使是幸存者也永远无法抹除悲剧的表情——然而它们的形象，在海洋馆附属的旅游纪念用品商店里会得到彻底的改写。在贝壳钥匙链和珊瑚盆景旁边，陈列着小丑鱼或海豹造型的毛绒玩具，它们色泽鲜艳，喜气洋洋，神情堪比马戏团的滑稽演员。有种受到欢迎的玩物其实是角箱鲀的标本。死去的角箱鲀即使被风干透了，身体还是会维持膨胀起来的样子，它们饱满、栩栩如生的原貌让人伤感，因为这些死后的小家伙面对威胁也不忘努力做出奓着胆子去勇猛应对的样子。这不过是死，在讯诮中表现它的幽默感，残忍的幽默感。

掏空肉质，留下贝壳。掏空大海，留下盛水的场馆。掏空感情的肉，留下华丽、脆质的回忆的壳。人类忙于建筑越来越多的海洋馆，这是缅怀式的展览，抑或，展览式的缅怀？

Ⅺ 巨兽

这种庞然大物很少有机会被我们亲眼目睹，所以，它更像神话。难以想象的体量，仅蓝鲸的舌头就达至 4 吨。鲸，以及神，都是使万物渺小的极致存在。

根据生物学家的考古研究，认为约 5300 万至 6500 万年前的古新世，鲸从有蹄类动物的种群中分化出来，并在约 5000

万年前左右进入水生环境。鲸鱼真是奇异的存在，它的起源和所有的动物一样来自大海，经过一段时间的陆地生活之后才重返大海。鲸鱼不是鱼。鲸是哺乳动物，以肺呼吸空气，迥异于用鳃从水中过滤氧气的鱼。在汪洋中沉潜，这是有着鳞甲的脊椎动物和有着介壳的节肢动物的世界——鲸，世间最大的孤独者，没有生活在其他哺乳动物之中。也许这是真理，人间亦如此，那些伟大的灵魂，从来，远离同类。有时它们甚至彼此之间都是远离的，仿佛是在捍卫凛然的孤独。除了短暂的交配期，许多剩下的时光，雄鲸独自地游弋在冰冷的海域，没有同伴，没有配偶和子嗣，只有无尽浪涌。

奇怪，陆地和海洋里最大的动物都是哺乳动物，动物界为什么以哺乳动物为王？当然它们思维发达，智力超群，但更重要的制胜原因，也许并不在于更具优势的智商，而是因为，它们怀有更为内在的丰富情感。哺乳动物有明显的喜怒，懂得享乐、孤独、尊严和恐惧，它们拥有一部分肉体之外的生命。

鲸，王中之王。习性神秘的动物，它迁徙，它歌唱，可以长时间禁食——还有，它们竟然能够选择自杀。需要强调的是，这些具有灵魂属性的行为，出自世界上最为宽广的胸膛，所以格外令人迷惑和尊重。巨人何以畏惧？没有什么能让它死，除非，它把自己视作敌人。尽管鲸鱼的集体自杀尚属科学上的未解之谜，但无论怎样，其中都包含着令我们震撼的元素——它们理解，什么是“彼岸”；它们的精神，强大到可以决定肉体的生死。由于没有骨盆结构，胎儿发育时不会受到局限，母鲸怀孕时并没有明显的身体凸起——鲸以最谦逊的方式诞生；但是当它离世，即使最宁静的死也无比沉重。搁浅沙滩、决意赴死的鲸鱼，巨大的身体就像一座倒塌的教堂，给我们带来神圣的静穆和难以应对的悲怆。

我偏见地认定，鲸是深具宗教感的形象。比如，抹香鲸，样子奇异，仿佛遭受外力挤压的矩形头颅使它显得比例失调。之所以名称动听，因为它能够制造龙涎香。肠胃里恶臭的病态分泌物，竟然成为香料的重要来源，这种悖论如同在揭示着：哲学家如何把自身难以消化的黑暗，转化为供给世界的营养。

传说，与鲸对视过的人甚至会改变信仰。

与庞大体积不配套，鲸有双小到不可思议的眼睛。鲸目只比牛眼大一点。是不是其眼睛的功能不必像在陆地上那么强大，所以无须过分发育？因为即使最清澈的海底，能见度也很少超过 30 米。可难道不应因此而努力扩张眼睛的占有比例吗？海里的鱼、乌贼、龟，哪个不是眼球暴露、二目圆睁？况且陆地上的大象，眼睛也小得不像话，如巨大的车辆却配备两盏小小的车灯。也许并非巧合，而是共性。相对来说，大动物不需要对这个世界时时刻刻充满神经质的警觉，不需要提防四周的变化来全面防护自己，就像足够强大的人可以强大到无惧暗算一样，它们保持着相对松弛的淡漠。

与之相反，螳螂、蝗虫、蝴蝶、蜻蜓等等，许多昆虫眼睛都很大，甚至生有复眼——这意味着，它们的眼睛不仅要占据面积上的优势，还要在数量上取胜。太多动物以昆虫为食，到处是大大小小急欲吞噬它们的嘴。位于食物链结构的金字塔底端，昆虫发育出非凡的适应性与繁殖力，发育出由孱弱而虚张声势的拟态，包括显著的巨眼。想起多年前在三星堆博物馆参观，看盾牌般的青铜面具上那些膨胀、突出的巨大眼眶和眼球。有人由此认定，创造这些面具的民族必无比强悍，内心满溢力量和自信。但从自然界的设计原理和心理学角度来推测，我想也许正好相反，正是夸张已极的眼睛，暴露出尚还幼小的原始初民对万事万物由衷而深刻的恐惧。

大动物可以用足够充裕的时间来闭目养神。脾气温和的巨人——鲸鱼不需要动用额外的怒气来展示能量，它比奔波陆地的哺乳动物更舒缓优雅。绝大多数动物捕猎时都会亢奋，而鲸的进食方式相对懒散，它只需张开大嘴向前游动，就像一台庞大的海上推土机……至尊者的懒散。正如卡夫卡的经典之语："懒惰，是所有恶行的起点，所有美德的终点。"最大的陆地动物——象，是素食者。最大的鱼——鲸鲨，生有300排细密的牙，海绵状的鳃耙每小时可以过滤600立方米的海水，但它以浮游生物为食；当鲷鱼集体求偶，前来参与聚会的鲸鲨对鲷鱼毫无兴趣，它喜欢的是鲷鱼的卵粒。巨鲸亦如此，它只吃浮游生物，只吃磷虾之类海洋中最小的生物体。从最大的海洋动物鲸，到最大的陆地动物象，还有最大的鱼，无一例外，体型最大的动物，仅以微小之物为食。这种独特的偏食习性，降低了巨物给人们带来的心理压力。上帝的戏剧性安排，似乎，意味深长。

灰鲸每年的运动路线超过16,000公里，横跨三大洋；如果活到四十岁，灰鲸一生的旅程相当于往返月球。胸腔推开海流，拍打水面的旗状尾翼垂下流苏状的水滴——从温暖的潟湖到荒寒的极地，巡洋舰一样，鲸，壮丽地漫游。

怎样狂野愤怒的自由，令这样的庞然巨物能够风浪无阻、万里迁徙？怎样不可遏止的激情，令它不可思议地克服自重，高高越离水面，悬空翻跃？又是怎样一颗暗藏风雷与柔情的心脏，让鲸震动深沉的歌喉？

鲸的歌声，泛音悠远。鲸是天才的歌唱家，与人类通常有2至3个八度的音域相比，它可以轻松跨越8个八度。我们能够听清某些纯净的高音，但它们之间更多超低音频的私语，是我们的听觉无法感知的。大象之所以能够相隔遥远呼唤到同类，也是基于类似的原因。原来我们倾听到的，并不是这些巨人真正的原声，仅仅是伴音。如同看到湿地上的脚迹，却不知道究竟是什么在我们前方经过；如同看得见树冠摆动，却看不见风，只能从枝条变化上判断风的体积、轮廓和力量。是否，我们所理解的，并非世界的本质，不过是些作为伴音意义存在的内容；而更为广袤和边缘的真理，人类无法涉足甚至难以瞭望——有如鲸鱼歌唱里所传递的神秘？

尽管难以参透鲸鱼远航与歌唱的秘密，但我对此仍抱有个人的怀想。

……这是地球上最寒冷的地带，漫长极夜即将到来，陆缘海冰向外生长且越结越厚。而在太阳耀斑抛射的高能带电粒子和地磁暴的共同作用下，极光喷薄而出，弥漫整个天穹——像抖动的绸带，像飘浮的幔帐，像手书的神谕。我想象，在那被冰刃重重环绕的刺骨冷水中，缓缓上升的，是鲸，是它教堂般庄重的身体，以及执着的能够对峙绝境和危险的某种信仰。澡雪之鲸，只存在数天的短暂可能，与极光相遇，此后极地海洋将完全被冰原和黑暗封锁。就这样，地球上最大的生物，仰视天空最奇幻的光芒，开始，极光下的孤独歌唱。这也许就是迁徙的神圣目的，就是它的祈祷与尊严。世间的一切，似乎都被巨人的歌声所覆盖；这仿佛是鲸对极光的一种朝圣仪式，也仿佛是极光对鲸的一种无声加冕。

热爱悬崖和深渊，热爱那些埋葬着美人也埋葬着古城的沙砾，因此更热爱缓慢的海洋……甚至愿意葬身鲸腹，以伫候它用歌声搭建的圣殿。

设想这幅激动人心的场景，总是让我深受震撼，涌起感恩。我会因此热爱悬崖和深渊，热爱那些埋葬着美人也埋葬着古城的沙砾，因此更热爱缓慢的海洋……甚至愿意葬身鲸腹，以伫候它用歌声搭建的圣殿。

大海内部，很多领域并非像电视镜头呈现得那么绚丽丰富，可能什么灵动之物也没有，就像一个巨大的空腔。但正因此，海洋才能养育鲸鱼那样的巨兽。波浪之中，隐隐露出宽阔发亮的鲸脊——那背脊，仿佛浮动的地平线，令人联想起沧桑古老的旧纪元。

海，宽广到难以概括。占有70%以上的地球面积，海一如巨鲸，本身就是世界上最大的动物。蓝鲸般的海啊，波浪是它的呼吸，那些岛屿就是寄生在鲸体上的贝类和藤壶。听风浪，听海深沉而孤旷的歌唱；尤其夜晚，海就像俯下身子的巨兽，听它格外浊重的鼻息。

人类曾以骑鲸者的傲慢，认为大海是可以奴役的，直到，海真的成为一头搁浅陆地的巨鲸，开始面对垂危的命运。一旦失去海水的浮力，鲸的内脏会被自己的体重压碎；而妄自尊大的人类，到那时，也不过是微不足道的殡葬品。

……当晚霞，那群鬃毛携带火焰的烈马狂奔而去，当月亮升起来，像金黄的鲸鱼跃离海面，我的脸好像枕靠着无比光润的鲸脊，在透明的梦境和夜色里航行。浪涌喧嚣，海底却寂若天堂，只有羞怯的海葵与海扇，用花瓣一样的触手，轻抚温柔悲伤的洋流……而鲸鱼之歌，渐起于伟大的胸腔。天地间多少遗忘与宽恕、放逐与收容、狂怒与宿命中的从容，都融入这歌声，融入潮起潮落，融入轻易蒸发却永不消亡的水滴之中。

素描簿

1 蛇的僧侣生涯

光头，它剃度过。蛇的神情，融合了出家人的悲悯和淡漠。它的身体没有轮廓，始终维持额头的宽度——去除四肢里得以藏污纳垢的欲望，它修行。以最低微的匍匐，以磨蚀中的寸寸鳞皮，受难般，感知大地上无尽的石块和刺丛。

当它驻留，无人能够比及它完美的瑜伽。盘卷身体，如同草秸编就的蒲团——蛇的姿态是在乞讨还是祈祷？或者，它暗示：乞讨就是赐予施者的一种祈祷，无伤自尊；而祈祷，就是面对神明的乞讨，无伤自尊。

难以概括一条蛇，因为它既冷冽绝情，又柔肠缱绻。像绳索那样用于束缚、捆绑，像火车那样善于掘取自身的动力，像经幡那样，在尘埃中，渐积荣光……进入宗教的蛇，法力无边。

蛇曾经是伊甸园的先知，它携带伴随毒牙的真理。被惩戒后，它成为终生哑言的残疾者。蛇有一张被暴力击碎的脸。它只能吞咽而无法咀嚼，无论谁，命运都是一样：一旦嘴里含着真理那只苦绿的胆，仿佛瞬间同时含羞、含怒、含垢、含恨与含冤，无法咀嚼，只能吞咽。或者不吞咽也不呕吐，就那样僵滞地含着它，一直含着它，哪怕无法再吐露只言片语……这味蕾之上的真理。唇齿间掌握真理，就像眉宇下拥有视力，有时，虚无中的诸事诸神因此得以凶险地成像。

传说水中有种怪物，名叫蜮，口含沙子喷向人影，影子的主人就会生病。上帝无所不能，难道还怕这种诽谤的小把戏？比如，口含真相的蛇，正靠近上帝庇护下的亚当夏娃，而亚当夏娃，是人类，正是上帝的影子。

蛇，上帝身边的犹大，它在人群中将上帝指认。这是颂歌式的出卖，因为唯有叛逆者指认：神与众不同，高于我们，也就此将我们贬低。为什么把蛇当作罪不容诛的揭秘者？不过即使低微之物口含真理或毒沙，上帝何须提防呢？难道永生的上帝，其实也怕病怕死，甚至不敢面对复活的考验？不过虫豸之举，如果不是出于畏怯，何必惩戒？

蛇，僧侣般，沉静，莫测，决绝于尘世温暖。这对俗界中人倒是安慰，因为我们的血液一旦被它灌输有毒的真理，将成为迅速而必然的牺牲者。

2 榴梿之味

它有3200克重。唯一能直接接触的部位，是一截孩子拇指般粗细的蒂。用力捏牢，指端吃劲地感知它沉赘的体重。表面密布棕绿色、堪比鳄鱼那样的危险硬棘——作为水果，长成这样简直就是妖孽。

我从来不觉得榴梿臭，只觉得它气味暧昧，不好评说。买回的这只放进厨房，然后我睡了个午觉。再拉开厨房门，暖烘烘的，很难想象发出这种气味的会是植物，而不是一只关在饲养室的动物。仿佛容易兴奋，它难以抑制自己的体味，静卧地上的榴梿仿佛一只陷于情欲折磨的动物。科学家证实，榴梿的确具有显著的催情功效。

多数顾客购买榴梿，会让售卖者代为剖解外皮。我从来都是提着完整的回家，因为对付它，并不像想象中那么困难。

即使底部完全没有开裂，也能在刺丛中发现几条隐蔽着的微隆脊线。刀尖陷进，看似坚硬的外皮呈现出迥异于想象的皮肤弹性。一点点撬动，裂线配合着刃口的力度延展着……露出一线脂油黄。

开裂到结蒂处，我左手辅助，榴梿的硬质果壳被彻底打开，里面内脏式的果肉，形状介于肝肾之间。我忽然畏怯。

榴梿核的形状也很奇怪，榉木色，带着不规则的扭曲，好像已经被神秘的拇指用力按压过。

3 蟾蜍在雨后

南方古镇。

天还没亮，听到雨半梦半醒地下着，我又睡了。这会儿过了七点，雨滴已经从匀速变得犹豫起来。我没带伞，贴着檐廊走，顺着檐角淌下的雨滴因为汇聚的缘故要比正常的颗粒更大。一转弯，就看到了它，距我几步之遥。

这只蟾蜍大小相当于成人攥起的拳头，粗糙的陶土色，没有上釉，不像青蛙皮表有迷人的缎光；体侧的疣状物，像工艺并不达标形成的焊点，或者旧门板上正在锈蚀的铆钉。它一动不动，死物般，凝重地挡在檐廊下宽仅盈尺的必经道路上。

我从来不能设想从一个两栖类动物的身体上迈过去。从见到它的那个瞬间，伴随喉咙里没有任何声频的一个尖叫，我立即移出檐廊，绕开。它是轴心，辐射着权力的强度。所有的两栖形象对我来说，都意味着恐惧、神秘、邪恶感与不容侵犯的尊严。蛙类已是其中最温和的，但我依然承受不住它们那种两栖动物典型的僵滞的凝视。

越过它，我重回檐廊的保护下，右肩落了一连串大滴的雨，湿了一片。我鼓励自己回过头来观察蟾蜍。静卧许久，之后，这个古代隐士、这个持重的思考者，缓慢抬起它的右前肢。蟾蜍的步态年迈而笨拙，像术后刚开始活动的病人，动作是用电影慢镜头处理过的逐格进行，谨慎得令人恍惚——因为，当它迈出半步却需要一个极其微幅的顿挫才继续，我会觉得时钟停针了。它像一小团抹布，即使移动了，还有一小团什么留在后面。

松弛的肚皮使蟾蜍易于被当作醉饮者，其实它阔绰的嘴不喝什么。静止中，它是用褶皱的皮肤来喝水的，奇怪吧？巫师的技艺。雨天它从藏匿处走出来，并不只为解渴。干燥环境下它是严肃的禁欲主义者，只有水能激发情欲，喃喃，下雨天，做爱天。尽管蟾蜍在交配中缠绵不休、销魂忘我，但路遇这只，让我很难相信它的肉欲激情，反而是一副受传统婚姻制约和迫害又要被迫去应付的样子。或许，我错了，向前走两步，回头再看，难道它只是纵欲后的疲倦和消沉？

一个男人迎面向我走来，我们擦肩而过。我格外关心他的行走路线，他因为我这种夸张的回头也疑惑地回望着我。果然要发生事故！刚才没发出的尖叫现在我喊了出来，男人惊跳起来，闪避脚下的那团泥色。他连声致谢，而我稍感尴尬，因为我知道自己的善意主要是针对别人的，他只是附带的受益者。

4 蝴蝶之梦

陆续入场，距节目开始还有五分钟。我前排的观众即将落座时惊喜地发现，一只黑白相间的大斑蝶正落在他的椅背。他小心地伸出手，蝴蝶竟然在他的指端慢慢扇翅。演出的剧目名为《蝴蝶之梦》，而此时在温度清冷的剧场里看到一只真蝴蝶，确实恍若梦境。过了许久，这只奇迹般的蝴蝶才翩然起飞，飞过观众席上方的空旷，在顶棚高高低低的灯架上起起伏伏、跌跌撞撞。那里有光，以及，由此象征的暖意。

看那只悲剧的蝴蝶在光束里扑扇，像囚禁在梦里的囚徒。《蝴蝶之梦》？它怎能信赖这个名字就误闯险境！像个信赖文学等同生活的孩子，从而使自己坠入深渊。

……演出开始了，灯光暗下来，那只蝴蝶不知所终。

苍山如黛，洱海漾波，这场大型歌舞展示着多彩的民族风情。弹过白族的弦子，敲过佤族的木鼓，歌舞的最后一幕：蝴蝶泉边的情人相会。双人舞演员离场，女演员突然抖动手臂，许多只蝴蝶被抛散出来。长时间密集地关押，翅膀的折损，还有冰冷的室温，几乎没有蝴蝶能立即展翅，它们像落叶，更像纸钱那样，垂直下降，纷纷停落。中间没有缓冲和停顿，很快群舞演员上台——脆弱的真蝴蝶，一动不动，被化装成它们模样的舞蹈演员踩死了。我明白了开场前那只奇迹般蝴蝶的来历，多么希望，舞台上的蝴蝶也能奇迹般错过那么多纷乱的踩踏的脚。演员们表情欢愉，模仿蝴蝶嬉戏。在他们轻盈的追逐和跳跃下，一次次，蝴蝶轻盈的薄翼被碾碎。逃亡吧，从那些可怕的模仿者中间，从热烈的赞美者中间！但蝴蝶仿佛遵循着夜间作息的规律，继续睡眠，安静地，承受杀戮。

演出结束后，我从许多破碎的画翅之间，捡到一只浅绿色的小蝴蝶。它奄奄一息，翅衣边缘像撕纸样的参差。我用双手搭起拱壁，捂着这只受伤的蝴蝶，它不动，但我的掌心能感觉它触丝般的依附。回到酒店，我用浸了糖水的纸巾铺在浅碟子里，尝试哺喂，但小蝴蝶用残余的力量挣扎着几步，爬离那片甜蜜的区域。

第二天早晨，我发现蝴蝶一动不动停在昨天的位置。也许经过一夜休整，也许因为重新调整了糖纸的湿度，我终于看到这只蝴蝶的嘴，像弯曲的弹簧从内部打开，它以虹吸的方式吮糖，补充着宝贵的体能。

去机场前，我不得不把它放到酒店前的盆栽花上。气温还是低的，风很大，小蝴蝶依旧无法展翅，我感觉它从未飞过。而这几朵嫣红的花，它短暂生命中唯一见过的植物——这是它的墓葬之地。

5 袖珍寄居蟹

沙滩匀细。这个清凉的早晨，有丝绸质地。

我坐在沙滩，看无限的海。昨天是圆月之夜，我知道无数生物在盛大的辉光里集体交媾——海是辽阔无边的纵欲的欢床；同时，海也容纳亿万的死亡。摧毁宝藏，海将之视若齑粉，浪涛就像突然林立起来的墓碑；然而，海却能够在风暴中呵护最微小的卵粒不受破损……是啊，作为大神的海远在我们的理解能力之外。

我正在遥望，视线的余光隐隐有许多移动的斑点：那是精湛小巧的螺壳，被四处搬移。当我一动不动有如礁岩，它们纷纷环绕在我身边，到处都是。我拿起一只，白色夹杂紫色的斑点，塔形。我想观察隐居者的样貌，但寄居蟹很害羞，稍作试探，我至微的动作都会造成惊吓，它紧紧缩回壳子里，一动不动。

想了小小的坏主意，我把它翻转在掌心，用另一只手的食指按住螺口，守株待兔。很快，我就感受到它性格的转变。它探出半个身子，我惊讶于它的样子看起来不像蟹，更像龙虾的婴儿，只是个头小到让人难以置信。小家伙想让螺壳翻转过来，以便及时逃走，但几次努力均告失败。我感受到了它的焦虑以及明显上升的愤怒。

寄居蟹只把尾端留在螺壳里，绝大部分的肢体都暴露出来，它用钳子顶，用附肢去夹。在我的指掌之间，这个只有几毫米的袖珍大力士持续反抗，我感到它作用在我指肚的有力推动，它的爪尖甚至让我疼。我从它凝滞的眼神中体会到了谴责。它顽强的报复让我疼痛、心软和敬佩，我几乎难以坚持这个游戏。但我说服自己克制到适应的程度，不能轻易屈从于它的压力，我将消耗耐心直至将它征服。一下，又一下，它用搏命的蛮力推我，我的指肚产生了一个下陷的凹坑。我数次想要放弃，因为它那种可以解释为偏执、求祈或暴躁等各种状态的力量，不断传递给我。我惊讶于如此微物所拥有的持续爆发力。

事实上我们相持了很长时间。最后，经过漫长的对垒，我输了。我抵不过它的坚持和自己的柔软。于是，放开它，看着它举着自己塔形的教堂走向更远的沙岸。

对不起。我的恶作剧对它来说甚至没有提炼教训的价值；但对我，小小寄居蟹用钳子夹住我手心的掌纹……我会把这视作态度稍感严厉的握手，并由此记住与它别样亲密的时刻。

6 金黄的飞鱼

……大海般的自由。哗啦哗啦的浪——海的分秒和节奏。高处，灵魂般飞翔的鸟，隐现如梦境。我可以长时间坐在沙滩，看海，从不厌倦。

风越来越大，头发就像自虐的鞭子抽打在脸上。汹涌的海变幻莫测，即将释放它的情欲或者暴力。我坚持留在危险的礁岩上。浪再高，也淘洗不尽——坐在这里，是一个杀生的人。事实上，我正消化着午餐。如果说会飞的人是天使，那么我的肠道里正消化着一位鱼天使。

飞鱼，迹近神话中的动物，或者说，它们因接近神话而令人神往。无垠的蓝，它们神秘跃出海面，张开鳍羽，尾部形同优雅的滑板，它们就像迁徙的鸟群那样开始完美的翱翔——身体闪耀着新银器的光芒，由此进入危险而无畏的自由。这是一场盛大的集体狂欢，如此壮阔，激动人心。飞鱼起起落落，如同海上奇迹般绽放的礼花。

泰戈尔写道："鸟以为把鱼举在空中是一种善行。"想飞的鱼，身怀放置到绝境的理想。或许宗教有时就意味着某种自觉性质的自虐。飞鱼超越身份和环境的限制，把自己变成不可能的部分……这就是神性。然而，作为凡人的我们，如何去体验神性？

我看到一群飞鱼，被铂上一层酥壳，通体散发金黄的光芒——不是来自神性，而是炼狱般的油温。台湾垦丁的渔货市场，我以为是传奇的生物，在这里作为即食小吃：裹面粉炸制的飞鱼，大的一条50台币，小的一条20台币。能以每小时50千米的速度并达至10米高度飞行的鱼，曾如鸟翼滑翔的胸鳍现在收拢，像两把破旧的折扇。体表一片混沌的金色，熟了的飞鱼几乎是面目不详的。那种就像已然进入天堂的金黄色，使它成为不会动的雕像；飞鱼拟态的翅膀低垂，又像天使即将着陆的模样。

出于好奇和蓄意的僭越，我尝试吃掉一条飞鱼。不知因为油质、作料还是飞鱼本身的味道，我觉得它吃起来略带古怪，好像我正在消化着一种已然变质的理想：还是说，天使本身只宜观赏？

吃吧，吃吧，像吃掉花的萼片，吃掉船的断桨，吃掉维纳斯的双臂……那种微量的内疚无须困扰，就像梦中杀人一样。

7 葵花炽烈

它是花里的巨人，可生长到3.5米以上，向日葵放射着明亮耀眼的光圈，那些黄色花瓣看起来具有细腻的丝绸质感。粗大结实的秆茎上却遍布毛刺，叶面也极为粗涩，就像大壁虎有着绒状毛钩的蹼掌。这些高大的菊科植物易于成活，体现出朴素意识的审美，其农作物的意义仿佛大于花卉。

其实，如果仔细观察向日葵，会迷惑于精密的螺旋排列的花瓣以及它对籽实精湛的镶嵌工艺。背面充满几何美学的萼片，形象比自然界的莲花更接近佛教中的莲座图案。而正在膨胀起来的花蕊，由珐琅质感的艳黄与深棕交织而成，很像蜜蜂的体色。向日葵模仿了为它授粉的蜜蜂，这是特别的铭恩方式。

近距离看蕊柱闪烁的细碎星芒，像小小的吊灯，从剧场的穹顶放射光辉。长久凝视花蕊的完美布局会产生瞬间的幻觉，仿若仰望星空的轻微眩晕，仿佛宇宙间精确的数学、天文和历法，都涵纳其间……神明在最微小的设计里也倾注饱满的耐心和激情。

开花的向日葵，离得远没有什么味道，近处嗅，却有奶香，像自己的小婴孩那种远处嗅不到近处却浓郁的奶香。蚂蚁，以及微型的昆虫，沿着茎秆向上，或者在硕大的葵花里徘徊——有的昆虫袖珍到只有在显微镜下才能看清它们逗号般的小翅膀。

向日葵花海颇具气势，仿若佩了剑戟的战阵。它们以太阳为磁极，指南针般矢志不移自己的方向。热烈燃烧，天荒地老，它们的爱情因笨拙而诚恳。不能以蕾状闭合，向日葵一旦怒放，义无反顾，死不瞑目。

饱含油脂的籽粒慢慢酝酿。硬质的皮壳代替了原来的柔软花蕊，葵盘呈现为微凸的弧面，像某种动物的鳞皮或背甲。撬动一颗，象牙白的籽实胚乳丰富，嚼起来有种生而莽撞的清香。成熟期的向日葵脱尽装饰的黄色花瓣，接近葵盘位置的梗以 45 度角弯折——它低垂自己的脖颈。小学老师曾以籽实饱满的向日葵形象教导我们，说应该越拥有什么越谦逊。然而，当连天接地的向日葵被自身的沉重所压迫，远远望去，像集体默哀的花。它们因成熟而凭吊花瓣一样鲜艳易凋的青春。它们不再积蓄爱情……籽实像小小的匕首，每把都插在心上。

我会想起那些和向日葵有关的时光。

比如掰开葵盘，里面是乍看像泡沫塑料的海绵体，童年的我曾以科学实验的探索精神尝试拿它熬制胶水。比如中学的地理课代表，如何出于强烈的炫耀把葵盘里剩下的籽粒吃成中国地图形状。而我自己的秘密呢？我左手抱着时钟般的葵盘，右手一颗一颗地吃瓜子，籽实从它们的位置上拔离……就像影院里渐渐空出越来越多的座椅。剩下的不是图案，而是他的名字。最后，无人知晓的暗恋，就这样被我秘密消化在肠胃里，就像一种黑暗消失于更大的黑暗之中。

8 海参或女人

干制后的海参体色黑灰或黄褐，周身布满对称的小颗粒。这个硬标本，水发之后能够恢复橡胶般的弹性……无脸无脑，如同一腔掏取出来的内脏。海参与女人，形象上似乎相隔甚远，但看习性，神似。

海参圆润，多是纺锤体；女人有着精巧的头颅和手脚，中间，是孕育万物的子宫。海参体壁丰厚；女人的皮下脂肪丰腴，胜于男性。海参生前并非枯硬，它色泽艳丽，身体弹润；女体柔软多姿，伸展开来，有如一张便于舒卷、象征富饶而引发征服欲望的斑斓地图。海参是温补之物，性味甘咸，用于滋养保健、补肾益精——女人也具有相似的日常性功效。

害羞，敏感，昼伏夜出，海参比拟了内心幽谧的神秘女性。可以根据环境变化体色，海参擅长伪装，出于天性的某种审美，更出于必要的自保——如此行为缓慢而缺乏攻击能力，唯有低调到隐匿。因外表或内心的美色而暴露自己的女性，无助无辜，在危险里。作为软体动物，温柔至此，抵抗无效，连它的刺都可以被食用，甚至成为美味的一部分。有些女性，她们顺从之后的反抗，会更快地招致侵犯和被毁。

以泥沙中的动植物碎屑和底栖硅藻为食，海参消化淤泥，从而获得一种艰难的营养。她们呢？吃生活的琐碎、无聊、沉闷，吃疼痛和忧伤的小小籽粒，从而完成吃力的消化。尽管如此，但选择略带悲情的命运似乎出于自愿。海参与温暖为敌，它喜欢清洁，适应冰冷，当水温达至二十摄氏度，它就坚厚如石，以漫长的沉睡度过整个夏天。最温情的人不怕孤独，最孤独的人怕温情……她们的礼花唯有开放在黑暗里，内心的火只燃烧在雪野，她们的翅膀永恒，张开在琥珀的水晶棺中。

假设施暴者用打结的绳丝或金属丝穿透参体，它具有惊人的排异与自愈功能，会魔术般逃离刑具，肉体不留任何伤痕。即使被侮辱、被损害，她们无声而顽强地处理发生在自身的灾难，无着痕迹。海参非凡的再生功能有如神迹。遇到天敌，比如螃蟹，警觉的海参会迅速排清体内的五脏六腑——它用自己的寸断肝肠去哺喂自己的敌人。失去内脏的海参并不因此死去，大约50天，它又会生长出柔软的心肠。她们不从教训中提炼真理，她们对魔鬼抱有面对孩子的耐心，这是妇人之仁吗？在断肠与禅定之间，在悲与智之间，在慈怜与参悟之间，她们深怀令自己无能为力的柔情。

如果将海参斩断放入大海，每段都会长成一只完整的海参，这个无性繁殖的小母亲，把不幸修改为某种赐福。半截身体，只要有头部或者肛门，海参就创造出关于复活的奇迹。莫如说，伟大的女性，只要不丧失脖子上的智慧或腰肢下的情欲，只要保持与世界衔接的出口，她就能自我拯救，分娩出崭新的自己和未来。

沉浸在科学探索的孩子，会用小刀把蚯蚓切成数段，看它们抽搐、翻滚、匍匐离去。残忍导致的却是童话般的美好结局，据说分裂的部分不死，携带着基因的秘密，单数迅速增长为拥有复数的家族。蚯蚓所为，毕竟是外力迫害下的神迹；而柔若无骨的海参，另有温驯中的暴烈——它自切。无须假以他人之手，它有挥向自己的无情刀刃。

自伤、自厌、自毁，某些女性天生需要克服来自深渊的强大吸引，灵魂里就像藏了铁的重量和磁性，使她们持续向下、向下。从许多女性作家和艺术家那里，都可以发现，温柔的妥协与残酷的自我切割如何兼容并最后输于后者的坚决。没有谁像她们那样勇敢地追求消极的命运。有多少的萨冈、普拉斯或萨拉·凯恩，天真的神情和老练的身体……几乎在一种持续的自毁中，她们才能使自己狂欢化的人格得以清晰呈现。我们难以解释她们灵魂里的铁，就像难以解释，海参的皮下为什么会隐藏一个纯铁球？虽然它的直径极其微小，只有零点零零零零几的毫米，人类至今无法解释铁球的形成和功用。或许这种提示是必要的，在女人致命的柔软里，隐藏着最硬的神秘之铁。

有个常识被人们普遍忽略：绝大多数海参并不能食用，能端上餐盘的只是极为有限的品种；男人们不要沉迷于误读了，谨记：能够被安全食用的女性其实比例甚微。

我们习惯说海参美味，往往出于叙述上的懒惰。平心而论，海参味美吗？它只是如此顺从，善于汲取作料或汤汁之味，然后水乳交融罢了。拿起被捧在手心的海参看看，除了轻颤中的胆怯，它自身，无味。海参只是最受环境影响的动物，无论生前还是死后。离开海水的海参，会把自己溶解，直到无影无踪，甚至生长到一定年限的海参也会自行溶于大海。绝大多数女性命运如此，只有优异者得以进入传说。西班牙女作家罗莎·蒙特罗在《女性小传》里写过这样的结束语："你越深入女性渺茫的大海，你会遇到越多的女性：强硬或细腻的女性，辉煌或无法让人忍受的女性，她们都耐人寻味。历史之河的遗忘之水充满了女性遇难者，我们只需登上船，就能够看见她们。"

9 猞猁与舍利

猞猁。稀有的面孔，莫测的性格。猫和狮子综合过的脸，雌雄模糊的体貌。温柔与残暴并存，它有不受威胁的娇慵与懒散。

猞猁清晰的眼线，像经过化妆液的勾勒，既妩媚又狞厉。它的样子装饰意味强烈，仿若只存在于寓言与神话中的动物。

假如能去除它的动物性，去除反犬的偏旁……猞猁，竟然，变成了舍利。

同样像是存在于传说却在现实中显形之物，舍利是从具体的血肉和抽象的哲思中提炼出的结晶物。

舍利；猞猁。对称得超出我们能够承受的胆量。一个晶莹，无味；另一个，披覆毛发，散发腥膻。一个，减除自身的肉体重量；一个，需要增加体重——所以它嗜血的利齿不断陷入和撕扯牺牲品的喉管。

离得那么远的两种罕有之物，为什么，非要共享嘴唇上同样的读音，甚至在字形上也具有危险而迷人的暗示？

难道唯神性坦荡如斯，不惧与豺狼为伍？

弄蛇人的笛声

1 序曲

如此炎夏，弄蛇人却把自己包裹得像僧侣。缠着鲜艳夺目的头巾，更映衬出黑檀木色的皮肤，他有深渊般的眼睛。远看，以为他抱着骨灰瓮，其实只是便于携带的轻巧柳篮，比棋钵大不了多少——对于体形纤长的女王来说，足够了。柳篮中的蛇毫无声息，似在沉睡，在默片般的梦境中。然而，苏醒的眼镜蛇一旦兴奋或者发怒，颈部能够向外膨起，形象既恐怖又凛然神圣，像罩着斗篷的魔法师，像所向披靡的君王，或者，像那个由伊丽莎白·泰勒饰演的埃及艳后。

弄蛇人开始吹奏，葫芦形的笛子顶端没进他的胡须里。盖子被打开，我们将从骨灰瓮似的器皿中看到什么？如果里面果真盛的是骨灰，我们能否看到曾被肉体囚禁的灵魂就像所罗门王囚禁的魔鬼终于得以释放……灵魂能否就是蛇的形状？唯此，它才能漫延或蜷曲在我们的身体里：温顺、沉默又危险。

蛇运动时笔直延展的身体，如若变得柔软的笛子；笛子像是蛇风干变硬的骨骸，从中滑出，是灵动的肉身，是光滑婉转又自相缠绕的旋律。

音乐继续，终于诱动了沉睡者。蛇，具有舞蹈家应有的窈窕和玲珑。无颊鳞的眼镜蛇面部光滑，磨削过的腮部线条有着内在的凌厉——高傲的女神，露出微微上翘的颏，缓慢抬升被珠粒细密镶嵌的身体。

2 女神

舞台中间，只有顶棚一束追灯照射下来，把女子笼罩在光圈之中，周围，都是黑暗。她双臂垂落，水样滑泻的肩线；盘踞而坐，只有一条脊骨，别无支撑——她的剪影就像蛇后。即使一动不动，也能感知她的妖娆、她的有毒之美。她仿佛正在吞噬自身的阴影，以积攒足够坚持一生的凉意。

徐徐地，蛇后开始摇动她修长曼妙的腰肢……鳞片闪动，模拟蛇皮的紧身衣上满是网纹和光斑。以完美的弧弓匍匐在地，或者盘卷，展示螺旋结构之妙……她的身体柔软到不可思议的程度，似乎连关节都是液体的。柔软、绵长而致命的情意，她的动作里暗含燎灼欲望的挑逗；但眼神漠然，不会歌唱也不会微笑的嘴唇紧闭。这是怎样谜一般的女性？木无表情，也能让人肝肠寸断。

蛇舞——来自魔鬼的礼物，这馈赠令你无所适从。只有出色的舞蹈演员才能胜任其中的难度，表现出蛇是如何献出它的深渊之吻。

有些蛇或黑或褐，色彩晦暗；有些蛇图案斑斓、鲜艳夺目，它们的礼服从头到脚，高领、紧身、及地，仿佛黑夜里的霓虹女神。但所有的蛇都没有唇瓣，所谓的嘴只是一道裂缝，所谓的蛇吻只是一个扩张的陷阱。无从探知，是否缱绻的身体一如它的深情？只知道，舌芯和性器都呈叉状——蛇似乎是Y形爱好者，雄蛇的性匙锁进雌蛇的肛腔可以长达十多个小时甚至整天整夜。缄无一语，交媾的蛇只是绝望地楔入对方体内，无声扭动和翻滚。孤独而至尊，才有如此绝望而放肆的取暖方式吧？做爱时的蛇成为捆死彼此的绳索。人类的命运大抵相同，我们早晚都会如此遭受爱情中寂静的暴力。

……曲终，灯光熄灭，舞蹈的女子重归熟悉的黑暗，她将继续凛然捍卫蛇一样不容侵犯的孤独。眼镜王蛇就是这样，独居——由于它的食谱里也包括蛇，所以眼镜王蛇的地盘里没有其他蛇类存活，它就像独断而好妒的王后。要，就要全部；对于琐碎的部分，它从来不屑一顾。

3 整体

蛇不会咀嚼。从鹰鹫到虎豹，擒获成功都是撕裂食物，把猎物变成血肉模糊的碎片；只有蛇，囫囵吞下整个猎物，把它完整运输到自己的腔肠。

蛇轻易不运用齿锋，具有折叠功能的管牙深藏上颌而不露。毒牙并不咀嚼，只用于推送致命的针剂。见血封喉的高手，没有额外的动作，蛇一击致命——以最小的伤口，完成最有效率的绝杀。蛇是最早发明注射器的动物，它酿制的安眠药剂，足够让被麻醉的猎物克服进入墓地的恐惧。不痛楚，不挣扎，猎物就能保持完美的尊严。蛇以吞咽的方式进食，像含着珍贵无比的宝贝。彩色的羽毛在蛇的腹腔里，蛇并不剥离鸟的翅膀；包括脆弱得不堪一击的鸟卵也完好无损，蛋壳上的任何斑点都没有破坏的痕迹，仿佛飞翔的未来并非被毁灭，仿佛正在蛇的肠胃里得到耐心孵化——仿佛蛇不是凶手，而是像这些鸟儿的母亲一样成为更深的守护神。

其实，蛇索要的是整体。无论这个整体多么微小，它也珍惜；无论这个整体多么巨大，它也忘我尝试。它对待食物就像痴心者对待爱情一样要求全部。可以吞咽大到不可思议的食物，蛇的颌面关节就像它的野心一样大。俗语讲“人心不足蛇吞象”，其实“蛇吞象”，也许说明的不是贪婪，而是一种极致的忘我。蛇为完整留住对方的原貌，努力做出自我牺牲，它让自己剧烈变形，冒着被撕裂的危险。渴望者兼具的毒性，使它的饱满情感无法传达和获得，结果永远是悲剧——它爱什么，什么就成为标本。

……那是在两栖与爬行动物馆。隔着玻璃，橄榄色与酱色驳杂的蟾蜍，肥胖，动作僵滞，像脑出血后尝试恢复的病人那样艰难运用自己的四肢。上肢姿势像要做俯卧撑，肘部外拐，有着大于直角的钝弧。它停驻，鼓着砂石色圆胀的眼睛，喉结却在急促抖动，似乎沉浸在焦虑与隐忧中。即使观众隔着玻璃在它眼前晃动手指，蟾蜍也不为所动，继续团在一起，像块粗糙的火山岩或用旧的抹布。过了一会儿，它梦游般抬起左肢，用海星似的分叉四指抵住玻璃，像要推开外在的喧嚣世界。虽样貌丑陋，但蟾蜍的缓慢节奏里自有雍容——对昆虫来说，它是生杀予夺的王，相当于狮子之于食草动物的地位。蟾蜍保持着它的尊严，直到，蟒所携带的末日来临。

蟾蜍的悲剧既定，但至少，它将保持完整的遗容。这并非猜测，而是得到过清晰佐证。一个淘气的乡下男孩逮到一条野蛇，男孩无惧无畏，甚至恶作剧地给蛇灌酒。喝醉酒的蛇，吐了……吐出一只翻着肚皮的青蛙。这只重返世间的青蛙，虽已死去，但毫发无损，肌肉饱满的大腿和潜水员式的脚蹼垂在体侧，它保持着栩栩如生的荧光色，像大颗的绿宝石，只是浑身裹满薄膜般的黏液，仿佛刚被激烈的恋人亲吻过。

4 天敌

除了龟、鳄和蜥蜴，两栖与爬行动物馆还有许多形形色色的蛙与蛇。真奇怪，为什么非要把天敌放在一起？

我童年见过有人叫卖蝌蚪。一片黑逗号：没有五官的硕大头部和滑稽的细尾巴，神经质地游动，或者贴住水盆边缘原地颤抖，无从判断它们的兴奋抑或恐惧。买回家放进玻璃缸，蝌蚪生命力顽强，好养，不久就会看到它们像童话中的小人鱼一样从独尾中分裂出双腿。印象颇深的，是一次从外地来京求医的男孩，经亲戚介绍住在我家。当我买蝌蚪的时候，他妈妈也给自己的病孩买了七只。我瞠目结舌地看到，男孩在妈妈的鼓励中将碗里的七只蝌蚪当场吃下肚子，目的是给他败火。尽管我喜欢一一按下塑料薄膜鼓胀的气泡，它们噼啪作响的破裂声给我一种强迫性的快感，但一想到蝌蚪头部的黑色囊泡碎在男孩的齿隙里，再想到他的笑，我就不寒而栗。幸好，男孩只是就着一大口水一饮而尽，那些蝌蚪冲下食道的瀑布时依然活跃，然后才被胃酸逐渐溶解。那个男孩，大我四岁，属蛇。

观察春天的河流，偶尔会发现除了青蛙的卵块，还有长长的像塑料水管一样的东西，那是蟾蜍所为。胶质膜形成拇指粗的半透明胶管，黑色的卵粒在其中排列成行。蟾蜍的长管状排卵，迹近于蛇，为什么蟾蜍要选择如此特殊的形状？是否让后代在初始记忆里就熟悉这种禁忌的形象，以适应蛇所带来的终生恐惧？一旦孵化，蟾蜍蝌蚪会尽快游离带囊，是否，这是一种蟾蜍在生育时就打下伏笔的警告，或者某种象征性的对幸存的祈祷？即将被蛇吞噬的蟾蜍，能否领略这宿命：生，就是逃开蛇形；死，就是重归蛇形……无法逃离，一把长如蛇身的枪管，将它终身瞄准。

只有极为特殊的例外。

澳大利亚摄影家抓拍到一个画面：布里斯班山洪暴发，一只青蛙为逃生跳上蟒蛇的脊背；即使蟒纹交错如致命电极，青蛙仍牢牢抓住这些深渊般的恐怖斑纹，借以渡过湍流和旋涡。此时，青蛙与蟒蛇的关系，是天敌还是恩人？杀戮者用自己的身体为受害者打造方舟？是否，唯有陡然降临的灾难能让两者结盟？因为，不能回头，蛙与蛇的身后，巨浪席卷……它们共同的伊甸园已被倾覆。

5 伊甸园

睡眠的蛇，枕在自己的身体上就像枕在一张古老神秘的地图上：它的河流、土地与山川，它的花簇、枝条与果实……这是纪念，隆重得与生死同在的纪念，蛇用残疾的身体拓印下它逝而不返的伊甸园。是的，伊甸园，它的故乡，它的法庭，它的受难之所。

曾经的蛇，拥有美貌，光润细腻的肌肤闪耀着缎带之光，背脊生有一对迷人的翅膀。伊甸园，五谷丰登而花团似锦，这里的生灵全是喜悦而散漫的无忧者，除了，叶影斑驳中，隐蔽行踪的蛇暗怀心事。

我迷惑，为何让人类禁食那棵树上的果实？假设知晓善恶，人类岂不更能唱诵上帝的美德？难道所有的权力，必须依赖不透明的过程才能运行，它的威严才不被觊觎和僭越？难怪人间高明或拙劣的效仿者很多，他们甚至因此走上歧途的黑暗。为什么有人喜欢阴谋？因为只有黑箱才藏得住一只不管多黑也不显现的手。可是，树立典范的神无须隐瞒，他的坦荡和万能足以让他不受威胁。难道，上帝震怒，因为如此公然的挑衅，蛇的一句耳语竟然颠覆了上帝至尊的安排？难道这种荒谬早在上帝的预料之中，只是，驱逐人类而得以重新独享天堂的宁静与丰美，上帝也需要一个堂皇正义的借口？

伊甸园里原本的三个等级分别是：上帝、蛇、人，蛇为什么要破坏既有的平衡？如何解释蛇对人类的告密行为，究竟是针对上帝的出于自私的挑拨，还是因为人类被愚弄而产生慷慨的同情？这究竟是蛇一次偶然的多嘴，还是一场蓄谋已久的反抗？蛇是否上帝忠诚的奴仆，即使承担污名也要完成上帝眼神暗示的旨意？还是说，蛇从来未曾熄灭由衷而强烈的敌意，这是灵魂时刻准备着的起义？是否，真相像烈焰一样在它的舌尖上燃烧，迫使蛇抵达最后的诚实？是否历经犹豫和折磨，蛇才说出真理，是在冒号之后停顿很久，它才吐露第一个词？体貌如巨型蚯蚓，那些奇形怪状、块茎一样埋藏地下的真理，蛇，要使它们破土、开花。

能进入伊甸园的，都是神的孩子；不要忘记，蛇也曾是天使。一旦开口，将注定失去伊甸园里的如诗如歌。成语里之所以说“画蛇添足”，其实并非笑柄，人们依照祖先留下的残存记忆描摹并还原了蛇在乐园中的往昔形象。然而，不复美貌，它是被砍去四肢、倒塌在尘埃里的维纳斯。蛇像上帝狠狠抽打下来的一道鞭痕。今天的蛇，样子令人生畏，像是用碎裂的残渣一点点把自己黏合而成……难以想象，蛇所遭受的酷刑。

6 酷刑

中国古代酷刑的著名案例：吕后专权时，将刘邦的戚夫人砍断四肢，灌了哑药，熏聋耳朵，挖去眼珠，割去舌头，然后扔到茅厕里。这个重刑，非常接近上帝对蛇动用的手段。上帝说：背叛的魔鬼不配拥有天使的美貌。岂止被砍去四肢令它终身匍匐，蛇没有外耳，视力斑驳，为了惩罚它泄露秘密的嘴，蛇甚至被割唇——上帝只在蛇的脸上，留下一道深切的刀口，以及剪出的尖锐舌缺，用以警诫后来的挑衅者。

童话里最疼的是美人鱼，因为她步步走在刀尖上。相比之下，蛇身世更凄凉。没有哺育的父母，没有成长的兄弟姐妹，它是孤儿；只能看到极其模糊的色块，蛇的视力比瞎子强不了多少，同时，它没有声带和四肢，它是重症残疾者；甚至不能像小人鱼那样默默哭泣，因为蛇没有眼睑和泪腺，所以，经受再剧烈的疼痛，它的表情也是无动于衷的呆板。蛇永远用它专注到已然僵滞的眼神，注视一一来临的苦难。

蛇是动物中的苦行僧。它随着环境改变体温，不必像恒温动物那样摄取大量食物以维持体温，它能在条件恶劣的环境中生存，也可以漫长地忍受饥馑。人类有力惩治囚犯的办法，是把他们关进仅可容身的黑暗牢笼——狭小到不能站立和横卧，他们只能困难地蜷身于孤寂而恐怖的绝望里。但这对蛇无效。它们天生适应孤独，即使麇集的蛇群，每条都沉湎于各自的宁静而相安无事；观察一条终身独居的蛇，你会发现，它从未因情欲而摔打自己的身体，它就像僧侣那样恪守、自持、宠辱不惊，永远置身肉体的荒漠之中。当犯人的身体被屈辱地弯折和叠合，那已是一种无须刑具的残忍折磨；即使遭遇类似的刑罚，被囚的蛇首尾相衔，即使长年累月地被迫佝偻整条身体，即使像终生的苦役者那样无从伸展，无法再像伸展自如的卷尺那样丈量世界，即使从此形如句号那样被武断地终止表达……不过是成就了蛇，这个残疾的囚徒，反而由此成为一个卓越的瑜伽大师，或者是一个头枕自己脚踝的做梦者……蛇把受刑变成每天的习惯，变成日常的绝技。

被剥夺、酷刑之后的蛇，躯干简洁得令人恐惧，但它拥有残疾无产者的令人胆寒的力量。如果愿意，它的嘴里可以不储存任何褒义词，只留下一对复仇的牙，等待某个瞬间镶嵌在某个牺牲品体内。蛇无从触摸，它对世界全部的感知都需要通过一寸寸带有痛感的身体磨砺，这使它看起来匍匐般谦逊；可一旦毒蛇昂起头，就会有什么东西倒下去，倒在比它的头颅更低的位置。是谁，让蛇如此傲慢？是什么，让它获得这种对灾难甘之若饴的从容与无畏？难道，仅仅因为，它的裂舌虽已无法复述往日的真相，但味蕾之上，蛇的确尝过真理之味？

7 真理

蛇被逐出伊甸园，但它带走了永恒的真理，就像窃取玉玺般偷走王权的秘密。真理，或许隐蔽刻写在密码似的蛇纹里，或许像苦胆一样被它吞咽在腹腔，或许就藏在有毒的口腔里。可以吞咽大于口腔体积的食物，蛇的行为如同瘦小的僧人要消化无限的真理。

蛇，盘绕的身体神秘如咒，比拟一座微型的藏经之塔；蟒，卧行，沉重而驯服，就像一条已被公认的真理。

我看过一部纪录片里表现摄取蛇毒的过程，捕蛇者好像强迫它喝水一样，把蛇的上下腭卡在玻璃杯的边缘，然后，蛇就缓慢流出毒腺分泌的珍贵唾液。其实，这个镜头是在暗示，真理“有毒”。毒蛇分为管牙类与沟牙类，沟牙的威胁性更甚于管牙，因为拥有更致命的神经毒素，沟牙下，只要两毫克的液体就足以杀死一个健壮的成年人。据说毒性强的蛇具有一种显而易见的自信，它知道自己完全有能力在一瞬之间除掉你。什么是真理之味？它的苦毒令人胆寒，可以速效地彻底摧毁你原以为固守的道德、逻辑以及绝对的生死体验。

焰火夺目，易燃易爆的是火药，光芒四射的真理同样是危险品。也许正是因为对真理的执着，使蛇沦入悲剧。就像盗火的普罗米修斯，将受刑于比烧灼更大的痛楚；真理剧烈的腐蚀性，使蛇的口腔变成有毒的器皿。也许上帝并未亲自施刑，蛇那创伤一样的嘴，也许来自于真理本身的威胁。

当摇滚歌星对着麦克风摇摆反叛的身体，麦克风就像一条站立起来的蛇。蛇一旦站起来，它的威力就像一支直立起来的麦克风，有着惊人的传播能量，所以上帝严禁蛇发声和站立。被永远噤声的蛇，也许用肢体继续着哑语，只不过鲁钝的人类无从破译。竖起身体的蛇，火焰般的上升，像真理那样崎岖地上升……直到极限，屈服于自身的重量，最后才轰然倒塌。蛇用自己的身体比拟了巴别塔的绝望。

真理是哑的，从来没有假话那样迷人的嗓音；真理从来不是光滑的，它全身挂满鱼钩般无从退回的倒刺——蛇，哑言者，体鳞如此牢固，仿佛钉刺在赤裸的肉身上一一穿透。蛇看起来，多么像受难的先知。

8 先知

当上帝欺哄人类说：吃善恶树的果实必死——蛇反驳了一句真话："你们不一定死，因为神知道，你吃的日子眼睛就明亮了，你们便如神能知道善恶。"先知先觉的蛇向夏娃传授知识，指认什么才是生存中最为宝贵的意义。从这个意义上说，蛇是人类历史上第一个启蒙者，是先知，它把人类从混沌与蒙昧中解放出来，使人类脱离上帝的精神控制。当亚当和夏娃意识到肉体与道德，并由此体会由羞耻而产生的自尊、由禁忌而带来的反叛与自由，人类就不必再等待神明特许，如果愿意，他们随时可以用身体给予对方节日般的狂欢——这种给予，因终生而日常，彼此得以缔结某种近于神赐的关系。如果没有蛇，衣食无忧的亚当和夏娃还是伊甸园里被哺喂的婴幼；正因蛇的告诫，人类得以苏醒，成为征途上的独立英雄。

当上帝因震怒而降罪，亚当和夏娃只是被逐出伊甸园，蛇却承受酷刑，获得比人类深重得多的惩罚——它替人类背负罪责和苦难，几近另一版本的基督。两者之间的区别在于：蛇的牺牲是自觉的，基督是受到上帝的委派；蛇让人类自由，基督让人类服从；蛇遭遇上帝的惩罚，受尽严刑，基督被上帝拯救，遍体鳞伤得以奇迹般地愈合……

蛇，沙漠色的眼睛沧桑历尽。尽管视力模糊且无法闭合，但蛇眼被一片至为清澈、隐形眼镜般的鳞片覆盖。古老的先知，它的眼睛就像吉卜赛人的水晶球：从丑恶到善良，从诅咒到祝福，从牺牲到复活……蛇洞悉一切，或许它也早已洞悉自己未来的苦难。聋哑盲，无损内心智慧。失聪让它拥有全世界的寂静，以及唯有寂静里保存的傲慢与极端的专注，或者说，无须更多知觉和手段，它已达至对世界通透的理解。即使被贬入尘土与泥泞，蛇匍匐在地的腹环有如树的年轮记载成长；它火焰形的叉舌上，燃烧着灼烫的真理。

蛇行动时极尽舒展，停驻时极尽蜷曲，这是云在青天水在瓶的境界吗？或者，如果用意译的处理手段，我们可以将上面的话处理为：丈量世界时极尽公正，占有世界时极尽狭窄——这是先知恪守终生的道德自律吗？

然而先知的悲剧，在于它没有信徒。

如果说，蛇是人类的先知，人类就是蛇的叛徒。不计恩情，果断决绝，人类以自己的行为出卖了蛇。

9 恩情

人类从来都是负恩者。

据犹太教版本《哈加达》的解释，亚当和夏娃最初穿的是用蛇蜕下的皮所制的衣服，这层柔软铠甲为人类提供着庇护。我唯有一次碰触过蛇的鳞甲，它的体表完全不像预想那样有着鱼一样滑腻的黏液；说是冷血动物，但通过指尖的有限面积传递过来的，是一阵干燥的温暖。那时，这条绿色的幼蛇被人用草绳捆绑在一棵低矮而枯干的灌木上，盘成形状不精确的如意结。灌木的枝茎上布满棘刺，被束缚的囚徒却保持着不可思议的优雅：阳光下，它明亮夺目；当云翳遮挡了光线，它的绿鳞又青苔般泛着内敛的幽静与凉意。它很美，像《白蛇传》里的小青……

正如《白蛇传》里所展示的人蛇关系。对白素贞来说，不过是蛇爱上一个人；对许仙来说，不过是爱上的人变成了一条蛇。白蛇美丽贤惠、柔情万种，她小心翼翼去维护、奋不顾身去捍卫的爱情，却因许仙的好奇心而引发悲剧。这个故事再次阐明，蛇对人类痴情而导致恶果。

所谓“滴水之恩，涌泉相报”，其适用范围仅限于滴水之恩；若是涌泉之恩，就不再遵循这样的公式，荒谬的逆转开始了。因为谁都难以承受恩重如山那令人窒息的重量，所以当无以为报之时，我们或逃逸，或以颠覆事实的诡辩来恢复自己的道德优势。人们感慨世间太过频繁的恩将仇报，其实何须意外？那反倒是必然的因果。世界的法则从来如此：有佛法倡导的以德报怨，就有世相通行的以怨报德……局部的不公，从更大的境界看来，却是大的公正与平衡。如同“圣人不死、大盗不止”里令人惊异的逻辑，其实只有天敌才是彼此喂养的恩人，只有恩人才是最易获得并且食用起来最为安全的猎物。如若允许人类彻底灭绝一种动物，我相信，多数人的选择必然是蛇。蛇的恩情导致它沦落到怎样的悲剧之中？看看人类今天给予先知的报答吧：皮做的包、胆泡的酒、肉熬的汤……蛇，死无葬身之地。蛇解放了人类，人类却成为所有动物的天敌，其中也包括作为解放者的蛇。

假设时光逆流，亚当和夏娃得知善恶树的秘密之后，没有当即用树叶装饰自己可怜的生殖器，蛇或许继续隐身于伊甸园之中。它失去一切，换来亚当和夏娃生殖器上两片颤抖的树叶——这是否是一桩值得的交易？这是否是公正的价值兑换？仿佛，把梦想折价为羞耻，把飞翔等同于堕落，仿佛判定残疾的天使不如害羞的嫖与妓。况且，分享终极秘密的人并未就此成为蛇的同盟，反而向上帝招供。事实上，人类不适合承载信任，要求他们不传播秘密，就像要求他们终身不花费赃款一样；女人天性更如此，在她们心里发酵的秘密像迅速成熟的种子一样爆裂，随后就开始无法自控地传播。

10 秘密

弄蛇人有他自己的秘密。

蛇阴险的样子，比毁容者的脸更令人不寒而栗。对我来说，不怕蛇的人比不怕狮子的人还勇敢。正是出于由来已久的恐惧，我对弄蛇人抱有一种糅合着恐惧的敬佩。他凭什么，令蛇无限驯服——蛇像是弄蛇人手中的绳结：任意柔软，折叠或缠绕，为它自身的命运所束缚。

我曾猜测，弄蛇人使用手鼓或某种法器，上面蒙着蟒皮——这是格外有力的震慑。虽然跳舞的蛇可能是条杀人的蛇，但弄蛇人暗示自己可能是个杀蛇的人，所以这是两个杀手之间的对决与宴乐，弄蛇者通过战利品来威慑，暗示随时可能发生的杀戮以及不必怀疑的胜算。然而此乃妄断，事实并非如此。印度的舞蛇人申辩，说他们尊重蛇，从不虐待，甚至在表演季结束后将之放归森林。无论有意或无意，印度人都将杀蛇视为大罪，他们甚至会为蛇举行葬礼。弄蛇人同时精通蛇性与药草，可医治伤毒，但每当我想起他的职业，总觉得他如雅典传说里的花衣魔笛手，像个神秘的驱魔者。然而，何以会出现如此多的魔鬼？也许正因驱魔者在此，他出现的地方，像雌蛾释放的性元素一样强烈地吸引扑扇着翅膀的鬼魅……其中是否暗藏近乎邪恶的秘密？

弄蛇人一边吹奏，一边用脚打着节拍。旋律，以及蛇妙曼的细腰，都像寺庙里的烟柱缓缓上升……原来，秘密不在于音乐，那不过是弄蛇人的托词。由于丧失听觉，蛇是个音盲，完全不解旋律里的风情，更无从得知音乐里那精湛的数学之美和艺术之魅。一方面，弄蛇人边吹笛边击打脚掌，蛇听不见但可感知空气中的振动，音乐的节奏等于一一敲打在蛇的骨节上，于是它像钢琴上被用力按下的键那样发出响应；另一方面，看似被音乐所操纵和控制，真正迷惑蛇的，是弄蛇人和他手中笛子的运动，蛇迷惑于那些移动着的模糊斑块。

暗度陈仓，从未出自音乐的感召——令蛇翩然起舞的，乃是节拍下悄然传递的信息。我们用以诱惑的，从来都不是冠冕之物，而是埋在堂皇理由下面的诱饵。如同无论革命还是爱情，肉都埋在饭里——动物的血红埋在植物的雪白里，深处的腥藏在表面的甜之后，由衷的暴力被一团耀眼的纯洁所包裹。

观众赞叹舞蛇的神奇，冷冰冰的蛇竟然能被驯化。可惜，与驯化无关，弄蛇人所传承的技艺，是以夸张但不易激怒蛇的动作与蛇互动——凭借蛇的本能，而不靠激发蛇的表演天赋。仔细观察弄蛇人，隐蔽着的秘密昭然若揭：看，他正在模仿蛇！

11 模仿

盘腿而坐的弄蛇人，摇头晃脑，耸肩扭腰……他模仿蛇的舞蹈；或者说，他是蛇的引导者，让蛇模仿。弄蛇人与蛇，仿佛游戏的双方、阴谋的同盟。蛇与人互为模仿，引为镜像。

这个世界遍布模仿的痕迹。斑马是集群的食草动物，老虎是独居的百兽之王，可它们身上都布满相似的条纹，只不过底调的色彩有所区别：一个亮如白昼，一个幽秘如黄昏。比如，古老的捕鲸船，曾追随开阔的洋流航行，寻找海里会唱歌的巨兽。拆解船体的内部，我们会发现，支撑其中的船架如同鲸鱼的巨大骨骸。模仿，在人类社会中也颇为普及。拥趸对偶像的模仿。奴隶对主人的模仿。受害者对刽子手的模仿。这里面，隐藏着权力膜拜。较低等级的生物模仿较高等级的生物，通过模仿而完成形象上的跃升，因为后者占据更多的生存资源与优势。当然也有逆向的模仿，比如猎人模仿他的猎物，拟态让他更易于靠近与捕获猎物，或者通过招魂的方式去了解猎物的轨迹及其生死。世界是一只多么狭小的方舟，很多时候，我们需要与狼共舞、与敌同眠，需要和杀手分享安全——某种程度上，这是在模仿神迹，因为神就是这样与他的亵渎者同舟共济，就像上帝与蛇一起出现在伊甸园。

同一品种的蛇与蛇面目相似，它们彼此模仿，以至于我们无从判断谁才是那个遭贬的魔鬼。弄蛇人与弄蛇人彼此模仿，这是比面具更有效的伪装，弄蛇人由此逃避蛇的直接指认。弄蛇人与蛇相互模仿，保持着音乐两端的对峙、平衡以及动荡中随时的调整，谁在施咒、谁已中蛊？谁才是最后的杀伐之王？梵蒂冈美术馆里，著名石雕《拉奥孔和他的儿子们》令人震撼，蛇盘绕着痛苦挣扎的祭司和他的爱子，像致命的藤正在绞杀寄主。如果蛇杀死了人，那么它就成了披挂在失败者尸体上的挽联；如果人俘虏了蛇，蛇就会成为最美的装饰，有如英雄身上的绶带。

尽管人蛇之间致命的博弈从未终止，但通常情况下，蛇的温驯超乎想象。在西双版纳，我曾看到一条巨蟒，体表呈模仿云豹状的大片花斑。蟒蛇蜷缩、堆叠，以使自己盘踞在一张小学生课桌上——那么局促的面积，蟒蛇一动不动，不逾边界，它似乎拥有某种天使的教养。养蟒的朋友告诉我，平常让它待在敞口玻璃缸里，这个逆来顺受的家伙从不挣扎，从不试图逃走。它听任于自己的奴隶命运，似乎不需要所谓的自由。

12 自由

对蛇来说，弄蛇人是权威，是统治者，是给自由宣判死刑的神。当蛇仿佛被压扁的头慢慢伸出委身的陶罐，像是从囚禁之所里释放出来的魔鬼，它将报复还是感恩？令人意外，蛇一旦越出牢狱，竟开始给剥夺它自由的独裁者跳舞。起舞，仿佛有从内心升起的颂歌，它无视曾经和随后的屈辱。蛇可以随意弯曲，就像每根骨节都被打断；全身都是关节，所以无须弯下膝盖，蛇的屈从无着痕迹却面面俱到。

蛇有几百对肋骨。每对肋骨都是重重把守的关隘，它一一锁紧自己的每道防线。一条蛇，处处灵巧，处处警惕，密布由骨头组成精细的榫卯，它用连续的暗锁，护卫自己雨花石般的心与胆。蛇对世界抱有矛盾态度，既如情人般善于缠绕，又如敌人般持续戒备。被贬离伊甸园之后，蛇能否如一勇敢？也许蛇看似的勇敢并非品德，仅仅因为它是一种天生没有泪腺的哑动物，无以为表，所以它的屈从也被视若抵抗。蛇缓慢，懒散，易于妥协，只剩下用毒者匍匐在地的阴郁与谦卑；天壤之别，蛇也许无法想象雄天鹅的飞翔……那美而粗野有力的自由。

且慢，囚徒可有自由和尊严？难道身体被绑缚，更有助灵魂抵达彼岸？看，弄蛇人缭绕的笛声里，那条被俘之蛇……像芭蕾舞者，在双足的日常刑罚中建立起美妙的升华；像沉浸创作的艺术家，被禁锁在绝望里，渐渐被某种未知的旋流所感召，进入神秘的冥想，进入别样的自由。艺术与其创造者的关系均是如此，既有爱与热爱，也有奴役与控制，以及难以言明的历险与享乐、服从与自由。自由，既朴素又奢华，既美妙又残酷的自由……从凝重里提炼的透明之轻，这空气样的自由。但自由的价值，或许唯有在被奴役者那里才得到恰切的阐释，如同常人无从体会空气的存在，只有被掐住喉咙的人才知道缺氧的绝望。

自由是任意变化，自由也可以是：在任意变化的世界里选择永恒的不变。这便是关乎蛇的神话。蛇从来没有改变过，亿万年来，它始终保持如一的样貌和行为方式，几乎没有什么进化痕迹。亿万年的光阴等同一日，蛇古老的忠贞比撰刻在石碑上的誓言更为坚定。然而，蛇的道德与道理还能承诺给谁？无论上帝还是人类，都不再听信于它，于是蛇，成为一道自我捆绑、勒痕显现的绳索。

人类易变，他们难以面对古老而从容的蛇，因为蛇深知人性的弱点……于是，蛇必被诬陷和诅咒。蛇是悲剧中真正的流亡者，继被上帝逐出伊甸园后，它又遭到人类的驱逐。蛇启蒙了人类的自由意志，结果自己失去了整个自由的世界。如果不是为了杀戮，不是为了剥皮食肉，人类的居住环境中大多消灭了蛇的踪迹。于是，蛇隐匿于孤岛，隐匿于不为人知的荒凉之中。

13 孤岛

小时候对我来说，世界上最恐怖的地方是蛇岛。虽然我从未到达这个旅顺附近的孤岛，但一本薄薄的文学册和一部短短的纪录片——名字都叫《蛇岛》，足以将我击毁。那里遍布无穷无尽的蝮蛇，单一生物如此高密度地积聚在有限岛屿上，想想就令我头皮发麻、不寒而栗。我想象蝮蛇们在那里吞咽和交媾，鳞皮斑驳闪烁。它们盘踞、匍匐，或者缓缓抬起身体，毒汁的液面也随之上升……上升，上升，像亡灵起舞，像厌恶的神要逃往高处。蛇的样子，是以最简洁的设计达至最恐怖的效果——它们像开垦梯田一样开垦在自己身体上的腹环，以种植丰收的罪恶。每年候鸟飞临，蝮蛇享用这些从天而降的食粮。而且，它们的繁殖与人相似，卵胚在雌蛇体内发育，生下来就是蝮蛇的样子，并可独立生活。真可怕，面积只有一平方公里的蛇岛，是我所知最为具体的地狱。

但换个角度，这是蛇最后的安身之所。一句真话，让蛇从此无以栖寄，被迫藏身于最后的孤岛。我们怎么看待世界，就揭示了我们是怎样的人，一如自私者所见无不布满自私的霉斑。蛇岛囤聚大量的蛇，的确是可怕景象；可假设我们能从蛇的角度看待人类呢？人类作为单一物种如此稠密地积聚城市，同样以消灭万物的盘踞，除了无穷无尽的人群，别的万物不生——面积更大的“人岛”上囤积数量更多的人，这同样是末日镜像。

作为无数种生物之一，人类为什么觉得世界天然归属于他？尽管他是上帝的长子。人类历史上第一桩凶案，正是长子的谋杀——亚当与夏娃的儿子该隐，因妒杀死了自己的弟弟。意欲独享，人类不惜罪行。

《圣经》里说，蛇必受诅咒，它的后裔与女人的后裔彼此为仇。人怕蛇，这是来自远古的恐惧，赤足的祖先曾死于它们挑衅的眼神和瞬间的攻击；蛇怕人，这是来自现代的恐惧，它们的皮蒙在乐器上，它们的肉炖在汤羹里，它们的血被兑进酒浆——它们死，以娱乐人类的身心。所有的蛇都是肉食者，是否出于积聚已久的仇恨？

与人类关系最为密切的动物形象，除了猫狗鸟之类的宠物，就是蛇——但如此不同，城市的日常经验中少有机会遇蛇，令人恐惧的蛇已像狮狼虎豹一样远离人们的视野，但它却牢牢占据人类的意识，深植思想，甚至频繁出入梦境。难道仅仅因为渊源，因为蛇是动物中唯一参与了创世纪的成员？动物中，没腿和腿多的都令人害怕，比如蛇和蜘蛛……其实我们害怕的，只是与己不同的异端。人类对异端异教习惯过度诠释，直至宣判邪恶——从这个意义上说，蛇不是唯一的受害者，却是灾难最为深重且永不被赦免的。

傲慢的蛇，擅长穿透伪装，直抵内核。是否人类宁愿从未倾听过蛇的低语，他们宁愿永远蒙昧地待在伊甸园里，也不愿忍受终生奔波的苦楚，不愿接受自己失信背诺的形象？也许，人类远离蛇，正因为害怕听到更多的真相，畏怯面对更大的羞耻。

响尾蛇的鳞环咔嗒作响，纵使被噤声，它一如身怀绝技的腹语者。蛇的表达既蛊惑又危险，难以揣度……怎样的谜语藏在它沙漠色的眼睛里？

14 谜语

蛇拥有寓言家那样谨慎而带有嘲讽的智慧。交叠、翻转，蛇是它自身的魔方、自身的谜。

笛声响起，弄蛇人试图祛除蛇的魔性，让跳舞的蛇兴奋，让它像瘫痪者呼唤自己曾经的青春。可真实的弄蛇表演中，你会发现，绝大多数情况下，蛇并未陷入癫狂，它们拥有倾听者完美的沉静。我们甚至略带羞愧地承认，蛇根本就是无动于衷。我们不会看到，蛇在性爱中那大胆亲密的交缠，那引诱者的情色，那激越而高潮迭起的探戈。有尊严的蛇，神游物外，偶尔观看一下，这场弄蛇人为取悦自己而进行的卖力表演。我们永远猜不透蛇，猜不透它简短而致命的谜语。

沧桑历尽，斑驳的蛇古老如神话——只有神话，才经得起岁月的推敲与阐释。当我们被一条蛇专注地凝视，仿佛立即被古老的生死之谜所笼罩。可我认识一个奇人，本应鬓发斑白的年纪，他却拥有一张青年甚至是少年的脸，拥有时光雕像般的五官，因为他曾两次被剧毒蛇咬伤而濒死。他的血液里被注入神秘之物，从此，不仅蚊虫不再叮咬，连蛇见到他也会避行。终生生长的蛇，被视作永生的象征，蛇的毒吻让我们目睹：人与蛇结盟会获得怎样的永生，那是慈悲上帝也拒绝给予的赐福——因为这种结盟所产生的永生将使上帝不再稳居绝对的宝座。在伊甸园里，蛇其实是与上帝可以在智力上抗衡的对手，因为它洞察上帝的心思。上帝把人类作为玩偶，蓄意没有赋予他智慧，混沌的人经过蛇的点拨而获启蒙，人类的力量虽然微弱，却是移动的支点与砝码，他倾向于谁，谁就可能获胜并由此确立不容置疑的正义。但人类屈服了，他放弃与蛇的同盟和彻底的自由。当上帝用欺骗来巩固王位，蛇幻想以真相来颠覆权力，伊甸园里有过一场失败的起义。

……名词，鱼鳞般覆盖世界，它们出自上帝的魔杖。一条蛇，不仅拥有它认识世界的鳞甲，而且每年都要蜕皮，安静地脱去旧装，这优雅的更衣也使它得以不断拓展自己的认识与可能。皮开肉绽，不过使蛇那些更大、更新鲜的鳞片裸露出来……光彩熠熠，状如宝石。

盛年

1

不记得具体是哪年暑假，我大概八九岁——童年没有储藏，连年龄都是区区个位数，所以才敢那样挥霍地看待生死。

夏夜，大家坐在院子里聊天，我用一把团扇若有若无地赶蚊子。扇面薄如蝉翼，画着细眉细眼的病美人。我看天：星星，微弱地闪烁，像草丛里抖动翅膀的小蟋蟀发出天籁。

……耳边飘来邻居阿姨的问话："余姑娘今年多大啦？"迟疑片刻，是小声的回答："三十。"简单的两个字，我激醒，几乎震惊地侧头打量那个低语者。父母的辈分高，我一直叫她"余姐姐"。她长得像混血儿，眼睛是和头发一样的焦糖色，白净，不太对称的酒窝不影响整体美感。她一直未婚，为“姐姐”增加天然的合理性。从没想到，偶尔和我一起玩的“余姐姐”，三十岁，天哪，那么老！简直越出我理解和想象的边界。我用目光反复审判，渐生反感和蔑视：窃贼般，她偷偷活到这么老。突然得知这个可耻的秘密和真相，我难以适应，搬起竹凳，赌气回家。没有谁在意一个孩子的离场。无人理解，她感到自己遭受莫名其妙的蒙骗，以及她对“三十岁”所象征的衰老那由衷的不屑。

奇怪的是，对旁边纳凉的老人我却并不愤怒。下棋的老者还在继续，棋子的木色泛着积年的旧意，边缘被摩挲出一层包浆。这副棋缺子，少了一枚黑“士”，他们常年用一块圆石头代替。谁也不想换副新棋，太浪费了。两个年届古稀的老头儿体内一定也有秘密萎缩的器官，但他们不能因此推翻自己的整个骨架，就像不能揭翻一盘不想作数的棋……一切，已成定局。即使手上排列着星座般密集的老人斑，即使汗腺分泌出腐木气味，我不觉得他们难以容忍。是因为，他们老得已进入我视线的盲区，我其实看不见他们。两位老者夸张有力地落棋，我身后传来响亮的啪啪声。其实，他们站在边线之外，这个世界的比赛已无须他们参与。或许，在童年的我看来，老年因为失去审美价值而无须与之计较。生，然后寂灭，人们不会像心疼落花一样去珍惜落叶。可三十岁的余姐姐，青春已尽，她正在蜕变，像蛹一样充满尴尬、丑陋和耻辱。作为孩子，我拥有冷酷无知的道德：为了捍卫绝对化的美，应该让落满尘埃的翅膀禁止飞翔，让所有少女都死于干净的十七岁。

我对“年龄”有强烈反应，起自那个夏天。

两天之后，听着高音喇叭里的开学通知，我背着新书包走进校园。我悲伤地想，自己还不到十岁，一生要有多少个十年？漫无际涯啊，要有多大的耐心才能支撑自己坚持那么久？于是，每天上学，我就伤感地自我鼓励，自己又活了那么一点点啊。活，就意味着承担无数明天里所象征的整个未来——它对患有一点先天性脊裂的我来说，有点重。

2

日子被剪切过，我不知道自己怎么就抵达了时间的对岸。瞬间，年龄从十岁到四十多岁，中间的沟壑足够容纳余姐姐的羞耻。我难以理解，童年怎么会因此羞愤？现在看，三十岁，多美。

曾经三十岁的我就算年轻，肩膀上散发着珠光；易感，喜欢流泪，几乎当成一种消遣。我体会不出自己内在的做作，反而视为个性的优雅。日复一日，我被卷在时间的发条上，听它嘀嘀嗒嗒的老节奏。没什么好，也没什么不好，只是令人略感倦意。

那时未来还漫长，但我始终缺乏明晰的自我设计，在命运河里随波逐流，我猜测不出自己会变成什么样子。

——像竹子一样，有力地拔节，不断在否定中塑造更高的自己？

——或者，变得入世，社交的时候多了礼貌、少了诚恳？

——还有，婚姻中那令彼此越来疲惫的真诚，是否会转化为某种暴力？也许小小的灼热过后，是火焰里储存的灰烬。

曾经的三十岁，我可以无所事事，伤感或玄想。可以不急于收集回忆。

3

白天与黑夜，时间的斑马群奔涌——许多人扑上去，以肉食动物嗜血的热情。四十三岁的我，犹豫、懈怠，被某种持续的怀疑所瓦解。时间里的酸性物质蛀蚀，我变得斑驳。

偶尔翻翻旧作，对比今天的写作，我发现阴郁的调子更重了。事实上，我成长得算是顺利，受挫当然有，可在真正坎坷的人看来难免娇气。温室的阳光雨露，为何不让我灿烂、明朗、热衷歌唱，反而灰颓，习惯于陷溺黑暗？是的，习惯在文字里赞颂黑暗的力量，仿佛那是眼睛中最有价值的瞳孔。我常常恼怒于自己的作品里带了暮气，那么自然的暮气，体温一样，暖旧、熟悉。其实，暮气是日积月累对自己的熟悉所导致的轻微厌弃。

热情、动力和好奇心都在衰减。我已变得如此畏怯，情感只肯做微幅的调整。我甚至怀疑，连自己的痛苦都已程式化和书面化了，远离切实的肉体。它与真正的痛苦区别明显，就像由失恋造成的和读一本悲情小说造成的伤感的区别；就像受到惊吓，有的因为遭受雷击，有的，仅仅是读到安全须知上的感叹号罢了。

典型的中年心态。什么叫中年心态？让我死，肯定不愿意，可若有机会再活一遍我又肯定不耐烦。四十三岁，许多人到这个岁数已甘心认领自己的命运，不再做梦，也不再相信梦的任何功效。放弃幻想，放弃转变方向的舵盘，这种所谓的成熟，不过是最轻度的腐烂。

我有时想不通，早晨一觉醒来就瞬间到达的悲伤来自哪里？心里像有个掉了毛的小野兽在挨饿。经常，我处于与恶劣情绪的对峙之中——还有那种比情人到来还要殷勤的虚无感。他人的夸奖难以使我振作，我总是陷入自我怀疑和厌弃；只要沉默中稍不小心，我就滑陷到那种难以逆转的消沉里。

时值盛年，看起来诸事顺遂，我内心却暗藏深深的挫败感。是贪婪、扭曲吗？也不像。那我到底想要什么，还有什么不满足？世界金黄，身置其间的我像枚即将从向日葵上脱落的籽粒。是不是，每个生命都要经历这成熟的忧伤？

4

毒牙没有事先打招呼，直接发送邮箱——我收到她的电子版遗嘱。遗嘱正本锁在她的抽屉里，发给我的用以备份。毒牙是我大学同学，也是关系最为密切的朋友，二十多年来，我在她犀利的目光和语锋下顽强抗争，并磨炼对抗攻击的意志力。我们之间的嬉笑怒骂，外人看来恶语恶声、风格残酷，毒牙和我倒早已适应彼此冷峻得略带黑暗的娱乐精神。

毒牙并非预感不测，也没有疾病到来的任何具体威胁，她只是平静地像处理一张合同那样确立一份遗嘱。她安排住房、存款、首饰，在已然不能控制的未来中，毒牙依然顽强地施加自己的影响。看着看着，忽然，我完全没想到自己会流泪，似乎情绪上并未被触动的那种无声无息、无知无觉、无动于衷的泪。竟然不能自抑。

我们不是一直把死当笑话讲吗？毒牙和我曾戏谑，说让彼此活下去的目的，只为了让自己未来的摇钱树不死。什么时候，死，不再是杜撰之物，它与我们切实发生联系，成了某种可以目测的距离？我想起了里尔克的诗："死亡很大，我们是它嘴巴里发出的笑声。当我们以为站在生命中时，死亡也大胆地在我们中间哭泣。"

5

不惑之年，是否意味着这是抛物线的顶点，生命从此开始下滑？有时候我觉得活到这个岁数，已属某种幸事。

回忆起中学的物理老师。龚老师有一张天然的老年脸，其实教我们的时候她刚过不惑之年。长得不好看，脾气也不好，但她丈夫很早病逝，龚老师守寡数年的苦命经历，让不懂事的孩子也心生同情。龚老师并不直接教我们班。有一次，她的亲戚患病，需要一种供应紧张、市面上难以买到的药，由于我妈妈的医生身份，她专门托班主任要我找妈妈帮忙，最终买到。时隔三周，她来代课，上课铃响后我小声向同桌借橡皮，我因说话违反了课堂纪律遭受苛责。龚老师带着明显的宣泄快意，花了完全不必要的漫长时间讽刺我。我感到羞辱的同时，分外诧异——记得把药物送到办公室那天，龚老师那种殷切得带了讨好的持续笑意，她要我对妈妈转告谢意，一连数声，郑重得都不像老师对学生、大人对孩子，以至于让我非常不好意思。她怎么这么快就忘了别人的好，变得如此刻薄？我心里暗想，难怪命运坎坷，她肯定是个不知感恩的人，才遭此劫报，以后还不知道会遇上什么倒霉事呢。

龚老师有个备受娇宠的独子。他瘦高，近视，有一张面目模糊的脸，左侧颅骨位置有块儿硬币大小的位置不生毛发，使他看起来像一根擦过的火柴梗，这成了他的绰号。遭到龚老师批评的半年后，学校组织春游，去郊外划船。为了显示自己卓尔不群，火柴梗跳下船——水不深，只及腰部。他向前走了几步，回头让同学给自己照相，火柴梗摆出了胜利的手势。这个平常成为同学笑柄的男孩，似乎只有在校园之外的有限场合才能炫耀他的勇气。或许，火柴梗觉得距离过近的摄影可能会暴露自己头顶的小小缺陷，于是他后退两步，要求同学别把自己的脸照得那么大。火柴梗面向镜头，微笑着，又后退了半步……他一下就没入水中。谁也没想到附着苔藓的斜坡下面，是瞬间的深渊。

……暮色昏沉，同学再见到火柴梗的时候，他沾着湿泥的身体非常沉重。救生员把他从淤塞的河底打捞上来。火柴梗的脚跟和踝骨拖着地面，留下两道长长的车辙式的水印。这是火柴梗最后的人间足迹。

随后很久，我不敢看龚老师被灾难洗劫的脸，我甚至怀疑自己短暂的恼怒变成了秘密的诅咒。死亡，每次都经过了对她的瞄准，然后变成一颗滑擦耳畔的流弹。龚老师也许会想：为什么不是自己？丈夫和孩子按照指定的顺序死去——龚老师，一个不知所措的掉队者。龚老师没有温度的眼睛，带着彻底的茫然，好像她是第三个即将赴任的死者。继承了一种葬礼般的神情，从此，她将以殉难者的身份存在。

死亡不是意外，而是我们生活中的日常，是某种理性。死亡发生在他者身上，意味着对我们的赦免。他人的不幸却保障着我们的福利。由此，可以解释人类之间那种不正义却频繁的幸灾乐祸。

6

有一段时间，我热衷老电影。演员在灰色调中体现着动人的鲜艳，嘴唇光润，眼睛里精芒四射，散发出来自时间深处的优雅。如今，他们中的大多数都已进入永恒的沉睡；唯光影跃动，让我们看到亡灵依然怀有强烈的爱憎……在那个黑白分明的世界里。

我设想一位百岁老人，手臂松弛，动作僵硬地瘫坐，用模糊的视力凝视银幕上长裙翩跹、步态袅娜的少女——那个自己因为陌生，已彻底沦为背叛者和敌人。往日的骄傲，能否成为暮年的支撑？也许我们积累记忆，不过是在捡拾为晚年带来余温的柴薪。

我们是靠记忆养活的。据说松鸦是种聪明的动物，它在收获季藏好松果，并以石子标记埋藏之地；等到大雪覆盖的寒冬，它能找到三万粒果实中的 90% 左右。假如记忆消失，它将被饿死。

我是提前的老龄者吧？抑或，是一只懒惰的松鸦——我所体验的虚无，是往日懒惰遗留下来的报复。无论怎样，前路坎坷，我们需要坚持活到寂寞的高龄，坚持活到尽头，哪怕无所爱、无所恨，哪怕这个世界剩下的都是陌生人……似乎，那象征峰值的幸福。

今天的我们到底需要获取什么，然后，才能低声说出那个词：幸福？

7

如果选择早晨七八点钟的上班高峰时间去乘坐北京地铁，你会发现，周围全是年轻人：皮肤饱满，弹力十足，还没有被生活压榨出浆汁。即使空间逼仄，窒息得令人丧失立锥之地，这些被希望支撑的孩子们依然蓬勃。我站在换乘电梯的拐角，观察那些密集排列的脸渐渐升高……活跃的血红细胞将随着地下的城市脉管，输送到各自的劳动之中。我会诧异并猜测，那些消失的中年人，他们此时在哪儿？

在私人轿车的方向盘后等待红灯。在高铁的疾速里闲看财富杂志。在飞机上闭目养神，脖子上套着用于保护颈椎、看起来像是牛马挽具的气垫圈。事业成功的中年人用青春作赌，赢得了今天的舒适与精致。但曾经流泪流汗的咸日子，并非全无踪迹——仔细看，他们一副被生活卤过的样子。许多人的表情疲倦，虚弱，好像有什么东西从生活中塌陷下去。因脱缰的梦想远去……他们脸上留下的，是蹄印践踏过后的凹痕。多数时间都用于应对琐事，真正的美好时光在一生中所占比例甚微。怎能不悲伤？我们把生命中最漫长、最宝贵的时间用来殉葬。

席聚一堂的时候，我观察旁边那些阴虚阳燥、神亏气散的脸，一问，却与自己同龄；心惊之下，我也明白自己在他人眼中是怎样一副模样。还用别人提醒吗？老得这么快，看着镜子我简直想管自己叫“妈”。

我奔波生计，后来那就成了摆脱梦想的借口。一再欺哄自己，熬过某个阶段就好了，未来可以重新扳回道岔，与梦想并轨。然而，所有无聊的事物都擅长生育，不停排出密密麻麻的卵粒，让我穷于应对。渐渐沦陷，我难以克服对自己的失望。有时自问：生活真的盘剥过你吗？还是你自己出于某种恐惧，自觉纳贡，祭献了你的渴望？

时值中年的生活，像在公园的池水里泛舟。因为没有流动的水，即使松开双桨，它们就像鱼鳍一样轻摆在固体的体侧位置；小船随水漾动，不会偏离到哪里去。这是我安全的被豢养的不会碰壁的生活。我知道水里放养着什么样的鱼苗，清理过什么样的藻草。换言之，这是一种没有意外的生活。之所以敢于松懈，是因为，即使随波逐流，我也不会触礁。尽管我经常暗想如何摧毁自己，但止于情绪上的挑衅和释放，与行动无关。

8

更多的是平静。因更多而廉价的平静。

惊讶与感慨，除了暴露了我们的天真之外，何用之有？历史上太多的残酷倾轧，有太多鲜血淋漓的灾难，我们的生活里一点点花椒粉式的变味处理，根本谈不上人生的辛辣。

以前，一个作家在他的小说里渴死条鱼都引起我不快，更看不得虐杀，以为作家在通过文字施暴获得享乐。如今对这些内容平静看待，我在危险地进步吗？还是获得了职业化的冷静，抑或职业化的麻木？

阅读感受下降，体验的强度下降，我是否还剩下足够的敏感和力量去表达，去继续始自少年的作家梦？

去年中秋，几个写作的朋友小聚。煮酒烧红叶，带霜分紫蟹。聊着聊着，都谈到中年的不甘。怀才不遇或壮志未酬的样子，说来说去，是丧失了幸福感。其实看一看我们写下的文字：

没有激情，只剩下表达的惯性；有衡量中的委屈，缺乏一种干净的愤怒。我们很少自省，总是苛责外在环境的冷落和不公。到底怎样我们才心满意足？在网页的饼铛上，获得一分钟的翻身热度？或者，热衷赢得半径更大的圆形方孔钱作为自己脖颈上的枷锁？是不是我们老了，那么迫切地要领取保障晚年的荣誉抚恤金？我们为什么那样着急地想替历史表态，想为自己的创作一锤定音……那么着急，凿好墓碑上的字，要迫不及待地躺进去一试尺寸？如果是这样，我们的身体和心智上已散发着秘而不宣的腐气。

9

柳宗元写过一种小虫子，它会把沿途所遇尽可能捡拾起来，放在背上负重而行。这种虫子背部粗糙，东西堆积在上面难以掉落，但即使疲劳到极点，它还是不停累加，直到仆倒在地。

人到中年的吃力，是不是因为我们这种形同负重小虫的习惯？一天天、一年年地活着，悲欢交织在发酵的回忆里……安慰的余温，悔恨的遗毒，我们背着越来越重的时光。疲惫也是一种资本吧，至少，它囊括了你为既往生活所支付的体能。

或者沉重，或者虚无。背负的时候，我心怀隐忧，担心自己被过程消耗，无法体验储藏到最后才能享用的晚年自由。卸下的时候，我亦疑虑，稍不小心，自己就滑陷到那种由虚无感构成的黑洞里——所以需要大声说话、饕餮，需要偶尔的张狂，需要夸饰地流露有毒的模样。前半生制造种种错误，后半生反刍和追悔，我是否由此错过与真理相认的机会？可从另一个角度，假如我对自己果真像自己形容中的那样不满，为什么我又如此惧怕成为别人？还是说，我的自恋以一种强力的虚伪掩饰了它自己？也许并非自恋，我只是对成为他人所象征的未知满怀恐惧，我只有在惯性里才能维护某种安全感。说来说去，安全感，大概是世上最不安全的危险物种：它难以捕捉，令人频繁受到惊吓，无法被长久而安然地搁置。

我看着镜子，里面的陌生女性神情混沌——认识四十多年，她对我来说依旧陌生。一个人的脸，如同时间手中的橡皮泥，被随意捏制……但愿我们的皱纹是神留下的指纹。

可能越老，我们越热衷在残羹岁月中，享受怀旧中的余温。然而，无论怎样爱恨痴缠、颠簸起伏的一生，从更宏大的时空来衡量，我们的命运轻盈，不比一只昆虫的骨灰重多少。想起美国著名作家兼记者亨特·S. 汤普森，他的个性张狂，烟不离手、酗酒、吸毒，他几乎是在挥霍一生。传奇的汤普森先生死于六十七岁，临终时刻他在与妻子通电话，心平气和，谈着谈着就朝自己开了枪。汤普森的遗愿是将自己的骨灰填进炮膛，在空中炸散——最后他卓尔不群的葬礼果真如此举行。后来，这种别具创意的告别被越来越多的效仿者继承。焰火华丽，照彻暗夜——那是上升到高处的骨灰，最后的璀璨。

10

年少时，我以为自己的身体里住着一个起义的灵魂，我以为它有“不成功便成仁”的决绝。现在我看到自己不断地松懈、妥协乃至姑息。我甚至把对自己的纵容，视作学习宽容。不原谅自己也是小气的表现吧？我像一块易于变脏的木头，是否需要不断刨去表面，才能露出新鲜的花纹？在灵魂的贫瘠之地，我能否艰难地掘进，找寻幸福的矿脉，并把它作为一种终身制的努力——由此我才能获得亮度，获得来自内心的光源？

小时候因为胆怯，我总是把灯绳拴在床头。绳子很细，棕色的，韧度足够。半夜醒来，害怕的时候我只要拉动绳端，房间里就充满咒语般即刻降临的辉煌。不是童年了，我不可复得那种奢侈的明亮，但依然可以拥有缓慢而柔软的烛焰。我应该更乐观地看待黄昏以及随后而来的幽暗吧？或许说，我必须如此，别无他途。所谓乐观，不是喧嚣而外在的生存主义口号，而是作为一辆老车，如何努力，把维系运行所需的动力保持在低油耗的水准上。

许多年以后，一个邻居告诉我，余姐姐死于胰腺癌。得知死讯之前，我们从无联系。我早就忘了那双焦糖色的眼睛，忘了记载在她瞳孔上那时间最初的刻度。她是否体验过足够的爱憎，见识过足够的恩怨，她是否获得平衡后的安详？我看到了祝愿里面的内容，原来，它藏着一枚小阴谋般黑硬的仁儿——所谓长寿，不过是有幸见识过更多的死亡。

11

月亮像只笨手笨脚的闹钟。时间老了，落叶松掉落了它的指针。我不知道，晚年是否就像一盘渐渐凉掉的晚餐，但我明白，必然存在某个转折的时刻，老，不再成为耻辱，而是一种可供炫耀的沉甸甸的资本——它就像跑完整个赛程才能赢取的荣誉。

尽管走过必然的弯路，对于未来，我还是一无所知。但生活还是教会我一些有用的东西。比如不要迷恋那些看起来伟大其实愚蠢的东西。比如，对那些年轻时被分外轻视的东西，我已学会另外的理解。甚至针对他人的妥协，我亦抱温存——关节般的屈服，也不纯粹是弯折，也许是为了压力之下持久的支撑。既然我自己都不具备向死而生、虽败犹荣的那种披靡，我要求他人就是一种苛刻的勒索。

生活中充满不等式，无人能在跷跷板上享受安逸的睡眠……我们起伏，变化，渐行渐远，但愿我们由此获得动荡里的生机。

12

每年，我都是春天以后才开始自己晚上的散步习惯。我早不愿承受严苛的锻炼，只能维护温暖中的养生。其实散

我迷恋的是微温中的遐想，是草木葱茏的气息，是夜间笼罩一切的月色和星空……仿佛自己正和静谧的事物一起发光。

步只是借口，我迷恋的是微温中的遐想，是草木葱茏的气息，是夜间笼罩一切的月色和星空……仿佛自己正和静谧的事物一起发光。

繁星满天，童年的我曾从那里倾听天籁。当中年的我再次仰望，星空——大神打开了表盘的内部，浩大的时间在其中精密运行。对渺小个体来说，分秒从身边流逝的，每瞬都是永恒。个体是难以构成计量单位的，星空下的整个人类文明不过是落入钟表的一粒微尘，我们，极小的目不可视的细菌，我们只是彼此知晓而不能被神明的肉眼所注视。我们短暂。也许，正因为必然的告别，我们才应对病床上的余生给予温柔的善待。

爷爷那只康恩贝牌老怀表竟然还可以走动。它挂在那儿，像枚私属的小月亮，黑暗中泛着珍珠色的晕彩。嘀嗒嘀嗒，时间的涟漪，渐近我心脏的节奏。我们都是上帝的机械玩偶，他在我们体内设置精密的发条和血肉。走动吧，克服空气和路途上的摩擦，克服秘密的锈迹。

……这是子夜，这是盛年，时间与河流的中游。即使略带倦意，即使木刺划进指端，我有必要勉励自己不放开握桨之手。

夏至

清晨，善者

近来奇怪，很早就醒，两个星期来时间总是固定在清晨四点五十七分，有几次甚至准确到了秒针。睁开眼睛，就感觉清醒已久，并且心里弥散着一种挥之不去的哀痛。据说此乃忧郁症的典型征兆——梦境的床单撤空，我瞬间跌回现实的马厩，并被粗糙的草梗刺痛脸颊。把头埋进枕席，我挣扎了一会儿，试图摆脱坏情绪。快四十岁，以为自己不惑，可我还是不能很好控制体内的化学反应。是啊，情绪问题往往能具体到化学配方，如同爱情也是多巴胺、加压素和醋酸催产素交互作用的产物。

今天的伤感可以找到仿佛中的理由。看日历，今天夏至。昼夜交替，岁月中的音乐家弹奏黑白琴键；现在节奏慢下来，他在白色的钢琴键上用力敲出一个音符并等待长长的回音……这便是夏至，这一天，北半球的白天最长。似乎并不重要的节气，但它让我想起亡友：苇岸，优秀的散文作家，过世之前，他正在写作《二十四节气》。

选择一个固定的地点观察节气的变化，他注意昼夜的长短、日影的高低、土壤里的水汽和庄稼长势。开篇他这样描写立春："能够展开旗帜的风，从早晨就刮起来了。在此之前，天气一直呈现着衰歇冬季特有的凝滞、沉郁、死寂氛围。这是一种象征：一个变动的、新生的、富于可能的季节降临了。外面很亮，甚至有些晃眼。阳光是银色的，但我能够察觉得出，光线正在隐隐向带有温度的谷色过渡。物体的影子清晰起来，它们投在空阔的地面上，让我一时想到附庸或追随者并未完全泯灭的意欲独立心理。天空已经微微泛蓝，它为将要到来的积云准备好了圆形舞台。但旷野的色调依旧是单一的，在这里显然你可以认定，那过早的蕴含着美好诺言的召唤，此时并未得到像回声一样信任的响应。"

大地的律动如此细微，唯专注而敏感的心才能聆听。苇岸的散文让浮躁如我者自惭形秽。他倾注那么多的耐心和深情，缓慢酝酿文字，可惜《二十四节气》并未完成，他写了五个节气，止笔于"谷雨"——因为，没有来得及为"夏至"做好时间和素材上的准备。苇岸走的时候三十九岁，拿节气作比，恐怕相当于人生的夏至，从春到冬、从纯真到沧桑的中途，他活到最漫长的明亮白昼。正好，也恰恰是我此时的年纪。

比之曾经，我能否更贴切地体会他当时的心境？年长十岁的兄长，我目睹他告别世界的坚强、挣扎和渐渐的无助，目睹他怀疑之后依然深怀的感恩。苇岸善良而执拗，他有羊一样狭长的脸和向悲剧倾斜的命运，骨灰也归宿于青草。清贫、孤单、谨慎、勤奋、自我克制，他一生都保持着穷孩子的好品德；这个素食者、完美主义者、倡导环保与热爱读书的人，他还有那么多的怀恋与愿望，临终却是无妻无子，肝癌带来的剧痛使他躺在床上都不能获得任何一个角度稍感舒适的睡姿。生活，总是让人带着模糊的动力去爱，去憧憬，去创造……所谓理想，明明是和天堂签好的合同，但又为什么，转眼却作为一张卖身契把人变卖到地狱？

苇岸的自律几近苛求，他很容易自我责惩；作为素食主义者，他在道德反刍里咀嚼和消化，以使自我塑造更趋近完美。在一种纪律性的人生里，遭遇的奇迹是否非常有限，自由从而也失去所向披靡的内力？他让自己像指南针一样信仰坚定，也像干净的动物标本一样告别腥膻……品德清凉的苇岸啊，这是繁盛之夏，你却带来一种令我生寒的深秋预警。因为，我看到一个人如何被自己的美德所滋养，又如何终生被自己的美德所剥削。

我总觉得，过分严格地区分美与丑、善与恶，易于形成审美上的局限——当然它们之间泾渭分明，混淆两者，我们就会丧失基础的衡量标准；但同时，两者存在秘密的交集，对这个交集的发现和承认，是对世界更高的认识境界，也是我们对自己更有价值的宽容。比如爱的美好和恨的丑陋之外，我们或许可以持有更大勇气，看到某些情境下，爱使人平庸且无助，恨却捍卫着必要的个性与力量。邪恶中也有智慧，只不过这是一种分外危险的能量，需要以非凡的胆识去提取。我愿意达成妥协，放弃剑走偏锋的杀伤力，去维护品德亮度与处世和谐，但这不意味着排斥所有阴影，似乎一丝一毫的灰尘都会严重地妨碍纯洁——纯洁，这个词，暗示着容易失去质地的稳定性。以我的个人偏见看来，苇岸的严格多少有些绝对化，他是自己的戒尺，带着不容修改的刻度和准则。为了维护正向的精神价值，他透支自己身体上能够支付的成本。

其实，生命的悖论无所不在，远比二元论复杂多变。一缕明亮的光线，既照耀我们，又映衬出周围更为广阔的黑暗。毒药可能不仅仅包着糖衣而已，或许它本身就是让人无法割舍的糖。太多东西，不能绝对依靠理念和理性，来简洁地判断、干净地分割、方便地取舍。但我又深深钦佩苇岸的坚持，感动于他内在与自愿的牺牲倾向，那也是一种安静的勇气。是啊，那些诱惑，那些向往，那些闪耀光斑的理想即使会变成突然的毒药，谁又能忍住不去饮鸩止渴？即使幸福索要昂贵的代价，即使许诺有时会变成一场恶毒的玩笑，也总有什么，值得，甚至永远值得我们悲剧性地付出代价。

的确，一些方面我与苇岸的观念理解不同，我们曾相对认真地讨论过。苇岸明朗、积极、直朴、慈悲，我和他相比，是不安分的，藏匿更多坏的因子。恶，何用之有？在绝对要求善的上帝面前，恶，近于一种证明，证明我们能够自我操控的一种能力上的象征。苇岸对我的价值取向质疑，并给予过委婉的批评。其实我了解自身的胆怯，了解自己如何时刻受制于来自宗教的震慑。所谓邪念，至少对我来说并非真正恶意，更像小小的挑衅，或是天性中对于即兴戏剧的某种需要。并且，伴生邪念，我立即就会掠过信徒生理反应般的道德惊恐。这种潜在的惊恐，在于我不由自控地做出了条件反射式的肉体忏悔。本雅明曾说：所谓幸福，就是不受自我恐吓而进入内心的深处——这种感触我体会不多，或许说明，因为部分承认魔鬼的权力，包括承认魔鬼权力的合理性，我在接受不动声色的日常性惩罚。

与苇岸的分歧起自定义上的偏差，或许也是我的问题所在。虽然认定善是人性中最值得称颂的品质，但我也习惯于把它理解为无能为力的被动的美德；善本身的自重，难免使携带者体质虚弱……那害羞到怯懦的柔情。苇岸看到的，是善含而不露、耻于张扬的坚韧，正是这种内蕴力，当面对黑暗，善者因无畏而不屑。在他的信念里，恶的尖锐必输于善的宽广，像铁在水的作用下生锈。也正是由于苇岸以及和他一样的人们，固执的坚守形成一种无形中的感召，使我反叛的离心力始终弱于吸力，不致陷于虚妄。

善者有其隐蔽的获赠方式。我们发现，一个因爱意而显得柔弱的人，的确易于受到伤害，遇挫中他也难以体会什么积累；但是当磨难结束，他突然得到的意外遗产，远比那些处心积虑的投机者所赢得的更为丰厚。

……漫游在他所适宜的天国里，青鸟就在苇岸的肩头歌唱和睡眠。

上午，小织工

我想象伊甸园只有一个季节，永久的盛夏。生于夏天，这是我的季节。各种绿，透彻或者稠浓。植物的友谊与爱，热烈或含蓄。小谜语似的昆虫：珠宝般的叶甲，琥珀色的蜻蜓；蝈蝈小提琴琴弓般的胫节，蛾子翅膀上的流苏；包括不受待见的“臭大姐”都可爱无比，学名臭蝽，体色呈现坚不可摧的盾牌灰，它的游丝细腿不停错动，当我们用小棍拨弄，它的不安立即转化为一种绝对镇静的方式：装死……久久僵固身姿，仿佛一枚颇具威严感的小像章。鸟儿既歌且舞，我望着它们空中飞行的弧线出神；这时，灰喜鹊的到来有点小煞风景，它鸣音粗粝，节奏分明，好像谁慢慢踩动一架生锈的老式缝纫机。

夏天，阿里巴巴的宝库打开大门——纷繁而至，那些秘藏炫人眼目。现在是上午九点，阳光溪水般明亮，几乎听得见相互碰撞时的清悦之音。我的心情愉快起来，品尝着夏天，品尝着果盘里诱人的玫瑰香葡萄——甜蜜的非洲小乳房。

偶尔翻书，会在页码之间发现植物标本，多以花瓣为主，也有少量叶片——它们来自多久以前的夏天？鸢尾花的神秘之紫，已变成洇开的墨水色——泪滴下情诗的颜色。无名草的伞状花序，颤抖中的小白花，永远停滞在未破童贞的迷惘里。野玫瑰的完美圆瓣，让欧洲的都铎王朝曾以此为硬币图案。还有那些树叶，有的叶缘呈锯齿形，有的边线齐整如弯匕，还有的具有切刻般的剪纸效果。无论曾经的蜡质韧皮还是丝绒表面，死都使它们流失了神彩，变得干枯扁平，易被收纳，也更易破损。有意思的是，许多叶子无论是从单片轮廓还是从叶序排列，造型都近似树；倘若制作叶脉书签，用碱水泡去表面基质，你会发现露出的清晰叶脉就是一棵密咒般被藏起的树。这就是穿越生死的传递，就是祖先的耳语、家族的纹徽，就是使命般的遗产和不被摧毁的记忆。叶脉书签轻盈剔透，薄如蝉翼，它们伴随我的阅读，经历一个个质若翡翠的夏天，尽管再也没有汁液充盈其间……它们就像亡灵久居于扫墓者的回忆。

虫鸣增加了季节的生动。许多昆虫擅长歌唱，尽管体量小，但它们配备着比八音盒还精巧动听的发音板。我小时候抓过一只蝉，非常袖珍，北京话管它叫“伏天儿”。它趴在窗纱上，声音嘶嘶的，有点像病人牙疼时往里吸气。叫得这么轻，这么害羞，这只哑了嗓子的蝉……是少年，度不过变声的青春，因为两天后它就死了。奇怪，不知是记忆的加工还是想象的美化，我记得在自己掌心那具小遗体，仿由青铜打造，泛着隐隐钢蓝色，是尊武士的微雕。此时，窗外的合唱盛大无边，尤以蝉持续的强音为最。高高低低的树冠里，蝉鸣的小马达，传送着带电的发烫的夏天。我知道，苦行僧的蝉，每隔十余年的地下生活，才有一次会在两周内结束的发情期。极尽渴求的身体颤动着，蝉仿佛以此反抗和摧毁贯穿漫长黑暗里那禁欲中的宗教。

生命繁盛，所以这个季节里到处都有屠戮，不过世界也因此满怀生机。频繁的生杀予夺，其中保持着不被道德观束缚的大公正。对掠杀者而言，更不存在什么残忍的道德，一切都是恰切和均衡的，正义只是在软弱者看来面目全非。

比如这只姬蜂，薄得似有似无的翅膀神经质地振动，腰细得欲断，使它的腹柄看上去几近透明，而滑稽夸张的臀部，像火柴磷头凸起并发亮。姬蜂把头一次次探进地上的洞口，半个身子埋陷进去，直至采取倒立身姿……它一次又一次重复这个动作，看似不断叩头，看似一种虔诚朝拜，或许是正以独特的方式处治它所必需的牺牲品。

最为神秘的杀手是蜘蛛。八条腿交错抬升，它本身像个袖珍的精密机械；运用几何智慧织就一张索命网，然后，它怡然地在自己的时钟上坐等，计算随之而来的谋杀。令我迷惑的，不仅是捕杀工具的玄妙，也并非擅长用毒者通常所携带的阴险感，我想那些不过是智力博弈——与猎物的体能存在差距时，猎手往往采取其他手段进行弥补。我惊讶于蜘蛛行刺从过程上看，并不显凶残，反而酷似极端的爱。

前不久在江西葛仙山旅游时，我遇到一只令人惊艳的蝴蝶撞上蛛网。停落草尖时，刚开始蝴蝶折合双翼，只有打开时，我才发现，它翅膀上的色彩非常古典，是青花上那种幽寂的钴蓝釉。当我试图近距离观察，蝴蝶翩然起飞……直到，它突然停下，却平展翅膀。停落时翅膀是否折叠，是判断蝴蝶与蛾子的重要区别。青花瓷般优雅的蝴蝶之所以降尊失范，是因为蜘蛛的诡计得逞了。

在此之前，蜘蛛一丝一缕编织它的爱网，体内激情从腹末纺器源源不断喷射而出。它那么沉默、那么富于耐心地等待，纵过客纷纷，网上空空如也，亦不能使它位移——蜘蛛宁愿在角落里枯守，一副典型的痴情者形象。终于，迎来属于它的美人，网丝的黏度使之无法脱身……在强烈的挽留和纠缠下，蝴蝶将永远失去自由。随之而来的一吻，更使蝴蝶无法背叛，它只是蜘蛛纯洁而贞烈的一日新娘。蜘蛛之吻所注入的，由毒素、消化酶和抗凝血素等组成，蝴蝶的心被彻底融化，所有抵抗意志都迅速瓦解，液化的身体满怀柔情，它是一个水做的爱人，准备好被蜘蛛享用。

掠食者咬住猎物脖颈，样子就像肉欲狂欢中对爱侣的亲吻；蜘蛛就这样抱吻蝴蝶，吮吸它饱满多汁的身体。亲爱的，你不疼，不会留下残渣，我会一点点地处理你的一切……那种态度，称得上珍惜。你将完全溶解在我的体内，进入我的血液和细胞，这样才算和全部的我在一起，我们难以再分彼此。你知道什么是欲望吗？欲望就是渴望消化对方。被我消化后，你只会留下一对漂亮翅膀，那么薄，还闪烁鳞粉，被风吹得嗞嗞作响。它将镶嵌在我的网上，仿佛我的螯牙，仿佛我身体中那最重要的部分，曾经深深镶嵌在你的体内。

的确，爱意如死坚强。福克纳的短篇小说《纪念爱米丽的一朵玫瑰花》，正是讲述这样的故事。面对未婚夫荷默·伯隆的负情，高贵到倨傲的爱米丽小姐用砒霜毒杀了他，以永远挽留他的身体和他的心。小说结尾惊心动魄：紧邻肉体已经腐烂的那具骨骸，旁边枕头上有头颅压过的凹痕，以及一绺长长的铁灰色头发。这幕场景，令我联想起一种非常著名的毒蜘蛛：黑寡妇。

是的，陪伴爱人的枯骨，那绺属于爱米丽的铁灰色头发，也正是黑寡妇用以缠绕的强韧蛛丝。

正午，热带

温度持续上升，被浊重的热浪裹挟着，我的手臂起了一层微薄的汗。这种热，有点熟悉，想起去年的南美洲之旅……布宜诺斯艾利斯的璀璨灯光，巴拉那河上的老虎洲，伊瓜苏的瀑布，里约热内卢主教堂彩绘玻璃的升天路，耶稣山上在雨雾中仿若流泪的圣像。

也许是阅读博尔赫斯的影响，南美洲在我的印象里，雌虎般拥有华美的文身。而居住在那里的人们，对我来说意味着一种生动与神秘。皮肤是浓朱古力色，打沙滩排球的男人们，耀动完美的腹肌；这里美女更著名：烈日下咖啡色浓郁的肌肤和香气，动物般的腰肢，丛林般丰富的眼神。随处可见，赤道上的风吹拂，绳床上慵懒的女郎发丝飘动……这些热带的宝贝，随身携带着艳丽的狂欢节。

亚马孙河，童年我曾以为它远得无法企及。在马瑙斯坐船，先航行于支流黑河，由于旅游的过度开发，此地已没有什么野趣。导游是位中年男性，大陆退伍兵，辗转最后落脚于这个巴西的港口城市已有多年，他也在感慨风光流逝。风灌进导游持握的麦克风，如闻擂鼓。矿物质和腐烂的动植物使河水泛起厚重的茶褐色，像工业污染所致，其实不然，浊浪中河豚经常跃起光润而辽阔的灵活脊背。这里盛产食人鱼，我看到游客钓起时，它们鳃部发情般诱红的鳞光和险象丛生的锉齿。我用生牛肉粒试钓，上钩的却是另外的品种。这种鱼非常容易咬钩，几乎不需要垂钓者的耐心。外观接近鲇鱼，生有长须；体表是矿物质似的青灰色，看不见鳞，剥了皮般闪动肉体晶莹细腻的光；头部是几何形状的锥体，镶嵌一对向上观望的眼睛。可怕的是，当它们被摔在甲板上，竟然会发出嘎嘎或吱吱的叫声，这是摩擦鱼鳔周围肌肉或者从空囊中放出气体所致。我终因承受不了这种带来道德压力的叫声而放弃，让这些小魔鬼继续与习于残戮的食人鱼为邻。

亚马孙河主干和黑河的交汇处，由于水比重不同，两条河秘密地融合，于是形成黑黄相间、泾渭分明的锯齿形对峙区域。虽然哲学命题告诉我们，人不可能两次踏入同一条河流，但是此地，他可以同时踏入两条不同的河流。据说把两枚硬币分别投入两色河水，许愿必定灵验。同船人纷纷效行，希望魔法降临。用微不足道的零钱许愿，真经济，这是凡人与圣徒的区别。

前者向神或好运邀怜，以小成本博取大收益；而后者，倾其所有，放弃具体的物质财富，追随来自高远的光芒。

在水上餐厅品尝过全鱼宴后，同行者准备密林探险。我畏惧雨林中神出鬼没的爬行动物，决意在原地等候，尽情享用当地的特色饮料瓜拉那。多年前，在北京十渡开儿童文学笔会，我记得一个瞬间：左弦，这个男人异常漂亮，五官无懈可击，他同时是个敢于亲近蛇的勇士，好奇地从兜售者手里接过一条幼蟒。蛇滑动并纠缠在他的手臂之间，然后搭在他的脖颈上……承担着这一令人恐怖的重量，左弦的五官映照在繁复的波斯花纹之间，笑容迷人，展现着某种杀无赦的邪恶之美。事后他告诉我们，蟒蛇体表并无黏腻，反而是脱水后的干燥、微温；负载着它，并无预想中的吃重，他甚至感到一种难言的缠绵与体恤。冷血如蛇，鳞斑闪烁，有如刚刚诞生的罪恶一样光彩照人，它竟然会贪图一个过客偶尔的宠幸。但蛇始终是我禁忌中的形象，它那老年教父般抿陷的嘴唇、木无表情的脸、不动声色中瞬间的生杀予夺，每每想起都让我不寒而栗。我宁可无缘冒险中的惊喜，也不愿被噩梦恐吓到失常，索性就躺在甲板的吊床上。我隐约做了个梦：一个坐在帝王莲上漂浮的印第安男童，随着水流慢慢消失于幽秘的叶丛之后。虽然单调地消耗着时间，但我并不遗憾，因为朋友们归来纷纷抱怨乏善可陈，只见到一只树懒，并非野生，是专供游客合影的职业演员。我用十美金的原价回购了雷达老师带着嫌麻烦的工艺品：土著头像造型的面具，头饰用金龙鱼鳞围绕，微张的口腔里嵌满食人鱼的牙。

布宜诺斯艾利斯的贵族公墓生存着许多流浪猫，它们身姿懒散，体长都差不多，皮毛有着野猫特有的疏于被抚慰的松散。但我很少见到那么有表情的猫，一只灰蓝色的性感雌猫甚至拥有埃及艳后的眼神。光线丝丝缕缕，照耀在大理石碑刻和猫儿柔软的弓背上，也照在我的脸庞，而同时，风，来自死和宗教的清凉，也环绕我异乡人流浪的脚踝。我在许多方面像猫科动物，有一种靠懒惰来捍卫的自由，南美洲似乎能够提供养护这种习性的土壤和气候，令我心仪。而距此不远，街口的探戈舞曲已然响起。繁丽的舞裙，浓墨重彩的妆容，欲望的气息昭然若揭，那条不断挑逗、伸向舞伴胯下的小腿，转眼已缠绕到他缎制的宽阔腰封上。这里的一切都像探戈舞那样，弥散着热烈得像仇恨那样的正午情欲。所有的激情，多多少少，都会渗进一点死亡之味。

游览布市的玫瑰公园时，南美烈日如同落在脸颊灼烫的吻。在玫瑰堆叠的花丛间休息，我倚靠长椅并摘下手表，补涂防晒霜。想着返京后要买一本玫瑰鉴赏图典，这样就可以深嗅回忆……我没有注意到，与此同时，手表已滑落到木椅的栅栏之下。

腕表小巧，像枚时间的种核，伴生植物之根，并很快生长婆娑。回家当晚，没倒过时差，我失眠了。因种植在南美洲的分秒，我听到自己心跳里响应着的嘀嗒声。

午后，座头鲸

搬了张椅子到阳台，躺着看苏珊·桑塔格的书。午后，空气中晕散着轻微的淫逸气息，似乎允诺了某种日常性的个人享乐。生涯潦草，我们身陷沉浮，疲于应对，无暇顾及许多细微的闪光之物。阅读令人愉悦，我从最寂静的劳动里收获丰润回报，并感到自己的温柔与驯服。只有文字能搭建这样的海市蜃楼，结合着逼真描摹和超凡想象。在智慧里所体会到的丧失时空坐标的微妙失重感，我愿意把它理解为灵魂的自由。

好久没有静心读书，也使我浮躁到影响写作情绪；偶尔动笔，也是对内心的强制开采，缺乏底气和自信上的支撑。是不是，我已步入岁月的中年、创作的午后？鲜衣怒马少年时，写作者很容易为小小的天赋自得，信口信腕，让自己委身于美妙的偶然性之中。时过境迁，伴随写作经验积累，我却进入掘根而食的黑暗。

散文几乎是我唯一能够操作的文体，我迷恋它的不拘一格。我无情节构想能力，小说家从容穿越于他人空间的智慧我从来就不具备；我也没有诗人的奇思妙想，他们是用魔术驱散律法的精灵。有时，觉得自己是徘徊于小说与诗歌之间的投机商，谨小慎微的努力，不过是把艰难聚敛的一点点财富搞得不像赃款而已。入门尺度相对偏低的散文从未让我觉得出身尴尬，我反而感恩于散文的宽容——它有如一座天马行空的游乐园，而非严厉考场。

我讨厌作者利用散文相较其他文体的趋真性来完成自我美化，好似在道德考场上参赛：他们身上没有任何真实的虫孔，毒蔬菜般不详的完美，令我分外警惕。有人以脱离语境的片言为据，把我误认为传统文化的忤逆者，错！我根本连具备这个身份的资格都没有。画不好素描，我难道因此认定自己天生就是野兽派？拿评论家师兄的话来自嘲：“一只螳螂怎么能指挥交通呢？”针对我的偏见而言，被人说成先锋作家如同艺人被认作情色演员，很难说是喜是忧。我有时赞同于传统本身是由不断被巩固下来的先锋组成的，且先锋如果不进入传统的体系，容易流于姿态，或进入湮灭悲剧。在真正意义的传统面前，我心怀隆重的敬畏。我想谁都无法从土壤上彻底拔除自己，任何写作都携带着握笔者的口音、传统和不由自主的爱国主义。即使观念反叛，向往腾空的树冠有多盛大，倒影中的根系就有多漫长。我所反对的，仅只散文单一化的表述模式，这与反对现实主义为小说的唯一表现途径的道理相仿。我强调加法，新的写作手法以生长自身为目的，而非剿杀旧有。在某些前辈眼里，仿若有那么一标散匪，以袭扰传统优雅的稳定性为能事。可谁稀罕当篡权夺位者，什么“新散文领军人物”？写作不是揭竿而起的起义，不需要组织来为自己壮胆的部队。从创作角度，“团结”不是在显示力量，恰恰，暴露出个体的薄弱。作家应该以一己之力来爱或对抗这个世界，而不是依靠团队经营来谋取政治化的利益。

假设我因此被指责为在传统和大师面前缺少基本的谦卑态度，那也无所谓。什么是谦卑？看看食肉动物的狩猎过程就明白了。豹子在捕杀之前，如何低眉顺耳，深躬身躯。它小心翼翼，密切留意猎物点滴的情绪变化和小动作，甚至对方抖动一下眼睫，它都吓得更深地匍匐下去，耐心等待对方平静了，才又像个谄媚者那样谨小慎微地靠拢过去。哪里还能找到比这更谦卑的姿态呢？可一旦到了足够的近距离，豹子倏然跃起，在此之前持续的卑微一点儿也不妨碍它迅速咬断猎物的喉管，并在汹涌的血流里胃口大开地开始宴席。与其把谦虚和恭敬当作得势前的技术手段，我宁愿放弃，选择磊落的傲慢。

在有咸度的生存环境里，写作者能否誓作孤独之鱼，永远张目而不流泪，坚持着，它的畅游、它的鳞刺、它的捍卫和永不止息的生长？

奇峻句式和浮靡色调是我的语言风格，换言之，我一直带有巴洛克式的颓废。写了快二十年。气力的耗损，使我把有难度和规模的题材视若畏途；手法的高度重复，更让人感到疲惫和厌倦，我在频繁的铺张中逐渐失去欣喜和耐心，却又无力挣脱自己制造的泥泞……像满月下溺身沼泽的鹿，带着它沉重、奢华却分外障事的角叉。

写作不过是探求自我的可能和极限，我希望自己的文字能散发另外的体味。我鼓励自己：快跑，快跑，你是十二点钟的表，只要稍稍调整，就会有新的方向和角度。然而，这种欺骗性的煽动往往徒劳，我积重难返。永远有多远？即使一步之遥，如果我无法挪动，它也无法抵达。假设尝试极简主义我必将失败，因为那条路离我太远了。苏珊·桑塔格在谈论杰克·史密斯的电影时做如下评述："更新的电影——既包括那些出色的作品，也包括那些拍得糟糕、单调乏味的作品——则显示出一种叫人受不了的对任何技巧因素的冷淡，一种刻意的质朴……在美国，而不是在任何其他地方，这一信仰有赖于这种看法，即技巧方面的匀称与精致妨碍了自发性、真实性以及直接性。"她随后说："如今，对技巧的冷淡常常伴以直露的风格；现代对艺术中那种精心谋划的倾向的反抗常常采取美学克制的形式。"风格与风格之间的差距，有时比文体与文体之间的差距还要巨大。每个写作者都是在各自的羊肠路上，咫尺天涯，羁旅孤独，或挥霍激情，或面临绝境。

手机响了，短信，是位远方的小说家问候夏至。他正着手长篇，是块硬骨头，攻坚阶段，每每迎接挑战，难免在信心与自我怀疑之间摇摆。我佩服他们经年累月从事着如此消耗智力与体能的浩大工程。长篇与举重无异，还是挺举；不像我写散文随笔，题材再难，篇幅再长，也不过一逞抓举之勇。

顺着刚才的思路，我和他用短信探讨改变个人风格的可能性。输入笔画的同时，我头脑里忽然涌现鲸鱼远航的画面。座头鲸是所有哺乳动物里迁徙距离最远的，它不因自己的体积庞大而减少远征。那些伟大的作家，创造力蓬勃旺盛，他们的著述数量惊人，并且有勇气不断把自己驱遣到更遥远、更荒凉的领域，从而完成生命意义的壮丽迁徙。的确，大师们让我联想起这潜游大海的巨兽，想起在它尾鳍的重击下，每每如何激起令人震撼的雷霆般的浪涌。

黄昏，乌仁娜

蜂蜡慢慢融化，我喜欢琥珀色的黄昏。这样的时候，握紧的拳，会不由自主地软下来，让一缕细沙和时间里的恩怨穿过指缝，于是干净的手能够祈祷。这样的时候，我喜欢赤脚走动，打开落地窗和音响……吹过我，是通透的风和歌声。

始终迷恋具有异域风情的音乐，纯旋律，或者神秘的哼唱，即使我听不懂一句歌词。我想那并不妨碍理解，反而激发想象。设想那些进入天堂的灵魂将如何交流？来自不同国度，被不同的母语文化所喂养，他们怎样突破隔阂彼此了解？忽然有一天我似有所悟，他们可以用眼神和音乐交流，那是不需要译者的语言，那是婴孩般的天资。

我喜欢感情上结实的民族。几年前看杨丽萍制作的《云南映象》，不知不觉，数次泪流满面。声若裂帛的歌唱，血脉贲张的舞蹈，只有往疯里活、往死里爱、保持原初活力的民族，才能这样热烈激越地表达。其中一幕叫《朝圣》，撼动我心。情不自禁地，那些虔诚的人把自己祭献：他们宁愿在靠近天堂的路上被神抛弃，也不要被俗世的王所恩宠。

去新疆，我在尼勒克县的伊犁河谷漫步：泥土上朽断的树根，毒蘑菇，不再藏纳籽实的松塔，湿漉漉的小野莓，还有无名大鸟折落的覆羽，悬在花梗上的蜂群。隔得不远，高山融雪形成冷玉色的河水，冲刷着两岸卵石滩，响彻浩大之声，但我充耳不闻，脑海里不断回荡一首维吾尔族情歌，我们在旅行用的越野车里听了一路。被热烈而又悲凉的情绪感染着，我进入虚拟的怀恋：离我而去的艾热提，你将在谁的屋檐下擦亮你的英吉莎小刀？后来走西藏，环境缺氧，唯有藏歌像河流汹涌在我体内，让我始终怀有出发时的力量。即使行旅艰难荒凉，我依然被照耀，相信无尽碎石路，正是通往天际或天际那边隐约的天堂——足够空旷，神就居住在高处不胜寒的地方。

少数民族的音乐，往往具有坦然而干净的儿童般的执着，其中满怀的爱，能够作为内在的光源把人照亮。那种纯粹与浓烈，精明的所谓现代人难以承担。我们在调情中夸饰氛围，心神却拒绝给付，不过擅长隆重的口语表达罢了——体积大、密度小的东西，在性质上无不轻浮。我笃信，真正的爱，以最古老的方式存留；现在普及的快餐感情，我会犹豫着如何描述。这是爱吗？假如彼此只有一片安眠药就能镇压的惦念、两次红灯之间的等待耐心？现实中充满太多转折和变化，爱到图穷匕首见，我们就会发现，此前曾经生死相依的誓言，成了多么令人尴尬的荒谬修辞；而遇挫总结起来，或许也会被归纳为某种技术故障吧？说来说去，我们都只是自己的宠物，自私中反复计较，生了一副期望被他人随时呵护的狼心狗肺。我们太狡黠了，缺少可爱可敬的笨拙，结果反而被聪明所误。

我将不厌倦地守护着我的羊群，
安详地在肥沃的牧草地上吃草，
孕育自家乡摇篮的
我的传统、歌谣及故事
我将带着它们到远方……

这是乌仁娜的声音，尘世中的天籁。

选择她的 CD 时，我完全没有听说过她，没有受到任何宣传的推动和蛊惑。三联书店的音乐架柜上，我偶然遇到她的专辑。她的样子与众不同，丝毫不符合封面美女的造型，烈日灼伤留下的晒斑非常明显，直接得让我不习惯。乍一看，这个与我同龄的女人比较显老，但她脸上流露着一种沧桑者身上稀有而别样的纯真，瞬间吸引了我。

十九岁，不会说汉语的乌仁娜离开祖先世代居住的鄂尔多斯草原，先在呼和浩特，然后到上海音乐学院学习扬琴。在北京寻找工作时，她遇到德国的巴伐利亚筝乐手罗伯特，随他定居柏林多年，现在乌仁娜又把家搬到开罗。她始终是个游牧人啊，云游四海的自由者。

没有系统学习声乐，恰恰是对她天赋的保护。乌仁娜为此感到庆幸，她说："在音乐学院我遇到很多纯真的声音，来自文化古老丰富的少数民族如西藏等地，但他们毕业之后唱起来都一样，唯一不同的是演唱的语言，真是耻辱啊。"

《生命》录制于泰国清迈山区的木屋，我很多年没有听过如此质朴感人的声线，动听到直抵魂魄。放进汽车的音响，我听了足足半年，毫无厌倦，又买了十几盘送朋友。对《蓝色草原》一碟，乐评人这样描述歌声带给听者的神奇体验：“在原野上看到瞪羚纵身一跃，却不知它将落在多远的地方。”她值得赞叹，不止是跨越四个八度的天赋，而是她的音乐能够如此自然、温暖、饱满而又满怀倔强个性。

杜丽曾把蒙古族作家冯秋子形容为“身怀五谷的女人”，对，就是这个词，也可以用“五谷丰登”来形容乌仁娜和她的歌声：她的歌吟有时神秘高渺，有时生蛮莽撞，听了就觉得牛羊都忠诚，爱恨都结实；地气饱满，水草丰实，这里养护着羔羊清润的肠胃，而呼麦那奇异的喉音回荡在远方的地平线……只有襟怀敞亮，歌唱起来才能如此荡气回肠，令人沉浸。

《斯莱花》是首慢歌：“离开一个月，就可以看到，高大的榆树已经长出了巨大的花冠，在灵魂深处，我总是思念着我亲爱的斯莱花……”我感动的不在于她唱得多么舒缓，而是专注，对植物的一往情深——清澈又醇冽，盛满马奶酒一样令人饮醉的爱。

传统民谣里一般大量都是情歌，但乌仁娜不，许多作品都是她对传统的延伸性继承，包含着即兴创作成分，直接表现爱情的所占比例甚微。她歌唱大地、河流、兄弟、蒙古人的品德，当然，还有温柔忠诚的马匹。她经常歌唱骏马：“挺立在水塘边，骄傲而野性，沿着池边漫步，像流水一样从容……它是琴达木尼马，美丽的珍宝。”或者，“我的小棕马们有漂亮的毛色，健

Li chuan li buch
On Jamuary.12

壮的脊骨，我用上好的草料精心喂养，我要骑着它们云游四方。”

马的确是蒙古人的骄傲。我喜欢这种极具灵性的动物：披覆飘逸的鬃毛，夜空下映现星星的深水晶眼睛，以及，眼神里痴情般的信任。在缎面般平滑的皮毛下面，腱肌微微隆起……当我贴合着马的脖颈，它由于某种羞涩轻微抽搐了，我的面颊感到一阵颤抖的暖意。记得那年在康西草原，我骑马，从下午到黄昏。后来我疲倦了，喝过浓酽的奶茶，就仰躺在草地上，看天上的羊群，听耳畔的马头琴。那匹枣栗色的牝马温顺地垂下弯长的睫毛，似乎鼻息也调整得轻柔。那夜，在草原的黑子宫，在额嬷的摇篮里，我沉睡如婴儿。

夜晚，星空

前两个月，一直下雨，北方少有如此贯穿整个夏日的漫长雨季。当乌云翻涌，当天空卷起旧铁皮的屋檐，雷声阵阵，大神在用力捶敲……他需要维修他的工程，我们也需要维修我们的信仰。闪电，巨大无比的枝形水晶吊灯被剧烈震动，然后一盏盏地爆裂、碎掉。我知道，在丛林中，每个闪电都意味着数百平方公里的暴风雨。枝干折断，树冠倒塌，然而聚力千

我喜欢这种极具灵性的动物：披覆飘逸的鬃毛，夜空下映现星星的深水晶眼睛，以及，眼神里痴情般的信任。

钧的雷霆过后，大自然依旧，生死寂静。

旷日雷雨，终于放晴。一整天的大太阳，晒得人筋骨酥软，懒洋洋的。傍晚散步，贴着地偶尔吹过一缕凉风，好像有只小兽从脚边匆匆跑过去了。仰望天际，今夜群星奔涌：真美，这场亘古不曾寂灭的焰火。星空，宗教里的天堂，被遥想却不能被触及……永远激动人心，它是长久蛊惑着我的神秘意象。

的确，夜空华丽非凡，这镶满碎钻的表盘，每分钟转动都昂贵得超乎时间本身，象征着天堂这座最奢侈的酒店，仅住一晚，就要花费我们终身的美德。我们的灵魂飞升之前，肉身曾经怎样匍匐大地，胸腔里酝酿无声的悲喜，像衔着残渣的小蚂蚁踉跄奔行。据说，如果在人间吃够苦头，反而有助于荣享死后的天堂；那么在地狱里继续受苦的，似乎依然在延续人间磨难，他们是否在筹建远景意义的更大的天堂？那些通过苦行与终身祈祷进入天堂的圣徒，一旦身处天堂便无须劳作，成为终日无所事事的寄生虫，他们为何未在免除劳役的舒适中，感到瘫痪般的幸福里预埋隐患？

当月色如水，我们就被想象中的宠爱所照耀；当流星闪逝，我们就看到天上的棋手正移走他的王后……而谁又能从容，与神对弈，破解千年残局？在星光下想象诸神的宴乐……我们究竟充当什么角色，是被邀请的宾客，抑或只是他们舞步下的尘埃？或者，人神之间存在着更为残酷的关系，虽生如草芥，但作为挖掘众神山的一群白蚁，我们螯足间举着战胜品的残渣……像教堂里分食给信徒的圣体。

地平线上的苍生，每每仰望夜空，都无法否认，他们见证着壮阔的奇迹。创造星宿的，出自什么样的伟力之手？无神论者抱定实证主义原则，否定教徒的胆怯作风：他们把天地运转全部归于神的光荣，如此才感知自己归属，这其实是自降为奴。教义往往强调，要彻底解除理智，无依无靠地完全信赖，然后才能获得清醒的灵，以追随神光。这个过程意味着我们首先被降服——作为孽障众多的妖魔，然后才被神悦纳——作为唯命是从的奴隶。在无神论者的自信里，远古洪荒，全无逻辑，直到人类这种先天脱毛的裸猿出现，世界才被真正地归纳、总结、命名甚至提供。他们说，坐在王位上的，并非人类想象力的产物神明，正是人类自己；人对神的观念执迷，相当于艺术家爱上自己所创造的雕像。人类说，要有光，于是就发明了蜡烛和电灯。从狭隘的审美趣味出发，我难以把一切概括为某种科学公式下的运行，我内心需要敬畏，需要神话和信仰以及对此伴生的怀疑与僭越。想起某小说里的一句引文，是罗伯特·勃朗宁在《布洛格拉姆神父的报告》里所言：“我们注意到的是诸事危险的一面，是正直的小偷，是慈悲的凶手，是迷信的无神论者。”人类的骄傲和自信出自何处？我想其中既有蒙受神恩的喜悦，又包括针对神的不甘、反叛与革命。

即使是宗教信徒也拿不出什么确凿证据来指认显灵，然而，上帝的伟大之处也许同样在于他的隐身。天地壮阔无垠，万物繁复多姿，他创造奇迹却放弃彰显荣耀——上帝淡漠，对此不感兴趣，因为他并不需要向谁炫耀能量。能够频繁创造奇迹者，态度上必然无动于衷，因为奇迹不再被认作奇迹，仅只寻常之物。但我们热爱奇迹，尤其为自己所创造，因为在那非凡的偶然性里，我们无法平息哗众取宠中的自得。该怎么克服自满且贪婪的弱点？我们难以自持，习惯于跳出来占有哪怕微小的分币和零星的褒义词。

浩瀚，无垠，广阔无边……从地球观察宇宙，我们难免卑微。那么，调转望远镜的方向，从太空观望地球，景象如何？探索外太空的飞行器传回的照片显示：地球在幽蓝的空寂里缓慢转动，像一枚神圣的骷髅；旋转在上帝手里的我们，就生活在它结痂的表面。

我们颂扬神威，或者亵渎，或者在复杂情绪中忐忑，无非是为了赢得有限之中可怜的自由。到底什么样的温暖才会令人屈服，什么样的屈服才能让神怜悯，什么样的怜悯，值得我们所有的放弃？跷跷板上起伏着大的世界和我们的小命，被晃动的摇摆之间，什么，我们才最应听从，神的耳语还是领袖的口号？山鲁佐德的悬念还是斯芬克斯的谜语？

圣像之下，血流得比任何一个最凶恶的暴徒所能制造的都要多。为卑琐之事死去的不过几个区区单数，而宗教之战，为古往今来的抽象之神，复数的死者庞大到不可计算。也许，没有斩钉截铁的忏悔，也没有不流血的信仰，看那星空，即使在最高远的夜幕教堂，也孤悬千万飘浮的烛火和亡灵。

法国人雅克·阿达利在一本论述迷宫的专著中曾在结语中写道："不管怎样，明日的漂泊者都将需要重新把圣体搁在他的双肩上，都需要随身携带他的上帝。”在“随身听”之外，人们还将听从于内心的“随身上帝”——它是随身携带的与彼世的联系，这意味着，上帝被拆解成美丽的残片，每个人都因这种随身的携带，而拥有甚至成为上帝的一小部分。我们将用一生的时间穿越身体里由细胞、血管、神经、欲望、理想、道德等组成的重重迷宫，去寻找那个上帝的残片，那片脱落的彩鳞。那么支配我们的某种美德，有可能是那个秘密上帝的统治吗？是否某种盛大到极处的完美，以致独立的载体无法承担，上帝才被分裂成更细小、更轻盈的部分？良心，是不是上帝最小最小的倒影？之所以找不到上帝，原因是否在于我们不够团结，所以无法凝聚成上帝的整体。巴别塔寓言揭示过，如果团结一致，人类可以抵达天国，它是否隐喻着：人类不仅可以拥有上帝的视角，并且，彻底团结的人类整体就是上帝本身？现在，我们带着无法拼合的元辅音和敌意，各自孤独。从巨塔上被拆散的砖瓦，铺成了相互隔距的檐瓦；共同建筑的万丈雄心，跌落为需要各自守护的低矮乃至卑琐的秘密。

……夏至，我随意记录这天从早到晚的心情。五分钟过去，如果我的思维还处在停滞阶段，文字上没有任何增加和修改，电脑的屏幕保护措施就启动了：黑暗渊深，无数流星向我飞行，彗尾留给看不见的虚空。这是我的星空。星空背后，藏着我想象力的魔法、写作中的未来。假设我感觉倦意，膝盖微弯，进入劳动后的梦境……我知道，覆盖所有睡眠者之上，苍穹遥远，夜空清凉，上面种植着星星点点的海棠花。

月亮上的环形山

1

小时候，家里有个床罩是用降落伞专用面料裁制的。乳白色，半透明，在指端揉搓，两层织物之间发出类似塔夫绸的摩擦声。我曾用它围裹自己，独自在寸步难行的简陋礼服裙里扮演公主。这个尼龙床罩，与之联系的，是日常生活、灰尘和小女孩的临时道具——与它最初的降落伞命运，大相径庭。

它原本属于更高远的地方。

飞机打开侧腹部舱门，跳伞者穿越流云，穿越浩荡的风，如同向大地播撒的种粒。伞包打开，透明、薄软而膨起，蓝天中的身影看起来像大海里的优雅水母，也如置水中那样放缓了行动速度，慢慢，沉潜到沙床。有时他们又像编队飞行的候鸟往返于天地之间。来自天堂，没有谁比跳伞者更像天使。但其中一个，寒气在他脸上凝成冰晶，使他具有一种硬质的雕像感。他原本也是展翼的天使，后来，却作为一只掉队的雪候鸟，独自，降落在宝塔形的针叶丛林中。

霍叔叔，我唯一认识的伞兵……从高空起跳，此后一直坠落，并且在坠落过程中竭力表现得像自由的飞鸟。

2

认识霍叔叔的时候，他早已退役，改行后勤管理。也许是因为早年伞兵生涯严苛的体能训练，年过五十的霍叔叔依旧保持着锻炼的习惯和相对强健的体魄，他坚持长跑，风雪不误。霍叔叔偏瘦，但筋骨格外强健，他的长相除了两道比常人更深的法令纹外并无特别之处。我当时之所以对他印象深刻，因为，他家里两个特殊的女性。

首先是他妻子，令人惊鸿一瞥的神秘女性。舞蹈演员出身，她必曾有美玉般的光洁额头。后来老了的阿姨还保持舞蹈演员的习惯，很少跟人用语言交流，也许并不傲慢，只是冷淡。关于她，我仅能回忆起几幕场景。一是她穿的格子毛衣，上世纪七八十年代少见的花色，据说是亲戚从国外带回，她穿起来像扑克牌里的皇后。二是她说话时面无表情，不过嘴唇翕动，像白蜡烛上轻跳的火苗。那次在食堂吃午饭，我正好挨着她坐。

她吃鸡翅膀，牙和舌头无比灵活地配合，在两根发卡形的细骨之间来回穿梭，直至掏尽所有肉屑。自始至终，她一点声音也没有，桌上残余的战利品，干净得堪比拆散的鸟骨标本。那是我唯一，也是最后一次接近她。不久之后，利用短暂出访的公派机会，她有预谋地，消失在由她不认识的霓虹字母所装点的异国夜色里……从此杳如黄鹤。对于这个当年性质严重、令人震惊的潜逃事件，据说霍叔叔毫不知情。霍家阿姨对一切都采取沉默的态度，包括至亲。她就像个没有家人的孤儿那样选择了决绝的道路。

另一个，是画画——霍叔叔和舞蹈演员的女儿。奇怪的、外星生物一样的画画。从样貌上很难判断画画的年龄，躺在摇篮车里，她那么壮硕，挤满四轮竹车内的每条边框。别的孩子一年年成长，而画画，只是一次次被放大的巨婴。她到底多大，十八还是二十三？至少要比当时的我大许多。被塞进竹床里的画画，总让我联想起被撕去翅膀的蛾子，身体翕动着一种微微的不详的肥胖。面部宽扁，始终肿胀，牛样的圆眼大而愚痴，周围多了褶皱，某个瞬间会让人错觉她时值中年；眼白的面积被挤压得很少，黑色占据绝大比例，这使得画画平静的时候也如同受到某种惊吓。眼间距开阔，眼球微凸，画画比正常者稍长的睫毛并没有起到烘托作用，反而突显了某种难以言明的缺陷。她的五官，具备一种残酷的幽默感。画画还有个突出特点，辫子格外粗黑油亮，单根比我们两根都粗，皮筋上系着蝴蝶绸结：红的。如果不对比画画的脸，浓墨色的辫子是她身上最美的部分；可结合她的脸，辫子就暗怀令人恐怖的因素——它们看起来过分茁壮，有几分咄咄逼人，像两条懒怠的蛇。是不是画画的脑细胞不需要活动的能量，营养集中供给毛发，才滋养出这样肥黑的辫子？

猜对了，画画是傻子；甚至比傻子还傻，因为她的生活不能自理。画画说不出任何一个整词，从早到晚，躺着，厚嘴唇里一边呜里呜里地发出无人能解的含混之声，一边口水不尽。

3

这么多年过去，我想不起画画的病因，也许当初就不清楚。是舞蹈演员由于职业关系的迟孕，还是失败的药物避孕所致？画画在婴儿时期遭受到严重外伤抑或医疗事故？还是有其他的隐情？霍家搬来的时候画画就已如此，像撕开茧衣的巨蛹那样躺着，我没见过她另外的模样，无从设想。

我依稀记得，医生提起画画的病症，用过一个严谨的医学名称——单听读音，甚至具有某种清澈的纯粹理性之美。也许这是来自医学的善意。光滑顺畅的学名，无论听字音还是看字形，都会一带而过。不停顿，以免唤起由于停顿而漫开的悲伤。有时灾难太强大了，令人不敢对视，如同不敢对视老虎巫术般的眼神、匕首般的锐齿、密布舌面的倒刺和腥烈的口腔内壁，转而赞颂它华丽如锦的毛皮……是的，我们需要转移由衷的恐惧。我第一次听到某些词，那么干净、唯美，带有童话的天真与诗意，提及的语气好像都要用轻声：比如，葡萄胎，植物人。然而，它们所裹挟的真相，无比凶险。葡萄胎并不象征丰盈，水泡状胎团由多数内含胶样物质的小囊组成，体积盛大，结局不仅是胚胎死亡，水泡浸入子宫肌层还会引致孕妇出血，乃至发展为绒毛膜癌变。植物人，命名上多么典雅沉静，可那个仿佛靠光合作用延续的生命体，没有情感、记忆、智力以及任何知觉，形同遭到灵魂抛弃、不过尚未失去水分的木乃伊。我不知道自己的偏见是否部分来源于医学术语里的鲜明对比，但我从少女时代就隐隐感知：暴力的构成如果仅为暴力，那不过是粗鲁的威胁；假设暴力结合了一点点不可琢磨的美，那华丽的残忍，才能成为功效最大的刻写在大脑皮层里永远不可清除的黑暗威胁。那些美感的名称，不动声色地散发令人毛骨悚然的寒意……不是所有人都能承受而不屈服。尤其，葡萄胎不是葡萄胎自己的悲剧，植物人也不是植物人自己的悲剧——刀刃指向，是血亲。

霍家阿姨也曾有过少女时光，当她像画画这么大的时候，一定心怀憧憬。我想象舞台上的她，大提琴一样枕靠在舞伴的肩膀，身体里有优美到忧伤的低鸣回响。但后来呢？真实的未来，是忧伤到丧失所有优美的成分。那个点滴酝酿的露水一样清新的胎儿，变成囚禁在她体内的怪物被释放出来——画画堂皇地躺在婴儿床里，既无辜又丑陋，等待漫长到一生的精心喂养。

也许因为这个，老掉的舞蹈演员潜逃了，作为一只违背承诺的候鸟偏离回归航线。如果不这样做呢？她终将如此，钟摆般，承受无比单调的循环、无比沉重的垂挂。不，这不是她能够忍受的生活。

她的选择，是勇敢，还是畏怯？以不能回头的方式做出了断，她将余生全部用于隐藏与漂泊，用于消灭自己的往生和永别故乡的月亮。从此她将怎样面对每天的黑夜……异域之月，像被咬剩的奶酪留着孔洞。

4

大浪过后，霍叔叔和画画，这两条搁浅的鱼不得不相濡以沫。除了彼此，这个世界他们不再拥有另外的亲人。

画画虽无智商可言，但她保持奇异而充沛的情绪能量。她的表情直接，仅限三种：高兴、不高兴或呆滞。画画情绪上的变化并非与人交流产生，只关乎吃喝拉撒等最基础的生理要求是否得到舒适的满足。她笑的时候瘆人，哭的时候鼻涕汹涌，睡觉翻着一线明显的眼白。画画所谓的情感没有任何酝酿和过滤，没有更细致的层次，她的反应状态因其露骨和毫无遮挡而格外饱满。她是绝对的、纯粹的画画，是真诚的、不知羞耻的画画。强烈的表达方式，使你不能把她当作一个物件扔下。根本不需要像别的孩子那样转动心思去设计如何获取一个礼物，画画不会克制和委屈自己，态度强硬，她要的就是她要的，并且要求即刻的实现，不商量，不等待。

恰恰因为无助，她成为一个终生霸道的婴儿。

5

霍叔叔，一个完美到失真的父亲形象。

孩子在成长过程中，或多或少都受到父亲的管教，挨骂甚至挨打。我们习惯了从粗心到粗暴的父亲，习惯了被他忽略、指责和拒绝。失去母爱的画画却享受公主待遇，她可以任性，可以挑剔，可以不负责任，可以胡作非为；作为忠诚且万能的老仆人，霍叔叔无微不至，无所不从，服侍她，让女儿开心。

冬天食物匮乏，家家户户储备大白菜、腌制雪里蕻，年年月月它们千篇一律地摆上餐桌。画画呢，吃罐头：午餐肉，沙丁鱼，糖水黄桃。霍叔叔喂她橘子的时候，总是小心地撕去丝丝缕缕的白色衬皮，他有时连橘子瓣儿上那层薄膜衣也要去掉。画画每天喝两杯麦乳精。每当霍叔叔沙沙作响地从麦乳精铁皮桶里舀出珍贵的咖啡色颗粒，溶解后，喂进那张口水吧嗒的嘴里……让人隐约觉得那是种浪费。

霍叔叔对自己超常节俭。除了对画画，他都是吝啬的，有时到了锱铢必较的地步。他擅长炸酱，主材是豆瓣和辣椒，一日三餐用它抹馒头、拌米饭。尽管他吃得津津有味，可我总感觉，那近于蓄意的自惩。霍叔叔从骨子里不信赖任何人，他习惯盘剥自己，以使画画的生存更具保障。因为曾经突然面临灾难，霍叔叔为了抵御未来可能发生的灾难，他每天都以灾难的方式来生活。几乎是一种轻微的刑罚。也许霍叔叔觉得自己是有罪的，因为他把不幸埋藏在画画的源头。画画就是他的原罪。

而画画，安心享受，被隔绝于所有烦恼之外。我们过生日，通常吃碗加了荷包蛋的长寿面；画画却能奢侈地收到礼物。比如上了弦的玩具：一只铁皮小熊。它穿着红背心，表情谐趣，微微歪着脖子。熊是样子最敦厚、性情最残忍的动物，现在它隐藏起全部的凶暴，交替击打胯间一只扁筒形小鼓——充当娱乐画画的快活小丑。

我们这群孩子，无论漂亮的聪明的好学的懂事听话的，谁曾体会过父辈的疼爱一如霍叔叔对画画？有一次我站在旁边看霍叔叔给画画掏耳朵。霍叔叔是警惕的，示意我站得远一些，以免我万一不慎碰触他的肘臂误伤画画的听骨。捏着柔韧的耳郭，霍叔叔的拇指陷进画画耳朵的凹痕里。纤毛后面，耳道深处有两团金黄的耳屎：一大一小，大的形似满月形，小的像片脱落的幼鱼鳞。霍叔叔握牢挖耳勺的长柄，一边观察着画画的神情，一边贴着画画暗窄的耳壁谨小慎微地探进去。耳垢并不干燥，带有轻微的润度，霍叔叔耐心地把它们纳入木质耳匙，稍微加大指端的压力，一点一点，向外钩。想象耳垢被碰触和掏取的过程，说不出是快感还是恐惧，让我浑身一抖。

掏耳过程中，画画既无享乐也无抗拒，她眼睛偶尔上翻，昏昏欲睡。她的半条胳膊垂到竹车外面，上臂，那两个椭圆形的灼痕是接种疫苗留下的疤。霍叔叔这么怕她死啊，怕已有裂隙的画画意外碎掉，因此每个步骤都做好严密防范。胖画画，像条懒洋洋的肉虫……一个幸福得肿起来的孩子。

据说，没人时霍叔叔还偷偷给画画讲故事，顽强地，把画画当作一个陷于自闭而拒绝交流的孩子。好像画画正在丧失经纬的真空里飘浮，虽然听不见爸爸的话，但她听得见更远更低微的声音，比如星星——那些抖动翅膀的小蟋蟀所发出的天籁。

那年四月，本该春暖花开却下了一场突然的雪。春天的新雪，蓬松，清新……踩几步，脚下响声怪异，像扭动塑料娃娃的硬关节。我们堆雪人，打雪仗，欢叫着互相追逐。霍叔叔推着画画出来赏雪，他的鞋滑，偶尔踉跄，画画的竹车反而成了扶助。不过推着画画前行有困难，轱辘时走时停，霍叔叔需要不时用手扒开竹车前渐渐积高的雪堆。傻得不认识人的画画，哪里懂得赏雪？霍叔叔真傻，传染了自己女儿的愚痴，他的溺爱有如笑柄。

画画一无是处，为什么她如此愚痴竟被视若珍宝，能够得到如此慷慨的宠爱？我们乖巧伶俐，许多优点却进入父母的盲区，从来不能让他们绝对满意。我们羞于承认嫉妒，但画画那白痴般的幸福的确构成了隐隐伤害。似乎，它破坏了一种公正，一种令人信服的奖励原则……是应该被惩罚的。

雪，漫天漫地，寒意中极尽温柔。置身其中的人们，仿佛被明亮、闪烁而密集的星光所围绕。纯洁无瑕的世界里，霍叔叔和画画笨拙地移动，好像，溅在宣纸上的两个污斑。

打雪仗的孩子失手，拳头大的雪球飞来，“扑”的一声，碎在画画脂肪堆叠的脖子下。

6

从我的窗口望去：午后的树木，画画在晒太阳。霍叔叔以这种简易有效的办法补充她由于不运动而易于流失的钙质。

葵盘般圆扁的脸，看天——画画比天文学家还专注：云毫无意义地飘浮。有时我怀疑画画能够直视太阳，她不知避让，因无知而毫无畏怯，其力量远胜勇气。多数时间，画画睡觉，死般宁静。她闭合眼睛反而比醒来时更显理性，因为只有那时，她与正常孩子相差无几。树叶的阴影在她脸上跳跃，像翅膀半透明的黑蝴蝶，或者，幽灵之吻。

画画需要看护。保姆芸彩来自乡村，岁数比画画还小。芸彩向往大城市的见识，但她见识到的，是痴傻的画画。喂饱画画的嘴，收拾画画的屎尿，性格倔强的芸彩就像未婚先孕的小母亲感觉自己陪伴着羞耻。画画有时一个人晒太阳，大院里很安全，再说也没谁会去偷窃这样的画画；多数时候，有芸彩陪着。一旁的芸彩无所事事，无聊地挥动手绢，赶走飞来飞去的蠓虫，或者，也呆呆望天……她状若画画的陪葬物。

竹车里的画画就像需要晾晒的被子一样摊在那里。风来了就来了，雨来了就来了，如果没有被人及时收走，画画就在湿透的薄棉花里。那次芸彩闹肚子，迟迟未能从厕所里起身，大太阳的，雨却突如其来。没有谁能够始终晴朗，命运里，我们总记得那些晦暗时刻……记得大雨如注，记得足够的泥浆。而画画幸运，她遗忘，她无动于衷。咸的暴雨倾盆而下，她就像享受灌溉的作物般处之泰然……水滴，在她眼球的胶质玻璃体上滚动。

大雨下的画画就像水龙头冲洗下这只臃肿多斑的梨。十三岁的我拿起梨啃了一口，通过玻璃窗看到匆匆赶回画画身边的芸彩。她慌张地推动竹车，想尽快收拾，以免自己的疏忽会被马上就要到家的霍叔叔发现。

没有了那个丑画画，树林现在很清静，雨也很快停住。巨大的弓弩形彩虹，让人失去形容的能力。看看吧，上帝把天地之间的伤口都缝合得那么美。多汁的梨被我啃净，只剩下一个纺锤形的核儿，扔进了簸箕，在尘土里慢慢萎缩。

7

即将进入青春期，就在我快失去过儿童节的权利的时候，霍叔叔让我记住了一个终生难忘的儿童节。那天既是儿童节又是星期天。

竹车上有朵霍叔叔缠绕上去的绢花：铅丝作支撑的茎，绸布绿叶，花儿是重瓣的艳粉色。这是尴尬的儿童节礼物，它献给已然二十岁的既是女人又是孩童的画画；或许因此，它也成为最为恰切的礼物。

过节的小孩子在树林里疯跑，打仗。剪纸为马，撒豆成兵——伴随着头脑中的想象，交战双方无比投入，挥来挥去的树枝有时险些误伤对方的眼睛。画画在战场中央睡着，完全隔绝于阵阵厮杀之外。有孩子提议，把画画当作重量级武器中的炮弹，一方捍卫，一方抢夺，然后互换角色。这个主意得到热烈响应。男孩们的脸上挂满汗滴，在竹车附近闪转腾挪，奋勇作战。只有在这场孩子们反讽的游戏里，画画才能被当作宝物，与霍叔叔达至转瞬即逝的短暂认同。画画岿然不动，周围的孩子跑来跑去……像忙碌的蚂蚁围绕雍容肥沃的蚁后。

当孩子们散尽，转移到另外的战场；林子里空旷，只剩下画画。一个红色氢气球飞升过程中被枝条挂住了。杨树干上仿佛被小刀雕刻的眼睛都大睁着。蝉声不绝。天阴了，灰蒙蒙的，像盲人的眼角膜，难以呈现明亮的未来。这时，作为危险武器、尚未引爆的画画，睁开眼睛，醒了。她永远不知道什么已经发生，什么即将到来。

不久之后，树林里传来霍叔叔的叫骂声。声线颤抖，又如此凄厉，霍叔叔的嗓音像青春变声期的男生那样常常因为高腔而突然失控。他混乱地骂着，用了那么多恶毒的诅咒，那么多不堪的脏字——他骂得难听极了，难听到，仅仅是听见就令我羞耻。那么多赤裸裸的器官，那么多露骨的性，那么多从坟地里拉出来又被陪葬的祖宗。这是我最后享用的儿童节，却被霍叔叔的污言秽语里暴露的真相，瞬间拖入青春期的泥淖之中。霍叔叔不再是我眼中完美的父亲，他畸变，成了被放大亿万倍的病菌：疯狂地，进攻，以及传播致命的知识。他摧毁了我儿童节般的纯洁。

霍叔叔之所以由慈祥变丑恶，因为他回到树林所看到的画画。画画因儿童节而穿上的新裙子被翻卷上来，遮住脸，直接暴露出她巴掌宽的肚皮、粉色内裤和两条打着肉窝的萝卜腿。从内裤的边缘，可以窥到私处。霍叔叔稍不在场，无助的画画就这样任人欺辱。多么邪恶的魔鬼，才能对待可怜的画画和自己！霍叔叔浑身冰冷，继而浑身灼烫，冷热剧烈交替下的他气得说不出话来。等他能够说话的时候，便口不择言了。如果不是这次事件，他始终是个内向、安稳乃至温和的形象；现在满嘴脏话，霍叔叔好像一下子付出了前半生所有的清白。那么粗俗，那么刻毒，一个高声叫骂、颤抖不已的父亲！暴力的热血一次次涌动，他满怀对整个世界的仇恨。霍叔叔开始怀疑作恶者是谁，比如，五号楼那个精神病患者，想起他外翻的脏红眼角，想象他那只有罪的留长指甲的手；还有那个安徽籍的工匠，正给小胡家打制全套新婚家具，他笑起来小心而阴险，令人不安……怀疑的范围逐渐扩大，他的怀疑扩大到院里所有知面不知心的熟人，他们究竟窝藏着怎样发黑的内脏！

他恨这个无忧无虑的儿童节，恨这个肮脏的星期天，他痛恨这种集体的欢乐。下午的谩骂耗尽他的体能，我们最后听到的，是霍叔叔呜呜的哭声。因为他骂得太狠，脸部表情过于狰狞，手上盘错的筋始终酝酿青色的闪电，没人敢靠近他。空空的，留下位置，对面只站着他的对手——那个作为拳击手的冷笑着的命运。

其实没什么能伤害画画，真正受伤的，是霍叔叔。画画到点就吃，想睡就睡，即使这个耻辱的午后她曾经作为牺牲品。

入睡的时候，画画多么甜美安静，蜷缩地睡在浩大夜色中，像一颗葡萄的籽粒。在内心不断追逐坏人并最终将他手刃的霍叔叔，彻夜难眠。自己的肩膀是捍卫画画的唯一城堡——只要他让开，没妈的画画随时会遭受凶猛的伤害。

月亮，金黄而缓慢的钟摆……沉睡在下面的，是混沌的画画，和她终生需要保持警觉的父亲。哪里才是钟摆尽头的归宿？此刻，他如此软弱，只剩自毁中的有力。

8

面对霍叔叔流泪的暴怒，没有谁敢承认真相。那条翻卷向上的裙子，并非随意被撩起，而是折成扇面般均匀的褶皱。画画受到的欺凌，很像一种简单的好奇心，而并非性意义的侵犯。或许，仅仅是一个小孩的恶作剧，根本不是出自男人变态的肉欲。其他孩子作为旁观者的纵容，只是因为画画看起来像朵翻卷的花，映衬着竹车上那朵粉艳的假花。裙子遮住画画的脸，我们就看不到她流淌的涎水了，她也就不再影响我们吃冰激凌的胃口。

何况，这个傻孩子需要遮羞吗？她看起来难道不就是羞耻本身？

我们在一个父亲的盛怒里选择沉默。谁也没有看见那个坏蛋，他有隐形人作恶的自由和安全感。

9

霍叔叔很注意锻炼身体，与晨练者不同，他晚上长跑。路灯下，那个奔跑的身影仿佛一直被不平的路颠簸着。运动量大，霍叔叔满脸冒着晶亮的汗，这使他看起来像个会闪闪发光的人。忘我的锻炼，令人猜想，他是否在随时担心一种比画画更早到来的死亡。他必须分外珍惜自己，因为身体上悬系着女儿全部的未来。

画画就是他终生无可推卸的责任：那么大，那么重，婴儿般理所当然的懒惰以及无动于衷。她虽无智识，但硬桃子大小的心脏结实有力。据说画画这种病，会令一部分小生命早夭于周岁之前；但如果在精心照料下度过婴儿期，他们完全可以享有与常人等长的寿数，甚至，安详地，颐养天年。画画的辫子那么粗，胃口那么好，她既生机勃勃又死气沉沉……躺着喝血，这就是责任原本的样子。霍叔叔已经习惯了这个负担，仿佛画画是他自重的一部分。他最大的愿望，是画画漫长地活着，漫长到极限……而又能精确地及时死在自己前面。

画画为何不死？我记得那天，自己一边吃梨，一边遥望晾晒在树林里的画画被浇淋却并未伸出援手。下雨的时候，就像天上倾翻了什么。就让画画自生自灭吧，这对霍叔叔和她自己何尝不是一种解脱？倘若霍叔叔的余生无他，仅仅作为工具，用来承担一种灾难性的责任，那么画画若死了，对霍叔叔来说，究竟是祸难还是福祉？他本人能否区分清楚？

霍叔叔的坚持有何价值？是否近于情欲中的任性、盲目与倔强？是否，仅仅是从哺乳动物舐犊天性那里继续下来的生理习惯？难道，霍叔叔的内心从不游移？我偷眼观察，并猜测和设想。霍叔叔，一个无休无止、永远在拔河的人。对面，是他的爱情、他的骄傲、他的命运和系在尾端的沉睡中无知无觉的画画；而在红色绳结的这一端，只站着他自己，甚至是已被劈成两半的半个自己——他看到自己的影子，叛徒一样，匍匐爬过中线，秘密加入对方的阵营。

飞，是以最快、最高、最远的方式离开。飞翔的第一个动作，需要双脚离地——人类唯有奔跑的动作与此相似。霍叔叔奔跑的背影，多像一个幻想离地飞走的人。多年后读到巴列霍《他正在奔跑》里的诗句，我立即就想起了那个隐没在夜色中的运动者："无论他去哪里，无论他粗糙、刻薄的脚跟，远离空气，远离他的旅程，为了逃出、逃出、逃出、逃出他的双脚——一个男人用双脚逃跑了那么多之后站着——无论去哪里，他都有一种奔跑的渴望。"

我不知道霍叔叔的真实心境，他似乎不需要分担者。因为他有画画。他让我尝试着去理解，宿命和屈从中那种柔韧的内力；让我尝试去理解，什么是患难与共——当两个人太穷了的时候，连苦难都舍不得独自吞咽。不幸的霍叔叔，他把不幸顽强地消化为一种美德。也许，当灾难日常化以后，灾难便不是灾难，仅仅变成简单的习惯。如同，每天令他气喘吁吁的长跑。跑啊，跑……天上的瘦月亮，饿得就像一只瘪肚皮、生有疥癣的黄毛流浪狗，卧在那里，弓起刀刃般的脊背。

10

没有谁知道，画画在我心中留下的阴影。

我从中提炼出一句警告：孩子，有可能成为我们从自身分娩出的灾难。

我还记得，表哥抱着他的宝贝小薄荷前来就诊的情形。不到周岁的女婴外貌上并无异样，五官清秀，肌肤通透，眼睑隐隐透出紫蓝的毛细血管。她被抱在自己母亲的怀里，沉静安详；而那尚未结束哺乳期、我心急如焚的嫂子，脸颊布满持久不退的红疹。后来证明，一切并非过虑。小薄荷，这个表哥表嫂经过多年努力好不容易怀上的孩子，逐渐，变成令人心碎的礼物。

数年之后，我再见到薄荷。她长着一双不辨是非因而纯真到极致的眼睛，大而渊深，又格外清凉……像雨后的仲夏夜。她的脸，完美无缺，我从未见过第二个孩子能够匹敌她的精湛——从薄棉被里露出她瓷器一样精巧的头颅。掀开被子，小姑娘的身体，被胡乱地拼接错了。细胳膊细腿，细得有如拆出来的扇骨，它们可以朝任意角度折弯。薄荷，一个可以折叠为几何形状的孩子，所有关节好像都被事先打断。她聋哑，没有疼痛感，因而不会反抗；即使把手指头直接戳上她仲夏夜般美丽的瞳仁，薄荷也不会眨动一下睫毛。这么安静、这么宿命的小孩，她没有语言，没有痛感，没有情感和需求。她无比坚强，又无比脆弱。即使哥哥嫂子再小心翼翼，也无法察觉那些不幸的瞬间。比如，薄荷突然发高烧去医院照片子时，父母才发现她的肘臂不知何时已骨折了两处，都成了陈旧伤。

当年，许多人建议表哥赶紧要第二胎，因为薄荷不能给父母带来孩子式的安慰，更像一个维修成本巨大的辛酸的悲伤的玩具。表哥执意抗拒，认定那是对小薄荷的离弃和背叛；表嫂常年没有工作，专职照料她。他们以温存而汹涌的爱，善待这个永远不能作出响应的矿物质孩子。

死于十二岁。薄荷在一生的几千个日夜里，从未与这个世界交换过一个音节。她不懂得什么是声音和颜色，从来不认识食物和自己的父母。

直到薄荷离世，表哥表嫂才更为艰难地开始新的孕育。看到表嫂如履薄冰的神情，我明白，当年他们拒绝第二个孩子的到来，除了对薄荷的忠诚，其实还有对自身的强烈恐惧——整个妊娠过程，表嫂就像怀揣某种爆炸物。不过幸运，这次是男孩儿，正常。表哥表嫂欣喜若狂，管新生儿叫“弟弟”。我想这个称呼里，一定隐藏着纪念。弟弟长大以后，任性，叛逆，不喜欢学习，到处惹祸。表哥总是笑呵呵的，儿子怎么都是令他满意的——弟弟健康啊，他所有的错误都能够轻易被原谅。

普天之下，有多少霍叔叔、表哥表嫂这样的父母？

有多少这样的榜样，就对我有多少秘而不宣的威胁。

11

我拒绝生育，认定只有让子宫像死火山一样休眠，自己的生活才不会遭受致命破坏。我害怕会酝酿出画画那样的孩子。我肯定是被吓着了。恐慌被放大，逐渐成为一种顽固的不祥预感。

妈妈是内科大夫，我从小比其他孩子更熟悉医院里的实验室。大大小小滞育的胎儿们浸泡在福尔马林微黄的溶液里，紧闭双目，好像正在睡觉的小魔鬼。我担心假设自己怀孕就是要用十个月的时间执拗地将魔鬼唤醒。死婴的肌肤暗淡，缺乏光泽和弹性，我猜他们硬得像塑料，如同广口瓶里泡着的那些内脏。而且它们也和内脏一样，离开母体，无法独立存活。

画画例外，作为一个终身停止发育的巨胎，她无忧无虑地吃喝、呼吸与排泄，并由此变得盛大、结实、咄咄逼人……她泡在霍叔叔的血和命里，泡在亲情和责任高浓度的营养液里。

亲情，那么动听且温暖的名词，但它也意味着一种潜在的债务。剥削只有发生在亲情的领域才是安全的，亲人之间彼此的剥削具有某种天然意义的合理性。每当雏鸟张大嘴要求比它更饥饿的父母喂食自己，每当画画无所顾忌，霍叔叔需要用力搓洗才能去掉被单上脏红的经血……就令我暗怀悲伤。责任？那是被正义允诺过的勒索。我放弃，因为我知道自己不能像霍叔叔那样释放出唯有苦难才能激发的美德。

12

我害怕自己成为霍叔叔那样的人。英雄拥有伟大的失败，凡人不过是寂寞的牺牲。霍叔叔的整个一生，都用于日常化的磨蚀。不存在什么耀眼的痛苦。没有。有的，只是老动物被磨得秃旧的皮毛所象征的那种平静的屈服与适应。

同时，霍叔叔的形象秘密地根植我心，并长久影响我对感情的选择。我讨厌艳遇，讨厌那种理所当然的坦荡的不负责任；如果关系中不存在着渗透和交错的区域，我丝毫体会不出彼此敷衍有什么意义。事实上，一份情感如果不包含责任，对我来说一点吸引力也没有，甚至迅速沦为屈辱，沦为不堪的回忆。我喜欢的男性类型，总是怀有过度的责任感和天然的牺牲倾向。就像性情既凶猛又温柔的伯劳鸟，它们捕食昆虫、蜥蜴、松鼠等小型动物，甚至能追杀比自己形体更大的鸟。雄伯劳十分体贴，整天不停地捕捉猎物喂给雌鸟，甚至甘愿自己忍饥挨饿。

……我的脸从背后贴着我爱的人。海面苍茫，疲惫已极的夜航鸟终于得以栖身，那是露脊鲸岛屿般上升的脊背。我把毛茸茸的小动物的头埋进他的气息里，我渴望，他用硬的骨头和软的腔肠保护我。即使卑微，即使我全身都是缺点，我渴望他也会像包容沙粒一样包容我，直到，把我变成他个人的珠粒。

为了长期占有一种无微不至的宠爱，我甚至无意识间把自己变得更无助，更无能，伪装成终身制的儿童。这是一种来自画画的启迪，我模仿着：把命运唱成一出苦肉计，以谋取更大意义的贪婪的幸福；真好啊，甚至无须为此承受道德上的压力。我在感情中养成奇怪的模式，好像体会画画那样完全寄生物的享乐感，要优越并重要于自身的健康和独立。我有个胆怯的灵魂——作为侏儒，它喜欢冒充孩子来寻求保护。

当生活就像一把不断打在后背上的戒尺，我们能向谁乞哀告怜？

时光流逝，月影里倒映着河流的波光……承认吧，我们都是怯懦的蝙蝠，只敢吸取亲人的血。

13

我对霍叔叔的记忆停滞在自己的十五岁。那年，我们搬家了。

再见霍叔叔已是多年之后，他躺在冬天的病床上。

我震撼于霍叔叔的变化。体形与我记忆中完全不符，我记得他尽管偏瘦，但始终是个劲道的汉子。可眼前的他太瘦小了，细的大腿骨就像旧伞架，很难再撑起什么风雨。岁月的河道纵横，密布他的脸……随着干涸，霍叔叔被搁浅在河道上，这条垂危的鱼。被命运反复剥夺，他看起来，像个剩下的余数。

我想起他慷慨的雄海马般的父爱。面对画画，霍叔叔是辐射着父性的强大生物，无论怎样被伤害，他似乎仍有足够的容积去装下继续的苦难。现在他有如一只突然被掏空的茧囊，瘪下去，彻底瘪下去。

不知道怎么去安慰，我只好一边听着妈妈职业化的医生问询，一边不时遥望窗外。空荡荡的天，没有云，也没有鸟，弥漫着那种灰暗的安静。霍叔叔正在输液，吊瓶里的药剂一滴一滴……向他身体里注入沙漏里空洞的时间。青色的静脉血管，从霍叔叔的手背延伸到上臂，看起来，像被剥除毛羽后显现的羽轴；这只老掉的鸟，他放弃迁徙的旅程，留在了永远的越冬地。

霍叔叔的身体骤然垮了。也许，因为画画。

所有的孩子，出生时都经过死神的印吻。他们一如候鸟，历经千山万水的迁徙，终会信守诺言重归死神宽大的圣袍——曾经的人世不过是他们短暂栖留的岛屿。画画从未展翼，无论怎样的强旋风，她似乎也永远安睡在父亲的翅羽下。

然而没有永远。画画死了，她就像一片残疾的小雪花，落在霍叔叔温暖的手心；却化开，只剩一个泪滴。

14

我想，画画的死虽然令霍叔叔百般不适，但从长远来看，终究是种解脱。更无情的旁观者甚至把画画视作会发声的植物人，反而是植物人那种安静到极处的宿命更令人容易忍受。画画的哭声，象征霍叔叔的原罪感带有频繁的噪声。这个巨婴，这个越长越沉重的背负，使霍叔叔的任何低飞都成为奢望，他必须躬身，然后匍匐在地……终于，纤绳断了，霍叔叔失去父亲的身份，获得失重者的自由。对生者来说，死亡是一种残酷的解放。

风把星空刮得格外干净，但这个多年习惯夜间锻炼、风雨无阻的父亲，跑不动了。霍叔叔蜷缩在病床，一只老昆虫，皮壳脆弱、水分尽失。斑斑点点的晚星，不过喻示着一座已然生锈的天堂，但即便如此，他依然是坚持到最后的圣徒，我听过他晚蝉一样高亢而辛酸的歌唱。

不间断地给予从未使他枯竭，现在他不再被需要。霍叔叔和画画被血肉模糊地撕开了。他怀里空出一块，像亏掉的月亮被塞进一团绝对的黑暗……他疼吗？那种被开膛破肚、掏出内脏的感觉。原来，人的悲剧，并非给予而未获回报，而是彻底失去给予的能力和对象。

一个人。只剩他一个人。

霍家阿姨那么不食人间烟火，叔叔年轻时一定迷恋过，并因成功迎娶美人而骄傲。爱情是迷宫以及它随后的废墟。然后，他们一起无望地面对画画，面对婚姻带来的困境。我猜测，很少发出声音的霍家阿姨在某个独处时刻一定曾发出凄厉的叫声，像只撞网的鸟——毛羽零乱脱落，她如遭剪翅，感觉自己再也不会飞了。她必拼死一搏，试飞自己的天空。从灾难中逃走，她也把自己的自由变成新的灾难，加诸给那个独自的承受者。

对霍叔叔来说，傻画画能做什么呢？不，什么也不需要她做，能陪在霍叔叔身边就足够了。画画活着的每一小时对他都是安慰。

也许我们的判断有误，霍叔叔的奉献并非奉献，牺牲的过程也不全是牺牲。画画是他仅有的亲人，霍叔叔用自己的性命与画画之间衔接了一条永不剪断的脐带。他喂养自己的亲人，以使自己不落入孤儿的命运。外人评判，是把霍叔叔和画画作为分离的两个生命体来看待的，所以得以歌颂父爱的奉献和牺牲。其实他们是一个整体，不可分割的整体——画画就是霍叔叔的一部分，是他自身的增生物，是使他的肌体变得强大而多余的息肉。

我们甚至没有资格动用同情。画画是唯一的证明，用以证明他的强大，证明他持续的源源不绝的能量，还有成功。难道，霍叔叔不是天下最成功的父亲吗？他做到了其他父亲难以企及的程度——他的孩子一生从未体会过真正的烦恼和痛苦。

每个人之所以能辨认并且偏爱自己的孩子，除了血缘关系，还因为孩子各具特性。画画不过是其中一个格外独特的孩子。在霍叔叔心里，小天使般的画画是否至为体谅？她是个绝对意义的孩子，因为画画的世界里只有唯一的父亲，没有任何空间融入他人。画画来不及培育品德上的任何缺点，所以她是无比完美的孩子。和她的母亲不一样，画画躺在摇篮里，以生理残疾的代价给予父亲终生不会远离的承诺。

霍叔叔永远记得，婴儿时期的画画是那么健康饱满，满是清新的气息。她是他的元音，原初、天真而纯净，甚至带了些微的母性。他奇怪一个婴孩能象征万物。

……襁褓形状的月亮，被揽在黑暗的怀抱中。它无知，神秘，值得我们由衷地热爱。

15

我看过一对外国夫妇的回忆，回忆他们具有严重先天性缺陷的婴儿小雪。小雪注定早夭，现有医学手段无法修改她未来的悲剧；并且，周岁以内的任何一次感冒都会让小雪致命。无微不至地照料终于使小雪的周岁生日蛋糕上得以燃起一支小心翼翼的蜡烛，温暖的光亮，映照着小雪父母脸颊上的是如蜡烛般缓慢流下的泪滴。尽管这对夫妇倾尽所有，但小雪两年之后还是夭折了。使我深受触动的，是小雪父母由衷的感恩。他们说，小雪降生在自己的家庭，是因为对他们怀有天然的信赖，信赖他们是始终善待的天下最好的父母，才选择把存活世间这短暂而宝贵的数年与他们一起分享。无论是对小雪还是对神明，就为了这种深挚的信赖，他们都难以表达感恩。

在西方理念中，许多准父母不会因为胎儿听力出现问题就宣判他的死期，好像那是一个废品必须予以正义的销毁。即使在早期孕检中发现障碍，他们依然选择让孩子出生。孩子如同来自上帝的礼物，挑拣本身，是否意味着辜负天恩？

何况，每个孩子都携带秘密的爱，秘密的使命。

16

……芸彩手中的棒针穿梭，她刚学会织毛线，手法却已飞快。秋风渐凉，很快就要戴围巾了。我从画画的摇篮车里拿出玩具小熊，上满弦。小熊的左耳磕掉一块漆皮，它依然歪着受伤的头敲起叮叮咚咚的节奏。芸彩叮嘱我小心拿放，再摔了小熊，她可不好向霍叔叔交代。这时，我听到空中掠过的一阵哨音。

鸽群。它们抖动着短促的翅膀，向南飞行。簇集在一起移动，离得近的鸽子几乎要危险地相撞。鸽子的羽色各不相同，有白有灰，不过，飞远就看不出彼此区别了，只剩一些缭乱闪烁的斑点。鸽群折返的时候画出隐约的弧线，警报似的哨声再次由远及近。

吹过一阵风，落下几片叶子，有一片正好落在画画的心脏位置。五角枫的叶裂，使它看起来就像孩子微微涨红的小手。十五岁的我拿起落叶，仔细观察其中血丝般轻巧分布的叶脉，还有叶缘锯齿上，一只大胆的不知逃走的小飞虫——太小了，样子就像只粘了翅膀的蚂蚁。过了一会儿，我把枫叶拿到画画眼前，微微摇晃。

画画不为所动。

奇怪的一瞬间，我从叶隙间发觉画画神情迥异，我停下来。那完全是不属于画画的安详——她的瞳孔里水净沙明，万籁俱寂。

画画被施了魔法？我犹疑地重新看看自己手里的树叶：上面的小飞虫已经不见了。慢慢地，倒是画画的眼睛里映出一些飞虫般的斑影。

我想起自己的飞蚊症。如果猛地站起身，除了头晕，我的眼前铺满虚幻的灰色，然后无数飞虫，舞动、上升，要过很长时间才能消散。画画也有飞蚊症吗？我迷惑不已……突然想起来，是鸽子吧？

仰起头，我就看到了鸟群。

不，竟然不是鸽子，那些作为家禽的鸟儿早已羞愧地落回屋顶；这是南迁的雁群，正穿越秋天自由而辽阔的上空！它们的队阵形成一个美妙的钝角，只是两侧边线拥有对称的微微内陷的弧度，整个队伍本身就像巨鸟正在滑翔的翼展。离得那么远，我都能感觉到它们从容不迫，每只鸟都以一种优雅到缓慢的节奏打开又收拢翅膀，有如芭蕾舞者海浪般起伏的肩臂……

这注定是令我震撼的仰视。没有鸽哨那样喧嚣的鸣响，迁徙的鸟群飞过，毫无声息，却带给我记忆里终生的轰鸣。

当雁阵消失在远方，我才意识到自己不知什么时候握住了画画的手。难以置信，画画会变魔法吗？我低头去看，画画的眼睛是闭着的，睫毛轻颤。她的指端，有傻孩子那种笨拙而执拗的温热。

17

精子若与卵子相遇需要经过艰难的历险，其距离，相当于一个人从地球跑到月球。每个生命，都来自这种曲折。无论是霍叔叔，还是画画，也包括我自己，都曾坚持过，才能成为庞大的马拉松竞赛中最后剩下的那个孤独的胜利者。

去病房探视的当天晚上，我回想起霍叔叔，回想起往事中那些挣扎过也幸福过的脸，那些被记忆磨损了笔画的名字……竟然失眠了。夜晚中的世界，如同渡船，它的锚链沉在漆黑河床，让人判断不出，它在驻留还是即将启航。窗外的月亮升起，充满难以言说的盛大之美——还能怎么去形容？美若深渊，不可测度。它像灯塔不熄，照耀着疲倦的沉睡者，以及他们只有几克重、蝴蝶般轻盈易老的灵魂。

遥望月亮广袤的金色腹地，我知道，那些烟灰色的暗影正是神性的环形山；其中一座，名叫第谷。它们拥有戒环般完美的弧度，仿佛执守着亘古的承诺。

其实换个角度，环形山的又一个说法叫月坑。它的形状接近巨浪挖蚀出的洞痕，本身并不存在着美，只是苍凉。它苍凉，却能激发我们对美的无限想象；如同，生命里的某些责任并非美妙，甚至预示着痛苦与沉重，然而却使我们焕发出爱的全部潜量，焕发出我们自身内在的光源。

月亮圣洁，一如信仰。亲爱的衰老的霍叔叔，你的一生被什么所鼓励，又被什么所安慰？此时，夜空无垠，就让所有的孩子松开痴小的拳头，所有的苦行僧放平流血的赤足……睡吧，睡吧。

在入睡者的梦境之上，是不可思议的奇迹。环形山悬浮半空，那最沉重的同时也是最轻盈的，最优美的同时也是最伤感的……

幼象

认识你到底有多长时间，漫长还是短暂？我感到恍惚，像是极昼之中看到表盘上的十二点，无法判断是在正午还是子夜。你会设置秘密的钟吧……你拧动蝶翼形的弦柄，我就听见自己藏在金属壳里的心跳。

也许，没有人不孤独，围绕各自轴心，寂寞地旋转。极少数的幸运时刻，人们能够彼此分享，虽然如同交汇而来的流星，短暂的互映中的光亮，将很快归于寂灭；太多的人，中间隔着星宿般难以穿越的黑暗。

在遇到你之前，我设想过相逢于未来的亲人：他怎样藏身于远方，藏身于书籍，或者，藏身于怎样的梦想。当你到来，我惊讶于你会同时来自这三个秘密的地点。三个指针，三条道路，三个月亮——仿佛凝望池塘，我就同时拥有的三个月亮：在天上，在水中，在我的眼睛里。你的指引和照耀，让我感到你无所不在，如同你绑架了我一样。

最清澈的，总在源头。你能让我回到童年和与此比拟的旧时光。

只有那个年代才产生那样的情境和心境吧。昙花快开了，满院子的人都不睡，围坐着，等候一朵花灿烂而转瞬即逝的怒放。越来越黑的子夜，昙花开始释放积聚的力量，慢慢打开……无人低语，昙花被浩大的寂静烘托着，朵瓣清新，浮现瓷器般的釉彩。那时，我们是心地纯正的观赏者，即使这朵花不属于自己，我们还是深受美的鼓舞，沉浸在难以言明的欢喜里。整个世界也因此而芬芳。

彼时彼境，月亮是绽放于夜空一朵更大的昙花，而我们仿佛翅膀发亮的小昆虫，在飘浮的金色花粉中，聆听天籁。我们身不由己地陷入幸福。

当昨天的人们散去，当今天的人们根本没有兴致为一朵花而聚拢的时候，唯有你，依然怀有年少的耐心和忠诚。是你让我相信，梦想是在黑暗中瞬间打开的，连同它磨难中经久不息的美。

只有最丰富细腻的心才善于倾听。芸芸众生，或粗糙或敏感，许多人只配备潦草的时针，为了大步伐行走，为了浮沉中免受伤害，为了，听不见良心微弱的回响。而你，携带精细的秒针，每一个易逝之物闪动的微光都被珍惜。

有时候，我会感伤，因为孩子的童话也会沦落为老年人的悲剧。从沙漏里流泻，细滑的月光如沙，一点点，把人间淹没。或许，我们的生死只是用于计算时间的一个微量单位。生涯有限而天地辽阔，地平线上每一分钟都涌现着不可思议的美与哀痛，可我们被什么样的生活所安慰，才能忘记自己泪滴形状的年轮？

你始终信赖——唯有怀藏着的爱不息，我们才能听到彼岸的回音；即使黑暗降临，童话中的纯金指南针，也会把入睡者引向闪耀的矿脉。

魔鬼享乐，天使才会受难。我知道你受过的苦。也许，越是身怀理想，对美越是期待，上帝越要考验他的诚恳。耶稣头戴荆冠，背负十字，他汹涌的无法遏止的爱才越是令人震撼。这是必然的考验，然后，我们才能达成对人生更豁达的理解——连触痛都是美的，像指头碰响琴键。

挫折没有使你屈服，只是使你学会选择，学会珍惜。你并未妥协，只是不参与到众生喧哗中高调表态罢了。你的嘴唇因倔强而坚硬，像啄木鸟，面对害虫开口致命的讽刺。你说不出什么温情的形容词，但你的内心，满怀极尽的温柔。

害羞的人最容易被当作傲慢者，因为他们缺乏向所有人敞开的热情。如果不经过骄傲的校正，你的羞涩会显得有些近于胆怯。其实，你格外依恋真正具有价值含量的情谊，这点无须太多敏感就能发现。你让我想起艾略特的诗句："那无所依附的眷恋，有可能被看作无所眷恋。"你不随意倾诉。我的哑孩子，什么样细小的幸福感能抵消日子里那些沉默的灾难，用什么样的呵护来弥补，才能继续你由不动声色维护的坚强？

你曾历经孤单和困苦，最绝望的时候，所能拥有的，仅仅是冬夜里孩子屈起腿来得到的安慰。常常，现实残酷，当我们不再为梦与理想一类的抽象之物负重，才有余力拿走具体而实惠的利益——即使如此，无论怎样受难，你也从未出卖过对生命最美好的信赖。孤独的你，依然是个偶数，你始终保持着与理想中的自己那秘密的对称。

沧桑让你获得一种打磨之后的亚光，它或许不及当初那么明亮，却更具亲和力。你学习从更宽容的意义来理解苦难，理解那些忧伤到无声的心灵。你很少有什么过激之举，说话的声调也从不高亢，眼神属于典型的素食动物，温和，微润。你有谜语一样轻颤的睫毛。我知道，受挫并未使你丧失对生活的激情，你不过把激情寓于静寂之中，像一种枕着翅膀在空中睡眠的鸟。既不被挫折所消磨，也不被幸福所腐蚀——真正的天才，能够以命作赌，来终生捍卫自己的天赋。

我是教堂钟声下被祝福的人，而你是一件被磨损的礼物，闪耀坎坷之后无损的荣光。

对我来说，你甚至不再是你本身，而更是你和你自愿展开的部分。你是你的名字、你的身体和为愿望与想象力所自我延展的部分。我对你如同对待一只尚还幼小的象，怀有崇敬与怜爱相交混的复杂感情……童话的秘密中，你是和蔼的巨人。

从高空航拍旷野的象群，它们的脊柱和两侧宽阔的肋，形成一个个倒扣的船形。象群在荒漠腾起的烟尘中前行——为了寻找水源，大象可以忍受超过三十八摄氏度的高温，长途跋涉。它们充满坚忍的耐受力。你是不是也这样，不屈服地，寻找生命中的清凉水源？

象耳支撑起来，在颅骨两侧对称，看起来，就像一只大蝴蝶。这就是一只巨兽身上隐藏的美和温柔。大象是最敏感温柔的动物，小动物们可以安然栖居在象群中，享受到充分的安全感。在历经沧桑的肌肤下，大象深藏怎样一颗沉着、温存而满怀宽容的心？这颗心脏，缓慢而温暖地跳动，拥有从容不变的力量。

大象之间远程呼唤，声音的分贝不在人类的听力区域之内，所以易被误解为无声。而人与人之间，何止生理限定，他们被各种各样的心理误区所阻隔，难以倾听到彼此。很长时间以来，我习惯作一枚无花果，在自闭中酝酿……没有花朵凋谢时抒情化的凄美，我像哑巴一样，承担着宿命的倦怠和安静。能以低频的声音互相联系，别人听不到我们的分贝——你让我如此感恩，因为，你能和我一起，分享寂静的低音区。

那些交流的时刻让人愉快。从午后到黄昏，然后只剩月色下一条朦胧依稀的小路，树木渐渐隐没。多鲜丽的花儿也暗淡得没有了色彩和轮廓，只剩下移动着的东西能被看到，比如，几只偶尔过路的蛤蟆，很小，却有中年发福的肚子，让我们忍不住笑起来。初夏微凉的风，我们被吹拂着，想起那些位于低音区的事物……一个恍惚中的比喻句，漂浮中的自由感，或是润物无声的关爱。

爱，就是一种寂静的烧灼感吧？原来再寂静的暗恋，只要用心，总能听到，像天籁。这个大海般涨潮的夜晚，我可以感觉到它微微的起伏。黑暗中看不到远方的目的地，但我信任你，如同信任海上的罗盘。

我拼命寻求往事中的蛛丝马迹，以求奇迹般的吻合，哪怕我们只是曾在某一个点上相遇。在同一个餐馆出入，坐的是邻桌？坐在同一片小树林下，感受阳光闪烁的斑影？在书店里翻阅过同一本书，我的手盖上你的指纹？或在日记里的小诗，我们曾经以同题为它命名？我愿你融入不曾为我所知的记忆中，以便显出，你如何作为一个命运的巨大伏笔存在，只是恰巧在今天，被惊喜地发现。因为，我感觉与你如此熟识。

树上的叶子被风吹动，你的样子在回忆里倒映，而我守口如瓶，好像一口藏着月亮的水井。

很久以前，我用曲别针弯出一个又一个的心形，然后将它们连缀在一起。指甲边缘被磨得粗糙，磨起细小的肉刺。如果把这当作为爱付出的伤口，恐怕也是伤口不值一提的最小单位，但我畏惧伤害，情愿这是为爱付出的最大代价。

我习惯隐藏自己，躲避秘密的感情，即使发生，也让它像个寂静的休止符藏在乐谱里。我可以像河流日夜不止地奔行，看似恣肆而无所阻拦，谁也猜不到，我只为藏好沙床上那条睡觉的鱼。我习惯被孤独安慰，而不是被一双暖意的手，我为自己辩护说——总是要被爱放逐到边界才能体会出易于被忽略的荒凉之美；我愿做远到天边的牧羊人，独自放牧的，不过自己内心的畜群。

可现在，我就像笨靴子爱上脚蹼一样，心动而绝望。那些说不出来的甜蜜的话，全在心里……像棵无人采摘的樱桃树，暗暗地落了。想念你的时候，我的身体散发出浓郁的气息，像一枚热带的水果。爱之所以美妙，大概不仅因为它是对某人的细心体会，更是因为，它是对自己的创造。

我总是习惯悲剧，习惯开始的时刻就准备别离……像一只垂危的蛾子，我随时准备熄灭体内体外的光源。我原来那么怕受到羁绊，认为强烈的感情让人无能为力，会把人变成奴隶。习惯也是奴隶，只不过，好习惯是个好奴隶——我现在习惯你的存在。从前我讨厌“想念”这类使自由受到威胁的词，分离总是让我难过的同时萌生奇妙的解脱感。我是否必须适应和改变？也许，好奴隶并非注定承受悲苦命运，温顺反而帮助她获得巨大的归属感。

我愿意为你面对未来的考验，甚至伤痛。你在遥远里，才让我的世界宽广。如果持续没有你的消息，我会以一种自以为已经消失了的耐心来等待。你要是想说话，我就点起蜡；你要是选沉默，我也接受你我之间这座无望的巴别塔。

岁月曲折，我将忠诚。我以孩子式的信赖和期待，相信着，即使某天我们彼此有了倦意，那也是一本书被翻旧的页角，依然保持着遗憾中的生动。

我知道，唯有你我，像一对真正的聋哑孤儿，会如此用心待人，怀有一腔近于残疾的无望的深情。热烈的字词说不出口，但惦念和给予，都是重的，被不开口的承诺赋予力量。滴水之恩便涌泉相报，它是并不公平的情感处理方式，但我们受困于此不能自制，如同被击中弱点的水罐。

是的，我们都存在着秘而不宣的弱点。但如果你完美无缺，只能成为被仰望的圣徒，而我喜欢你被尘世碰触。对我来说，你已是微服降临的小神，你的法力足够保佑我。我贪恋你的眷护。

为什么无论我怎样你都能包容和体谅，好像我是随时迷路的孤儿？天堂都有生锈的铁皮屋顶，会漏下雨水，而你，仿佛能够终生保护我。你也有脆弱和无助，但即使你是一个稻草人，也是无数次能舍出自己、拿出拯救稻草的那个稻草人。如此待我，让我得尽天下的宠。还有什么不能给你？还有什么能给你？我像个全部储存只剩下一枚硬币的穷孩子。

我无法给予你更多的爱，像梗承受着果实，我怕太沉重的甜美也会让你离开。我无法给予你更少的爱，因为，我因正酿造而饱满，就像做爱前的情人，哺乳期的母亲。我深知，一生难遇这样宁静完美的平衡。

唯有你我，像一对真正的聋哑孤儿，会如此用心待人，怀有一腔近于残疾的无望的深情。

如果尘世喧哗，竞噪中唯有重金属的摇滚之声才能被听取，但愿我心沉静，能让极其微小的声音震颤耳鼓。倾听，一滴水，正缓慢消失，到树冠上面的云端……或许应该在污染中如此蒸馏我们的灵魂。

我们无法按照完全的想象来构造现实，那是唯有神才能完成的奇迹。但只要能发现现实中那些细小的奇迹，我们就能置身于瞬间的天堂。当鸟群从树枝间腾飞，那是一棵树正在施放它秘密的焰火；当星空在头顶奔涌，那是金色的巨大蜂巢，正在酝酿深处的甜蜜。我坚强温柔、习惯沉默的孩子，是你让我深信，命运有生死对称的嘴唇，上帝有天堂和地狱里的双重魔法，一切，只决定于如何选择——也许有地狱，当我们露出魔鬼的微笑；也许有天堂，当我们流下天使的眼泪。

从春天到秋天，再到微凉的风从地平线那端吹起，我在起霜的玻璃窗上慢慢写你的名字……夜空辽阔，大地铺满厚的雪，骤降的气温中我依然心怀喜悦。因为你，正像闪光的果核散发着改写未来的能量。

毒牙

1

那天窝在家里看电视，突然，屏幕里塞进一张认识的脸。那档节目表面在谈论男女关系和婚姻类型，用意其实替一本新书做宣传。“婚姻在我看来，无非是一种建立在经济之上的亲密关系……”没错，我太认识这个说话的女人了。我比别人更了解，她因贪吃而日益茁壮，她如何爱慕奢靡生活，知道她早在二十多岁就掉了两颗牙，此时她出口成章，锋芒毕露，正是智力过盛导致的常态反应。只不过，我从没在公共媒体的镜头里观察过她，上镜后，她给我轻微的陌生感。

如同自己的背影，需要镜子才能看见；这个共同走过二十多年、本应熟悉的中年妇女，当我把她推入时光的后视镜……形象再度清晰。

2

遥想 1988 年，我离开父母的翼护，前往济南山东大学读书。火车有节律的晃动中，我开始猜测未来，好奇与隐忧交混着，不知道自己将遭到什么样的悲喜、遇到什么样的人。几天之后，我在同班同学里遇到估计将与自己一生关系最为密切的男女。男的，是与我至今尚在婚姻存续期里的先生；女的，就是方希。

我第一次特别注意她，是因为方希盘腿坐在宿舍临窗的桌子上，而不是桌子旁，阳光斜入，照着她光洁饱满的额头和一双精芒四射的眼睛。她穿着大红乔其纱连衣裙，火柴磷头般，随时可以燃烧。我直觉这是个具有辐射磁场的女人，有种天然而霸道的影响力。我模糊地感到她性格里某种硬气的东西，个子不高，她就那么小果核一样占据着中心位置。

和方希的私人友谊，始自入学就开始的为期一个月的军训。军营里，我们俩的单人床铺是并置的，容易乍看成双人床，如同被组织安排的婚姻，彼此要比常人熟悉些。恰巧方希和我所带的被子超厚，别人叠出豆腐块，我们汗流浃背，堆成两团混沌的棉花垛。内务检查中，屡屡因为我们这对狼狈分子使集体荣誉受损。后来，我们把床单下面薄如尿片的褥子抽出来，当被盖，把班长示范叠出的两个被子标本请到一旁。地下铺了报纸，模型被庄重地端上端下，于是它们日复一日，横平竖直。我和方希每天与床板之间只隔一层单子，盖在身上的薄褥又两侧漏风，我们发烧，压低嗓子咳嗽，活像《简·爱》里可怜巴巴的孤儿院姐妹。

夜里轮流值班，两人一组。睡得正好，黑暗里伸过一只鬼凉的手，把我们唤醒。懵懵懂懂地穿衣，摸本小说，拎起马扎，接过没有子弹形同道具的步枪，做梦似的晃到营房大门。我们各自翻书，寂静中传来远处的狗吠，她笑，或者我流泪，互不引以为怪。夜深人静，聊天不得不低语，增加了我们密谋般的亲切感。我们想家，而怀乡情绪总能令人脆弱并胡乱选择信任的对象，所以不由得交换起彼此的秘密。所谓秘密，并未含有多少不可告人的内容，而是交流时我们不由自主的微妙表情：羞怯，迷离，犹豫和不安，包括出口后轻微的愧悔。或许掌握秘密，就是掌握一种内在的特权吧，我们越发投缘起来。

军训结束时写总结，大多写的是标准学生作文，还有的类似公文体，词和情感多点的，沾了点《再别康桥》的味道。我对方希的文字惊鸿一瞥，她结尾手起刀落："我们握手。我们走。"干脆得几乎绝情。我心折服，对比自己花拳绣腿的抒情腔调……一声叹息之后，没了雕虫小技的得意。

所向披靡，直指人心。这是一个极具锋芒的女人，充满凌厉的智慧。从那时起到现在，方希足足让我见证了二十多年她的智商。

冰雪聪明，神目如电。

3

稍与方希打过交道，很容易倒吸凉气：太聪明了，几近妖异。

她复印机式的记忆力，能讲述刚翻一遍的报纸，从版式到数字。当年方希毕业回到故乡，几经工作上的辗转，最后决定离开贵阳，报考北京大学的研究生。之所以选择语言学专业，因为方希感觉在文科里它颇具科学气质——有时，我会觉得她更倾向于选择难度，以及由此带来的挑战乐趣。决心已下，但离考试只有几个月了，在此之前，方希毫无知识上的准备。她借回来的专业书，多到岂止等身？只翻数页，就令我屈服。虽然同为中文系学生，但语言学之复杂，远超本人理解范畴，我把它们归入高等数学。方希精力充沛，废寝忘食，勇猛备战。她的废寝忘食才真的叫废寝忘食，你会错觉她在生理上根本就不需要任何睡眠和饮食。等待成绩公布期间，我意识里认定她已考上，不仅因为她曾被爻词预示“紫袍玉带走金街”，更因为我了解她的能量，一旦爆发，无坚不摧。所以当别人问起，我梦游般回答“她考上了”——不到张榜便下此定论，不知情者必以为是撒谎、虚荣或作弊吧？揭晓之日，果然，方希名列专业成绩榜首。

这个结果，对方希而言，不属于美妙的偶然性，生活提供着不断的佐证。读研究生期间，她的论文已在学术权威杂志上发头条——许多教授孜孜以求一生都未能占据的位置。毕业后，她投身出版界，策划的书雄霸全国畅销书排行榜，到如今，方希独当一面，以资深出版人身份纵横江湖，在业界是个颇具声誉的职场强人。

方希看起来有种咄咄逼人的气势，不了解她的人以为要侵犯，其实，她从来不屑于在别人的空间纠缠得失。她一眼看到终点，就懒得在过程中试探、周旋、讨价还价，尤其为面子，为人际之间八股化的客套。甚至礼貌里残留的虚与委蛇气息，也会招致她的鄙夷和厌弃。她对装腔作势抱有天敌的警觉，很不喜欢冒充业余伟人的表演爱好者。行事风格上，方希惯用祈使句，即使偶尔设问，也不过铺垫，像鞍马前放一块被践踏的跳板。她不喜欢迂回往复，也缺乏滴水穿石的耐心。公式般高效、精确和具有理性之美，方希做事目标感清晰，擅长以简洁的方式解决复杂问题，这与我常把简单问题复杂化的毛病恰成对比。所以当我还在敬语中反复寒暄，方希已经结束合同上最后一个签字。

方希对真相有着超常的接受能力和处理勇气，尤为可贵的是，她比别人更能承受舆论压迫。她不怕被歪曲为恶人，甚至能鼻孔里喷着冷气旁观好戏，而懒得花功夫为自己解释和申辩。当然，方希有时对论战兴趣盎然，将之视为“磨剪子嘞抢菜刀”的健脑运动。她机智，且有直觉式的急智，总让我想起那个词：“辩才无碍”。我喜欢看她与人交火，既有击鼓骂曹的痛快淋漓，又有百步穿杨的特技展示，真是好看啊。

聪慧、迅速的提炼能力和不遮掩的反应方式，这几样东西加起来，很容易构成一种东西：刻薄。事实上，方希确有这种需要高智商来打底的才华。做好人容易，只需要有个凡事点头的电动脖子；而刻薄，得有鹰隼的眼神、见血封喉的本事。事实上，方希对自己也是刻薄的，仿佛对待陌生者的那种公平意义的刻薄。她刻薄起来很是俏皮，妙语连珠，是我所认识的最幽默的女性。她形容倒霉蛋："就像抽了下下签，还被解签的和尚趁乱摸了屁股——真是倒霉到家了。"不幸，她蓄意编造、恶毒讥讽的段落里，那个经历着悲剧却被处理为闹剧、她在流泪却导致观众笑场、无辜无助地充当着牺牲品的女主角，经常由我本人亲自扮演。方希快人快语，我看如果其中的"快"被理解为"刽"，也并无不可，尤其以我作为鱼肉的角度来看。也许，快，就是杀手完美的手法、体恤的哲学、暴力中最优雅的部分。我早就习惯了她的不犹豫，并从双簧配合中获得报酬式的享受。

4

山东大学中文系八八级，至今还在写东西的女同学，大概仅存方希和我二人。

方希文如其人，锋芒强烈，古怪刁钻，才华横溢。她的文字，呈现出独特的激情和凛冽，诙谐和严谨，讽喻和悲悯，尤其是她带有邪恶感的智慧，结合着女巫与婴孩的混合气息。她信口信腕，涉笔成趣，饶有兴趣地观察世界，并源源不断提供着新鲜的见解。许多事情我们熟视无睹，它们似乎早已不言自明，但方希犀利的 X 光眼，总能发现视野里的盲区，发现公共现象背后的玄机，甚至面对意义已经被开采完毕的废墟，她也能洞察作为地基存在的隐形而庞大的地下迷宫，以及通往核心的密道。

我曾经夸奖过一个作家的文字，说他具有兽医般教养与野蛮制衡下的冷静。联想到方希的，她更近于脑外科手术大夫，残酷而优雅，凶悍而温柔，勇猛而精密——她所打开的世界，同时面对灵肉，形而上的神与形而下的欲，都在这一瓢沟沟壑壑组成的全景图里。她灵活地在神经之间挑切摘剪，如险境拨琴……其境界之高远、胆魄之雄浑，自不待言，难能可贵的，是方希始终保持着孩子式的游戏精神和朴素的民间立场。

方希的题材似乎百无禁忌，她信马由缰，包括令人尴尬、大多回避的下三路区域，都吸引着她浓厚的好奇心和学术研究乐趣。而语言，却是内在的典雅雍容，只有学识渊厚者才能支撑起这种奢侈的风格。她才情恣肆，有一种知识分子的泼辣，不受教养禁束的野蛮活力。刻薄天赋也得以彰显，字里行间，那些蟾酥般坏坏的小邪念，能起到清凉解毒的药用之效。

方的拼音为“fang”，同时是个英文单词，意思为“毒牙”。很适合形容她的论辩与行文——毒牙，它不屑于陷身肉搏，而是运用谋略，以几乎不消耗体力的方式和最微小的创面，优雅至极地，将对手彻底推入绝境。又如同走到巅峰的绝世武功，何须剑戟刀枪？高手飞花摘叶，伤人立死；而她自己却仪态风雅，面容安详。

黄集伟先生这样评点："深刻新鲜是一个方面，毒辣端庄是一个方面。而在融会如上之外，方希还将有趣融入其中，真是想不到。这样，方希笔下出现'俏江南'里似乎书面得妥帖无比的麻、辣、烫——看上去时髦，精致，端庄，可骨子里却冰心侠骨，铁面温柔，一种爆笑完毕终于绝望的阅读效果就此达成。"他以"毒辣端庄"来概括，这四个字精确到家。我写不出这么点穴的神来之笔，只好抄录，以示对黄、方两位的双重敬仰。

5

可能方希自己都未必知道，她对我的影响深重。

当我承认："我没有从写作中获得信心，它甚至培养了我对自己的轻蔑。"有些正努力赢得发表资格的初学者，会打心底里认定我作态。在他们看来，我更像一种炫耀，如同伶俜的模特抱怨自己胖了那么招恨。可是，方希，是她如影随形地构成我心里的暗斑。你挥金如土怎么啦？她也挥金如土，而且挥成了粪土，你还怎么嚣张？你在平衡木上来了个跨跳侥幸而未跌落，她却在钢丝绳上连续空翻，你还怎么得意？我以写作为崇高理想，心怀敬畏，煞有介事地起笔，甚至有点装神弄鬼的起范儿架势，过程中始终熬煎……当我人工地艰难分泌，她却天然地自由奔流，好像我从北京自来水管里点滴省下来的正被她在黄果树瀑布里纵情浪费。方希，她摧毁我的自信，摧毁了我傲慢的可能，使我终生进入略显虚伪的低调。我甚至没有嫉妒的资格和由此带来的缓解渠道。每个人并不真正活在大千世界，没有那么辽阔的经纬和参照系数，他其实只活在少数几个人身边，所以，对照方希，我无法获得来自远方的安慰，而长久沉浸在不好解释的受挫感中。

诸如此类的伤感，不能在方希面前流露。每当我进入自我酿造的悲剧氛围里，用小泪滴灌溉自己，其中因麻醉和疲倦而轻度瘫软的舒适感难与人言……方希总是横刀立目，当头棒喝，惊得我当场滚出剧情。她是一个对我雪中送花却锦上添炭的女人。如果我向她倾诉自己遭遇的坎坷，只要不是重量级的，她通常会幸灾乐祸，边听，边笑得花枝乱颤。是不是，青春的叛逆在我们的性格里都有些残留物，我们俩交流完全不能使用贺卡上的好言好语，甚至想想都不堪。没有春风温暖，而是秋风扫落叶的无情，方希总是毫不讳言，尖锐地挑破我的自尊心，令我暴露出帷幕后令人尴尬的私藏。既然无论怎样精心为自我形象装饰花环，转眼就会被她零落成泥碾作尘，我终于败了化妆的兴，改以素面朝天。因为她永远是直接揭露真相的孩子，致使我难以试穿皇帝的新装。我后来形成一种保护与防御机制，为了回避方希的打击，我先于她行动，亲自下手收拾自己，以换取暂时的安全感——这是一种积极而严厉的自我批评。有人夸我，有种女性中比较少见的自嘲勇气；他们不了解，其实这是出于我的怯懦。或者说，方希近乎暴力的直率，使胆小如我者，也被迫勇敢。

我的谦虚、勇气和自省精神，这些基础的美德，由方希同学参与建设。目睹我多年来不胜枚举的蠢事，方希也是我的照妖镜，使我的皮袍下的“小”，无处遁形。

6

很多人以为方希只有披甲执锐的一面，错。尽管冰雪聪明容易带来凛然的寒意，但她不拘一格，是我认识的最可爱的女人。在单位举办的民间而地下的大众情人评选活动中，方希之所以能以近乎全票的绝对优势称冠，必有其坚挺的理由。作为评委会主席，方希既羞涩又无耻地，为自己做出如下获奖评语：“方希其人，如异花初胎，碧宇菲微，进而如急风骤雨，退而似坐沐春风。感怀如曲水流觞，风流跌宕；心地似水晶透明，邪莫敢伤。除了难看点儿，几乎就是一个大众情人的范本，回肠荡气的女郎。”

我知道，她每年新春自己写楹联，词风奇诡而用典偏僻。她唱歌很动听，高渺到可以胜任王菲的难度，和她说话时不易察觉的轻度嘶哑判若两人。骨子里，她深怀自己甚至耻于言及的柔情。旁观者以为方希所向披靡，其实收买她，并不需要苛刻的条件。我还知道，她有软肋，比如青春期母爱的某种欠缺，使她留下这类孩子共性的弱点：缺乏真正的心理安全感。她需要更多的偏宠，更多的财富，更多的尊重。这些弱点很重要，至少对我，这使我们有条件像齿轮般得以啮合，结成一种自愿捆绑的友谊。

当她在电视屏幕上舌战群儒，我不禁微笑。虽然，天地良心，方希的确长得曾经像翁美玲和张惠妹的混合物，可如果我这么说，听者只会认为我溢美到了不负责任的程度——因为她现在保存下来的证据，不足以支撑我的论点。我有幸见识过她的古希腊辉煌，这个我从少女时代起就无意间约定着一起老去的人。时光的流水漫过，我们当年谈论不及物的理想，现在关心健身养生，因为两个人至今都未生育，仿佛要把家族的意义终结于自己，所以我们甚至在一起探讨过晚年。

……无论怎样的天籁之音，也终成角落里渐寂的歌喉。那么，我们将如何？坐在敬老院的午后和自己蜂拥的脂肪里，依然唇枪舌剑，互相贬损，接着享受持续了一生的嗜好？还是，如两条迁徙的马哈鱼，历经千万次的激浪也要回到出生地，回到童年般的纯真，因为那就是我们共同的古老，共同的源头，然后鳞片剥除，宁静致远？

方希和我反差如此之大，有若金刚石与石墨之变。但所谓友谊，就是选择陪着自己变老的人吧？这是在中途，而我希望自己始终配得上这种好运气，谢谢方希。

紫禁红

珍宝馆

身处天子脚下的北京人总是一副见多识广的样子，懒散而处变不惊。四十多年生活在这里，我把整个北京都当作一座旧宫殿……建筑它，出自时间的手笔。我像廊柱的蠹虫，默默啃食并消化其中微小的残渣。尽管，我猜测天堂有着紫禁城那样的金色屋顶，但居京三十多年，使我习惯了故宫的华丽。从摇晃、拥塞的 103 路汽车里，我看见角楼，并对它遗世独立的美无动于衷。

我想我唯独没有克服对钟表馆的敬畏。它坐落在故宫东南角，进入时需单独缴费。这里椽檩高大，光线低暗，收藏各种各样的报时器和天文钟，大多由伦敦和巴黎的名匠制造。不由自主，我把脸按扁在玻璃上，想看得更清楚。基座上的大象镶珠嵌玉，精巧的小人围绕着轴心旋转……这些钟表遵循共同的审美原则：繁复和对称。过分装饰，使之超出作为钟表的必要，观赏价值远远大于实用价值。也许，美，正是扩大在实用性之外浪费的部分。

漫长的成长阶段里，表都是我唯一随身携带的机械。事实上我对机械怀有或多或少的恐惧，从未像其他孩子那样，好奇地拆开后盖，偷窥一只钟表犬牙交错的精微的内脏。记得伴随多年的那只黑猫闹钟，它的眼珠左右错动，鬼鬼祟祟，但我喜欢它在黑暗中扩散开来的甜蜜尾音。有一天，它终于停了，我拒绝修理，把它完整地放到床下抽屉里，和先前坏掉的那只鸡啄米的闹钟搁在一起。

我的童年就是被几只闹钟集体偷走的。一个巍然王朝同样遭到钟表馆的劫掠。钟表是穿在时间脚上的鞋，它使时间走动时发出声响。沙漏和日晷带有典型的东方色彩，含蓄，无声，包含优美的比喻。而钟表，最早的西方文明象征物，作为昂贵的礼物和奢侈的玩具，它进驻一个国家的心脏……一个五千年以来信奉农业、诗歌、礼仪和慢节奏的古老国家。紫禁城，檐瓦灿烂，宫墙血红，数不清的房间里，轮流上演明明暗暗的阴谋和闪闪烁烁的爱情。当夜晚到来，月光一点点把宫殿和人影一同淹没，只有时钟一丝不苟，继续向前。精确的机械装置嘀嗒嘀嗒地响着，听起来，像有什么危险地进入了倒计时。

我参观的时候，钟表馆里的钟表早已停滞。电视录像里，反复演示着其中一件的神奇之处，小人可以提笔写下“万寿无疆”，起承转合，字字蕴含笔锋。流逝的是钟表的应用功能，留下的是欣赏价值。或者说，当事物不再流入使用过程，它面对迥异的命运：被废弃，或被珍藏。

我流连忘返。那天忘了戴表，欣赏和赞叹过后，我想知道几点了。这才发现，这座钟表馆丝毫不能给予我的恰恰是时间提示。表盘上的指针朝向各个方向，我被无数错乱的箭头包围了，无所适从。平时对表，我们习惯找到两只相对一致的手表，从而使自己的时间趋于准确。现在这种经验完全失效。尊贵的钟表们，一无用处，标识时间的事物自己死在时间深处。在过去的某个时刻停止，今天，我却难以理解它们从往事中提炼的暗示。站在空旷的大厅，我茫然，或许那个时刻体会到的叫虚无。

一切都被时间浸泡：乡村年画上破损的灶王神，熟睡的婴儿，朱红立柱上正在起泡的漆皮，我们自己，此刻的钟表……生者被催促着衰老、催促着靠近死亡，死去的，还要继续死。

也许它们停止运转出于更高的智慧。相对格林尼治的标准时间，我们身边即使最精确的表也难免存在误差。但只要表不走，就至少能保证一个时间绝对正确。钟表馆里的时钟拒绝与时俱进，拒绝像今天的大多数事物所参与生活的方式。也许这些钟表注重的是质：与其错误一生，不如追求哪怕只发生于瞬间的真理。

想起中学春游，骑几个小时车到圆明园，为了看废墟。废墟比完整的建筑更让人震撼，因为前者具有后者尚还缺乏的东西：时间的参与感。多年后，我又来到圆明园，万花阵已修复完成。这是一座石墙组成的圆形迷宫，我在其中不断迷路，一会儿顺时针，一会儿逆时针，越焦灼越找不到出口。石墙不高，我几次攀上墙，借以判断方向。站在万花阵中间的亭子上，我发现这里就像一个巨大表盘。圆是所有几何图形中唯一没有遭到线条分割的图形，但这个大圆内部，充满错杂路线，以致让人产生一种缓慢的眩晕。也许，时间本身正是如此，它并非稳定而匀速的涡流，每时每刻，朝着统一的流向。我看到游客在迷宫中走失，相互呼唤，听得见声音看不见人影。走散的，还有进行比赛的两个孩子，她们一个早在出口等待，另一个，一直在顺时针、逆时针中领受教训；日渐黄昏，等落后的那个几乎含着眼泪走出迷宫，领先的那个耐不住过久的孤单前去寻找她的朋友，重新置身迷宫，她不知其中已全是陌生人。孩子个子小，不能像大人那样攀墙，她们身陷其中，不知所至。

谁也不能嘲笑无助的孩子，浩大时空面前，我们谁又不是孩子？岁月的墙太高，想做骑墙派？根本是不自量力的奢望。

游乐场

我认识一个平凡的老阿姨，平凡到即使和她如此熟悉，我每次回忆起来都有一点微弱的吃力。后来得知她令人惊讶的显赫身世：如果清朝还在延续，多少疆土和人命都可以在她手下轻易折叠。这双手，现在，在柴米油盐之间，不过一件平凡的劳动工具。

我对中山公园的印象与此相似。这里原来叫社稷坛，是皇帝用来祭土地和五谷之神的地方……王与神衔接，人间与天上的最高权力在此传递。但光阴流逝，减弱了它的威严，如同它的名称由宏大而抽象的“社稷”，落实到对一个人间领袖的纪念。

在我看来，中山公园是北京最有平民乐趣的名胜古迹，以至令人感觉不到它是个名胜古迹。举办各种花展、书展、热带鱼展，这里还有音乐堂、来今雨轩餐厅。上世纪 80 年代这里的英语角和恋爱角格外有名，集中了要在前途和爱情上碰碰运气的人。绿树红墙下走走，散漫随意，可以想想小得不值一提的心事。日常的情欲也是得当的，看长椅上那些情侣，一个塌陷在另一个怀里，把公共场所变成私属的乐园。所以我很难把中山公园当作一个古迹，尽管它的态度的确像是温和老者，已失去刺探他人秘密的兴趣。

之所以对中山公园抱有别样的亲切，因为一个人。他的单位离公园近，我们常选在这儿见面。喜欢他的眼睛，凝视的时候，他的瞳仁形同漾动水波的陷阱……我会及时转移视线，顾左右而言他。胸腔里有低暗的回响，我不知怎么才能克制对他的向往而不露痕迹。那时候我太崇仰他，觉得我的爱情对他来说都是冒犯。由于不奢望结果，我把它手法简洁地处理成一场暗恋。

他聪颖过人，但未能识破我的伪装。我习惯与众多异性关系良好，准确地说，是我们彼此作为中性关系良好。我看起来如此任性不羁，天马行空的感情处理方式里，他不了解我从未松开内心的缰绳。他想自己只是分母之一，除此之外，我肯定还有其他寄托。这种误读，有助于我把静水深流的爱，藏进文字里杜撰的艳遇。我太羞怯，害怕表达和承担表达的后果，宁可把冲动处理得近于儿童时代的性：携带而不作用。多年之后，我才发现，和他见面的地点几乎带有象征含义：中山公园的游乐场——成人难以在游乐场中持续孩子的娱乐兴奋，他们放弃，远离；而我，依然醉心于模拟的享受和刺激。

独自坐在旋转木马上，它比真马华丽，生有坚硬的波浪状鬃毛和短翼。这匹最笨的飞马，只会沿着既定轨道，从低处浮升……音符叮咚作响，不带我上天堂。旋转木马的轴心由几扇落地镜组成，在镜面变暗的银色里，在失重与超重极其微弱的变幻里，我看见夹紧双腿的自己置身于秘密的喜悦。记得在一本偶然翻到的诗集里那个女性的低语："我们不知道，该怎样打发剩下的时间，在有生之年不沦落为无聊者。激情在哪儿？我们呼唤，直到，在人民公园坐上木马。静静地听着机械的摩擦声。平稳地悬空，降落，有点缓慢。我们双手抓牢它小小的耳朵，转了一圈又一圈。两个成年人，人们已经开始注意：一动也不敢动，双脚套在铁环内。"

而他在外围，双肘靠在铁栅上，笑容流露了对儿童游艺的轻讽……在我的余光中形成暗蓝的斑影，像一条深在河床的鱼。我比任何人都清楚他是不咬钩的，不过，也可能因为我并非值得的诱饵。他会在其他女人的嘴唇上，但他会在我心里。一进中山公园的门，往右走，常年举办金鱼展览，还有温室花房——全是没有声带的命。那些总在张嘴却喊不出来的哑巴鱼，被囚禁在一个个玻璃格子里。我像鱼一样，幻想飞跃，但永远被玻璃格子般冰冷坚固的纪律管教——我的氧气只能从水里获取，即使这是一个囚禁我的世界。中山公园里的鱼，演绎着我：无以表达，不含行动，我深怀一贫如洗的爱情。木马缓缓旋转，我如同进入洗衣机的内胆，徒劳地，不断试图甩干心里那点湿润的东西。

最后一次见他是在中山公园的黄昏。满天灿若云锦，他是我逆光中的天使。仿佛彼此坐在跷跷板的两端，他因我的低落而飞升。他太优秀，让我感到某种来自等级的压迫。那天我们坐得很晚，直到，抬头望到月亮的沉船。我愈发体会他孤寂中的美，在深蓝的，深蓝的大浪之下……深知他将离开我的版图，成为我无法收复的山河。在黑到无涯的世界，他是我禁锁中的珠宝，散发唯有我知晓的光泽。这微弱的幽光，不足以减少黑暗的重量，但足以将我照彻。我觉得自己是一个摸索者，在他离开的漫无际涯的甬道。为了捍卫一点可怜的有可能被忽略的深情，我所付出的代价非他可以想象，他也将永不知晓。

爱情始终是个让我畏惧的词。曾经深入墓道，一对古代夫妇合葬于此，我看到他们朽空的眼眶、蚀空的腿，看到衣服上金丝银线的纹饰，已经变成蒙尘的褴褛。这就是爱情，海枯石烂，我不再逃开。那么，我是不是该显得无惧无畏？我爱，我

将收藏你如同盗墓者的财富。

来中山公园，我每次的出口还是会选择当初的入口——返回原点，不露痕迹，内心的旅途没有任何里程记录。公园入口处，有个著名的并生现象：槐树与柏树相抱而生，仿佛暗喻爱情的珠联璧合、甘苦与共。然而仔细观察，它们各自的树叶注定不能活在对方枝头——离得这么近，只是为了看清彼此的不能。

游廊

我偏爱花朵硕大的植物，荷花、马蹄莲、郁金香……都是结实的，花瓣里有种坚硬的质地，好像流溢其间的汁液里，夹杂了部分脂肪乃至固体的颗粒，它们才能显现接近石膏或象牙的质感。小型花虽然精致，但看它们微风中的细碎摇摆，显然不及前者那样易于唤起对美的敬畏。我喜欢荷花，可惜家庭养殖并不普及，常人难以提供池塘。观荷宜在户外，辽阔水域更显气象。我的一个去处是河北白洋淀，还有一个，是颐和园里的别景：谐趣园。

花瓣连绵不绝。在知鱼桥上凭栏观荷，层层叠叠的荷叶上，每朵莲花都是一座寂静而华丽的独立舞台。这盛大的夏日之花，色泽柔润，逆光中有着矿物

那天我们坐得很晚，直到，抬头望到月亮的沉船。我愈发体会他孤寂中的美，在深蓝的，深蓝的大浪之下……深知他将离开我的版图，成为我无法收复的山河。

质般的通透质地。莲具备稀有的从容品质，连凋败时每片花瓣都能相对保持完整清洁。到秋末，池塘里全是残荷，断梗和残垂的枯莲蓬……远望水面，如同旧歌本上的五线谱。

没有比它更具信仰感的植物，莲花在佛教中具重要象征意义。清水之荷能否赢得同等的赞誉？是否只有穿越污泥的尘世考验，我们才能增加承纳的勇气，做到觉而不迷、正而不邪、净而不染？是否只有让不洁之物烂在自己的根底，我们才能无辜绽放，然后被菩萨普度和接引？难道所有的圣洁之花，都需要秘而不宣的底层淤泥作为营养吗？

颐和园，这座优雅的皇家园林和行宫，难道不像一朵硕艳的荷花？想起那个珠帘后的老妇，疆土沦陷，但她依然坚守着不可救药的浪漫主义，以至巧立名目，从海军经费中提取银两来复建亭台楼阁。生长在国耻的淤泥上，颐和园绽放。国运昌隆的朝代，我们只能在历史教科书上找到用文字记载的抽象的辉煌；而今天令人骄傲的文明，无论长城、故宫还是颐和园，哪个不是暴政与特权的产物？这是烂泥里哺育的美，以及孤独的奇迹。

甲午战争，清朝海军覆没，捍卫国家海岸线的战舰再也不能起航。具有嘲讽意义的是，不沉的，却见昆明湖畔的石舫。在这条华贵的石雕船上，帝后或览胜，或宴乐，而修筑石舫的用意原是“凛载舟之戒，奠磐石之安”。永远不会在水面移动寸毫，晨昏如涟漪从石舫的船头漾开。

一切都是停滞的，从此岸的石船，到隔岸的镇水铜牛——

它的脊背经年累月被游人触摸而愈显光润。一切都是停滞，包括，这里的夏天。不仅因为英译名为 Summer Palace，我才会觉得这里的夏日漫无际涯，不知为什么，感觉颐和园的夏天就像在回忆里那样取之不竭。对于夏季，习惯中的形容是灼热，但颐和园之夏永远给人清凉之感，像游廊立柱上那种幽绿色。

我迷恋幽深的长廊，梁枋上方浓墨重彩，绘制着传统苏式彩画：风景胜迹，神话传说，英雄列传，吉祥花鸟……少数是清代著名宫廷画师之作，多数出自 20 世纪 80 年代以后修缮时的乡村艺匠之手。延伸的游廊让人置身绿荫的遮护。颐和园的夏天似乎永远度不到尽头——那种绿，漫长而懒散，有一种大青蛇的傲慢，它的凉意几乎是不能被惊扰的。那些图案就是大青蛇的鳞彩吧？美得剧烈，令人生畏；一条巨蟒，鳞彩斑斓。

我斜靠在游廊坐凳上。昆明湖的微风吹拂而来。和故宫不同，故宫辽阔，而颐和园体现了太多曲折与隐藏之美。工匠正为彩画补色，包括图案的流云边框。刚刷的油漆黏稠，然后缓慢地凝固、缓慢地风干……风吹雨淋，直至漆色再次剥落，泛起一层层斑驳鳞皮。

蜿蜒迂回，状若龙蛇，可我从来不能把覆在游廊上的红瓦当作巨龙的火焰状脊鳍。颐和园既是优雅典范，又是清政府腐败无能的见证，它无法不在尴尬之中。游廊啊游廊，它不像龙，它是蛇：已褪去角爪。妥协的协约，割让的条款——为了求生可以断臂，它熄灭身体周围的火求得苟安。大清帝国不再是一条在天之龙，它变成俯地的蛇。没有神奇的角，没有圆睁的怒目，没有遒劲有力的指爪，没有腾云驾雾、电闪雷劈的本领，它卸掉了威悍的样貌、暴力的可能，卸掉它神话中的王位，在威胁下沦为一具匍匐在地的肉身。

手心里，是一片游廊剥蚀下来的漆，它让我联想起二胡琴筒两侧蒙着的蟒皮。仔细观察几何形的斑块，蛇鳞有着近于六角形的蜂巢形状。六角形似乎是以直线来维护的圆，这种圆满，其实已在每条边界上都有所退缩。我们愿意把龙比拟为寂寞的英雄，蛇为隐者。作为隐者，蛇似乎有消极甚至是邪恶的倾向，也有被误传甚至被污损的声誉。蛇可以被看作卸去铠甲、解除武装的龙吗？传说中神异的龙能隐能显：春分时登天，秋分时潜渊，这屈伸之道能否为清政府的卑从提供衣不蔽体的借口？

昆明湖的风吹拂荷叶，吹拂漂浮的游船和不动的石桥。玉带桥呈现动人倒影，孔洞在对称中形成优美的圆形。有时候，我觉得我们的世界是由无穷无尽的对称组成。这并非意味数学意义的绝对之美，有时暗示着：当我们不小心破坏了什么，一定有什么，在不为人知的侧面，被对称地摧毁。

就像母性的长江和父性的黄河是对称的河流，我的祖国也育养着两条大蛇。一条是颐和园游廊里的大青蛇，软得无骨，在深锁的庭院之中，戏剧般华丽，它让人享乐，带有女性的淫逸感。另一条，是长城，灰色的，没有任何装饰，刚性的，抵抗的，战争的……没有装饰任何鳞彩，被蚀尽血肉的巨蟒，它只剩脊椎，只剩风干的骨骼。

塔

西方教堂旁边常常矗立着一座塔楼，沿着窄梯攀援，那种幽暗的上升，仿佛让人模拟着回到圣母的子宫。塔顶的钟，将福音更辽阔地送抵。中国唐代以前的建筑群以塔为中心，唐代以后，转而以殿为中心。我不了解这种变化的因由，只觉得塔的高度，使它具有强烈的地标意义的指示作用。

参观过许多塔，我记得砌面上的琉璃雕饰如何反射着残阳，佛像法相庄严、风雨不侵，或者木质的角檐如何被蛀蚀，留下让风穿过的孔隙。登塔，躬身绕着旋转的梯子，直至顶部——仿佛进入一只锥螺的壳，感觉自己是受到攻击而回缩的肉体。透过高处的窄窗眺望，四野无极。

我们难以追及古代工匠的智慧，他们建造宫殿不用半根铆钉，到处充满玄奥的榫接，为了翻修而进行的拆除使建筑师也陷入尴尬，因为不能将拆散的它们复原。而千百年的一座塔，亦如定海神针般不移，捍固在历史的沙床。置身塔顶，我得以在某种保护里，被古老的辉煌之光映照，感受高瞻远瞩的文明。

……翻阅线装书，西风雁行，清溪渔唱，吹恨入沧浪；碑帖上，书法狂狷；服用中药，名称优美的配方被一只耐心的药壶煎煮；龙、凤凰、麒麟、貔貅，那些藏身想象、永不显现的大动物，各怀逼真的品德；宫墙血红，印玺之下生杀予夺的权力；隐入烟岚的长城，渐行渐远——这些闪逝的片段，如同塔内一层一层的梯级，让人从窄黑的入口，登临令人目眩的高度。

大约只有来自祖先的遗赠，能让我们无愧于心地领受；大约只有来自祖先的骄傲，能让家境败落的子孙在炫耀之中不被伤害。登塔不仅象征对旧文明的膜拜，一座塔同时成为提供保护的寄居壳……当灵肉受到威胁，我们可以凭借自身的收缩回到悠久文明的记忆深处，回到可以睥睨天下的高度。复述辉煌给人美妙的错觉，仿佛是自身正散射出辉煌之光。尽管，我们不认识繁体字和狂草；尽管我们只有履历上的简化人生，并且希望它们是用字母打印；尽管，尽管我们已不能重组一座被自己亲手拆散的旧宫殿。

在河北正定，我曾在空心的凌霄塔内壁上发现一张刚刚张贴的手写经文：纸幅尺余，大多似以梵文书写，除了那句六字真言。墨迹未干，已找不到那个神秘的僧侣。两只漆黑的燕子，宛若从玄机中孵化的精灵，飞鸣翻转，沿着塔内有限的空间上升。

我仿佛领会了某种玄机，因此慑服于塔的威力之下。无论是男童哪吒还是女妖白蛇，这些挑衅中的角色必须用塔来镇压：塔的内部更接近牢笼，让受惩者不能翻转身体；塔的外部更接近纪念碑，具有从天而降不可撼动的正义感。我有个偏见：相较于其他，塔更像有腹腔或深藏心脏的建筑。事实如此，塔里常藏着经卷、舍利以及许多不可轻易触碰之物，包括它自身的阴影。

许多时候，北海的白塔作为背景存在，它是照相机中的远方。我最为珍贵的几张旧照是在北海拍的，白塔总是在中景以外，显得有点矮小。九岁的我坐在船尾，从父亲的肩膀后面露出头来，脸上挂着小鬼般的诡黠神情。由于拍摄的瞬间船身突然晃动，照片的水平线倾斜，白塔恰巧出现在我额角的位置，既像一个镇妖之宝，又像从我头上长出一根怪异的角。

我记得拍照片的那个四月，春光如织，空气中仿佛有能被指头拨弄的金丝弦。我记得书包里提前准备的野餐：从糖水罐头里捞出光滑的黄桃，午餐肉带着不健康的浅粉色，面包上结痂似的硬皮。我记得在岸上采摘的蒲公英，风把它们蓬松的球冠吹散，葬在粼粼碧波之中。依照常识课要求，我收集过多种植物标本，把花叶压在字典里，它们枯死过程中会顺便弄脏几个词条。但蒲公英虚幻主义者的头部，导致它们难以制作成标本。多年后，当我阅读众口一词的历史，悲观地发现，史册中充斥着大量投机分子，多数理想主义者已被时间的风葬送于无名的中途……我就会隐约想起，蒲公英曾经消失在我指端的隐喻。

我唱过那首著名的歌儿："让我们荡起双桨，小船儿推开波浪。水中倒映着美丽的白塔，四周环绕着绿树红墙。小船儿轻轻，漂荡在水中，迎面吹来了凉爽的风。"恍惚之中，我并未发觉，正午的白塔，作为日晷上的秘密指针在移动。

是的，只有对比隔了数年的北海留影，我才能认出，白塔已是成长中的标记。当时的四月，划桨而行，父母既是指引又是阻挡，我努力摆渡自己，穿越湖面与逝水而去的光阴……在求剑的舟楫上，白塔留下一道清晰有力的刻痕。

回音壁

只有寂静时分，魔法才能降临，声音沿着青灰色的墙壁内弧反射，一句低语被清晰传递到相隔数十米的耳朵里。然而盛名之下，这里经常游客嘈杂，为了盖过他人，大家争相叫喊更高的分贝，却是徒劳无功、彼此淹没。所以，为了体验神秘的回音壁，我选择黄昏。当众人散尽，只有船锚形状的燕子，穿梭在夕照下的圜丘。

和诸多名胜一样，天坛用于皇帝祭天祈福。据说在回音壁倾诉能被神听见，从中可以印证神明伟大的听觉，坐临云端却能声声入耳。皇帝仿佛苍生的代言者，作为万众之舌，他向绝对统治者祈祷山河安稳、岁月丰收，祈祷远离灾变和兵燹……这时候，皇帝的身份其实也不过一个求乞者。

皇帝常常虚拟神的血统，既可以恩宠，也可以杀伐，那要看子民如何取悦于他。自恋的皇帝，在连绵不断跪拜着的“万岁”中，体会的，反而是自己的声场在辽远地传播。权力多大，他隐形的回音壁就建造得有多远。他的旨意像种粒一样，能够发芽，生长，然后在枝头的果实里被千万次地重复。当然，掌权者必须提防角落里的忤逆之声，因此皇帝需要告密者，听到不详的回音，他可以随时卸下仁义的微笑，成为有一千只耳朵的暴君。

祈祷，一再祈祷，表面上是期待神不负众望施展他万能的解决手段，其实希望神明事事回音般响应我们的要求。这无异于把造物主贬抑为低微的仆役，让他的决定变成人类愿望的回音。其实这是渎神，也许这种潜在侵犯让我们付出了巨大代价。我们发现，历史总以某种数学循环模式一再重复，体现出回音般的相似效果，尤其，阴谋和暴行。而古老文明里那些由手工精湛的艺匠所创造的奇迹，却仿佛沦陷在失效的回音壁，被吞没了华丽的尾音。

西方神话传说中，爱上美少年的厄科，是一个命运受到惩罚的仙女，她没有形体，只会单调复述他人的话语。未被科学启蒙的世纪里，许多人以为回声就是山林中的厄科在淘气回应；也有人因此想象，世界上第一个科学家是发现回声并非精灵的人。

在无法判断现实疆界的童年，我也曾把回声想象为一个真实的隐形人。各国都有类似的童话，当某人不能独自消化秘密，他寻找树洞说出来，就释放了心里沉积的压力；但他不曾预料，洞口里的回声将他出卖，秘密以几何倍数迅速扩散。

作为一个害羞的孩子，我对藏在洞口里的隐形窃密者也是警觉的。当学校组织春游天坛，同学们纷纷进行回音壁里的声场实验，我只是把脸贴在微凉的墙壁上，倾听他人残碎的只言片语。我难以想象公共场合自己会大声喊些什么内容，又选择谁在彼岸接收消息。

直到多年之后，人迹寥寥，我在回音壁喊出自己的名字。我体会着自己的名字，声音追逐着声音，一个踩着另一个的脚踵……从那连环的呼唤里，我看到多米诺牌的自己，逐一倒向岁月的墙根。黑夜即将旗帜般降下，黑燕子融入回音壁上方的夜色，像船锚沉到海底，很奇怪此时我会想起跳海自杀的诗人哈特·克莱恩的句子："我问自己：你的手指有没有足够的长度，去弹奏仅仅是回音的琴键；沉默有没有强大到，可以把音乐送回它的源头……"

时间流逝，秒针跟在分针后面亦步亦趋，像个碎步的仆人……听，它紧张中不忘蹑手蹑脚的小步子。回声，就像钟表动听而又凄楚的尾音。

我构思过一个微型小说，是在观看天坛出售给旅游者的画册中得到的灵感。它有些故弄玄虚，却缺乏结实的内在支撑，所以迟迟停留在梗概阶段，下面是其中片段。

早衰者醒来，感到自己的疲倦和萧条。他的头颈生硬，膝盖也像上了铁箍，从双膝的缝隙间他看着自己灰白的脚指甲，似乎没有入睡前尚存的一丝血色。

在回音城里，每个人的心脏都是一个闹钟。大部分人一出生，就会马上经过自己主神的校正——钟表走时准确，或者说，每颗心都相当于一个倒计时的计时器，以既定的速度前往墓碑。而早衰者发现，自己的心脏又多转了两圈，这在最近已是常事了，让人疑惧。早衰者决定立即去找修表匠，也就是兼作外科医生的泰姆先生修修，唯有他，能够了解问题出在哪儿。

医生发现，早衰者有个与众不同的热情的长腿分针，对世界充满了难以克制的好奇，它总是急于赶路，想去及早发现蕴藏在未来里的变化。有什么办法能让分针稳定在正常的节奏呢？如果它被永恒之妙吸引，会不会就此停住频摆的轴，不再让它的主人陷入慌乱呢？

医生说，他只能检查而不能调整心脏钟，当初拧紧发条的主神或许能够想出办法。早衰者努力寻找自己分针的设计者和装配者：他的主神，他想去追问，到底什么原因使主神对自己如此粗心。据说为了找到那个不知名的小神，早衰者还皈依了一种据说能够与神通灵的奇异宗教。他跋山涉水、风雨兼程，除了尽快找到拯救者他忘记了世间的一切。

早衰者没有醒悟，自己急迫地寻找和分针对结果的好奇是完全一致的。分针更快地转动，似乎尽快跑完它已不耐烦的马拉松，才能及时完成早衰者焦渴中的心愿。他的分针由竞走变成慢跑，然后疾驰，和秒针并驾齐驱。

不久，早衰者走到了命运的终点，气力像游丝一样离开他多褶的皮囊。分针的耐心从来有限，现在它甚至对自己的好奇心都不耐烦了，终于和秒针折叠在一起并停下。早衰者把最后的气力用来流下最后一滴眼泪，他幡然领悟：是他自问的旅程使自己徒耗一生，而他自己的好奇就是分针的好奇。早衰者无力回到故乡，回到回音城与泰姆医生重逢。早衰者在死寂前的恍惚中，想起泰姆医生……是的，他，很像。据说由于粗心，某个小神曾经被贬人间，就隐身于回音城。早衰者最后一次，想起泰姆医生瞳孔中精确至微的刻度。

幼稚的小习作，是个雏形的寓言体，它似乎又在残缺里自足，因为始终抗拒我去完善它。曾经连续几天中午，我都半梦半醒地想起它；等午后醒来，我就像一个掉落的分针那样笔直地躺在床上，停在自己的表盘，停在回音壁般的空旷里。室内，唯有挂钟的秒针之声在耳畔，它不断吃掉自己摆动中的阴影。窗外下雨了，我变换了一下姿势，继续躺着，听任秒针和雨滴声将时间里的我拆解。

雨声不息……洞穴里一滴清凉的水滴下来，其他的，都像是这滴水的回音。回音壁所藏纳的最初源头，恐怕永远不会重现，仿若匿身宗教之中慈悲或严厉的神。

废墟

第一次到圆明园，我还是个热衷郊游的小学生。记得那辆被临时征用的 22 路公共汽车，记得我们在颠簸中奋力的合唱，还有书包里的火腿肠持续造成的肉香诱惑。学校每年组织一次户外出行，香山、陶然亭、樱桃沟等等。我记得某年杨絮漫天漫地飞舞，在这盛大而温暖的雪团之后，隐隐看到故宫一片华丽的檐瓦——那次春游，几乎让我产生凄迷而早熟的伤感，觉得自己正被什么柔软地摧毁。去圆明园活动，冠名为“爱国主义教育”，然而来自历史的耻辱并不能在孩子的心里累积重量，我们只是惊讶于自己被汽车倾泻到一堆断壁残垣旁边。

我们没有耐心听从老师语气庄重的讲解，没有兴致辨识图像混沌的黑白照片，连圆明园大石头上浮雕的植物和异兽也不能吸引我们——何况，它们只剩下片段的花纹。除了能在荒凉开阔的野地里追逐奔跑，这里毫无乐趣。留下来的印象，唯有残石上，西式雕凿像生硬的石膏花，泛着与材质不符的脏奶油色；还有夕照中的一片芦苇，诗意萧索……殉葬的植物。

第二次去圆明园，我迷失在万花阵之中。这座用四尺高的雕花砖墙组成的迷宫，复建不久。我不断碰壁，气馁不已。尽管，“迷宫”是个分外魅惑的概念。我知道，在古老的中秋之夜，宫妃们曾手执莲灯在万花阵里嬉戏，笑靥生动。月光，如同弥散整个世界的金色花药；在这圆瓣的巨型石头花里，藏匿着绝色的歌伶与舞姬……迥异于今天，那是已逝的情怀。在讲求效率的工业社会中，需要的是直捷、简明、不走弯路；万花阵相反，它是一座自我封闭的娱乐场，没有暗示和标志，在蓄意的误导中，在重复的缭绕中，迷宫制造智力和体能上的惩罚，从而使身陷其中的人获得乐趣。

……我丧失方向感，越走越焦灼，很长时间没找到万花阵的出口。我觉得自己笨，像只慢蜗牛。万花阵也像封建社会遗留下来的一只蜗壳吧？石形圆阵，移走不动，中间被蚀空全部的血肉。很奇怪，我恰巧在镂刻的石纹间发现了一只附着其上的真蜗牛：壳体脆薄，行动迟疑，对它来说砖墙上的图案已是阻碍前行的迷宫。天线般的触角，那么细，在空气中小心试探——触角是蜗牛的行动指南，因为它已如维纳斯丧失双臂。这个带有残疾的幼婴，它匍匐在自己黏稠的体液里。当它胆怯、疲倦，就蜷缩进完美的螺旋之中……进入由一条线组成的迷宫。

圆明园曾作为艺术村盛极一时，集中着渐渐声名鹊起的画家和诗人，也不乏以艺术为名的骗子——骗子首先是成功骗过了自己，为自己加冕了伪造的身份和荣誉。当代艺术品被天价拍卖的神话时代尚未到来，彼时彼境，这些被生活腌出咸味的底层艺术家多在困顿中挣扎和坚持——圆明园艺术村，体现着二十世纪最后的浪漫。几年之后，树倒猢狲散。圆明园艺术村就像现代迷宫，凭借金羊毛找到出口的人成为英雄，也有无名者被无名的怪兽吞噬。

潮涌潮退，圆明园的名字就像遗留在沙滩一枚罕世珍贵的鹦鹉螺，无论拥有多少旧武士的尊严，也与我的生活无关。及至中年，我对圆明园的了解才略多于中学历史课本上普及的知识。

圆明园与北京众多古迹的不同之处在于：它是废墟。

世界上有些圣地，带有明显的废墟感，比如庞培、吴哥窟、罗马斗兽场，空旷、盛大而神秘，远比新建筑令人尊重。所谓废墟，必然经过毁灭，但正是毁灭使之比完整之物更具力量。巨大的时间溶解在废墟里。如果说时间是有具体形状的，它就是骨殖、化石和连绵的废墟。废墟是所有伟大之物的终年，但我们甚至说不清废墟的生死。方死方生，方生方死，它漠然超越生死交界的那座短桥。废墟并非被魔鬼所摧毁，仿佛出于对时间的信仰而甘愿瓦解。作为废弃之地仍如此辉煌，废墟见识过杀戮、离乱、掠夺，见识过足够的眼泪、嘶喊以及足够的鲜血和焦骸，却保持地老天荒般的沉静。

废墟荒寂，鸟雀乐于在此筑造新巢。对它们来说，这里提供众多借以庇护的孔穴；某些不为人知的隐秘角落，甚至已沦为蛇蝎乐园。废墟无人居住，因为没有凡人能够匹配和驾驭……荒凉到唯有神能居住其中。它们就像神的故居，由于偶然的原因被遗弃。我们看到暴雨后的残红，都不免惋惜：美被肆意破坏而不受吝惜；曾经至尊至美的建筑变为废墟，遭到无动于衷的摧毁——也唯有神，享有那样无情挥霍的资格。所以人神相遇，除了天堂，还有废墟。川端康成的隽语令人联想："颓废貌似远离神，其实是捷径。"

夕阳下的圆明园，有着略带沉重的末日感和亡灵乐于沉入其中的寂静。废墟，这个词的意义在于，使建筑像花朵一样享有自己的凋谢；废墟的非凡也在于，置身它的绝对寂静里，仿佛就能立即回到它的全盛时代。那是一种通过悠久的死亡而进入的永生。据说，圆明园是伟大的奇迹，其实它是从神明般不容怀疑的极权出发，由每个工匠身上的智慧来实现，如同夕阳下每粒尘埃都散发碎金的光芒。我从没想到美，还可以包括令人战栗的极权以及随后的摧残——或者说，只有不能被摧毁的才成为大美。我在废墟上看日落汹涌，看晚霞燎烈，无边席卷，就像许多年前的那场浩荡的火。

圆明园毁于大火。

燃烧的火焰，保持着不可思议的温顺和柔软，但它攻无不克，比锋刃更令人畏惧。火焰里有罕见的金色，有硫黄般的腐蚀力和熔解万物的热度。这个世界，有什么能作为盛纳火焰的绝对器皿？火象征光明，同时也能象征它的反面：黑暗。如果说原始人炙烤兽类的火，普罗米修斯盗自天堂的火，都象征文明；那么这种焚毁文明的火也象征野蛮和残暴。圆明园，繁复而浩大的工程，烧掉它，只需一把简单的火。这是历史上最奢华的火吧？因为它用尽天下最昂贵的燃料：从阿房宫到圆明园。

火焰过后，空无一物。然而，圆明园剩下的灰烬依然富可敌国。世间有什么东西，烧灼之后依然美得惊心动魄？“圆明园”，这几个字仿佛经过煅烧的绝世珠宝。美的生命力如此强大，甚至它的灰烬。圆明园，曾经的醉生梦死，曾经的国殇，它的来历与毁灭……到最后什么都不重要了，美的分量重于羞耻。

其实，圆明园的美正在于它的消失，在于它只剩下一个等同奇迹的名字。这朵不能从火焰里复活的玫瑰，这个我们从未目睹的地方，成为巨大而至美的幻境。它符合神话的所有气质：瑰丽而虚幻，悲伤而至尊，它像亡灵般拥有全部的褒义词。

美若深渊，不可测探。圆明园，一座成为神话的想象建筑，一个被经常谈论却从未彰显的奇迹……我想说，天堂的性质莫不如此。

枯树

过度的炫耀，意味匮乏。景山，从字面上令人猜测它的卓越风光，但相较于北京的诸多名胜，景山面积袖珍、内容单薄。在我看来，由于地理位置毗邻故宫和北海，它才近水楼台，有几分仿若的声望。

景山纯粹是山，没有作为掩映的湖水；那座土丘曾叫煤山或万寿山，是当时开挖护城河的泥土堆积而成，爬起来毫无难度，体健者一口气跑完全程，无须中场休息。高度仅为四十多米——然而，这就是当时京城的最高峰。景山分布着均匀排列的五座亭子：欢妙亭、周赏亭、万春亭、富览亭、辑芳亭，除非看资料，否则我永远弄不清。旧时每座亭内均设有一尊佛像，统称为“五位神”，又有代表“甘、辛、苦、酸、咸”的“五味神”之称。对此我有自己的记忆方式，我秘密把五座亭子依次命名为宫、商、角、徵、羽，使之具有错落的音阶之美。

崇祯自缢于景山。我对历史所知甚少，但很小就知道明思宗这个倒霉的吊死鬼。不耽犬马、不惑女色，崇祯勤于政务而从无宴乐，只为守住气运渐弱的山河。结果颇具反讽，积弊深重的大明王朝倾覆在他的脚下；不仅如此，贵为君主的崇祯死得如此潦草。他自觉愧对基业、无颜祖先，因而取下皇冠，披发覆面，崇祯用腰带把自己吊死在一棵驼背的老槐树上。这种死法太不体面，缺乏遮羞的垂幕。吊死的崇祯两天后才被发现，他的衣裳下摆被风吹动，仿佛王朝用于谢幕的简陋布帘。

崇祯自缢之前，他的妃嫔已死，或在他的授意下投缳而去，或被他的宝剑刺杀。甚至自己的女儿长平公主，也被崇祯剑斩双臂。这是皇权最后的威武。当钟声没能召唤文武百官，至少在亲人的范畴，他依然是绝对的王，有权御赐生死。

“朕非亡国之君，事事皆亡国之象。”悲怆的崇祯回天乏术，因为王朝之树的根系已朽烂。即使崇祯曾沥血浇灌，枯树再也不能养育什么——环绕左右的臣子与姬妾早如叶败，只剩他，还孤单吊在枝头。槐树是崇祯最后的栖枝，可惜他不能像鸟那样占有一个枝头并享有自由。一具皇帝的尸体：熟到发烂的果实，与枝头联结的梗是脆弱的；等帝王的头颅垂落的时候，一棵王朝的世树就彻底枯死。

一本关于死亡的科普书里说，自缢者临终的身体反应不同：有人在宁静的恍惚中离世，有人无法控制排泄物，有人却产生奇异的性兴奋。那么垂挂槐树的真龙天子，是否获得失重般轻盈的解脱？还是因失禁而失了体统，甚至虚张声势地勃起——有如那个王朝临终的迷狂与失范？

起义军浩荡而来，由远及近卷起的大风，吹荡这枚瘦果子……吹干水分，吹干一个人的血。世界喧哗，而枯树和它的残果将熄灭曾经的尊严。

宫殿的任何梁柱都承得住一个衰王的体重，崇祯为何选择景山？景山本身无景，但以此为坐标，登高，他可以鸟瞰紫禁城和地图般铺展眼前的疆土……可以，望尽最后的天涯路。

如今登上景山的制高点环望，拔地而起的参差建筑物阻隔视线，早不是帝王眼里的天地。我在一个黄昏登上万春亭，目睹的景象依然令人激动。夕光正穿过那些大体积的云朵，辉煌的金红色铺满天际；云阵排山倒海，层层叠叠，直到目力难以抵达的远方。通约的比喻把它们形容为峰峦或海浪，其实不，只要你在景山眺望过那样的晚霞、那样的云，你就会认同：云天浩荡，檐宇巍峨……它们是天上的宫殿，天上的紫禁城。辽阔的穹苍之下，是故宫低垂的重重瓦檐：起伏连绵的金色，鳞次栉比——在某个难以聚焦的瞬间，如同蜃气中的幻景，我看到一条卧龙巨大而发光的鳞甲。

遥想崇祯当年，即位不久就大力铲除阉党，决事果断。纵使面对的是满目疮痍的残局，他依然励精图治。每到重阳节，这个血气方刚的年轻皇帝在景山上登高远眺，也曾看到紫禁城的层叠檐瓦一如巨龙的护铠。龙，尊贵而永不寂灭的神话。那时的崇祯心怀远大，这条耀动光芒的龙在他的想象里，是否意味着一场辉煌的帝国梦？他在这里看过多少柳色的春天、柿色的秋？他是否从星宿的变幻中猜测大明的气数？投缳之前的崇祯是否曾爬上万春亭观望，城外烽火连天，他是否从烟与焰腾起的蜃气中遥望故宫的瓦檐……最后一次，遥望他金色的结痂的王朝？

宫墙如血。因为那个至尊的宝座，多少高潮迭起的戏剧在紫禁城里上演。宠臣爱妃。结党营私，争权夺利。多少皇帝衰老而荒淫，多少幼齿者被扶上圣殿，却注定成为被废黜的王。没有永固的江山。那里是阴谋丛生之地，有狐媚魅主，有妖言惑众，有狸猫换太子，有训教后的木偶臣子和刀斧加身的冤魂……那里有吉凶未卜的王。皇冠的金色非常沉稳，只有综合了血的力量，它的荣耀才能如此昂贵。多少朝代更迭，一切并不陌生：从刀刃下滴血的头颅，到绞刑架上钟摆般悬垂的身体。

崇祯走向他的绳索——无人不在命运的圈套里。此时，在遥远的北方，女真族的铁骑踏遍草原。这是狩猎季，这是弯弓下被压低的草原，某只被箭镞射中的雌兽咻咻喘息，不久将熄灭瞳仁里的水晶光芒。马背上这些努尔哈赤的后人，将击败短暂称王的李自成，建立清朝长达二百多年的统治。崇祯无从得知身后事，他闭上眼帘，像那只被弓弩所伤的赴死之兽，他渐灭眼里微弱的烛焰。

神像

雍和宫，这个名字气象端庄，有种雄浑不迫的大美。雍正驾崩，曾在此停放灵柩，乾隆又诞生于此，两任皇帝使雍和宫成了传说中的“龙潜福地”。

我曾经就职的中国少年儿童出版社位于东四十二条，距雍和宫很近。数年时间，我每天都路过这里。空气中弥散着低回的藏香，为了强化效果，沿街一些店铺用的是尼泊尔香。下班时仓促的车行和人流中，我时常眯起眼睛，瞻望雍和宫的檐脊。它的宫殿在夕阳里，通体辉煌，琉璃瓦呈现一种通透的、令人窒息的琥珀色。与周围相比，它格格不入又超拔其上……有如沙漠中的海市蜃楼，彰显神迹。

我数次进入雍和宫，可即使身置其中，也感觉它的内部存在着永恒而盛大的远方。

走过三座牌楼，两侧种植银杏，无数把悬空的精巧折扇，荫护着中间清凉的辇道。到了雍和门前，是槐树：羽状复叶之间，密生月光色的碎花。北京常以槐为行道树，但寺庙中的槐似乎因其特性而另有寓意。它是重要的蜜源植物，供养最微小的昆虫。花蕾可以食用，它是饥饿时的粮食和营养；果实、根皮和枝叶均可药用，它是可以驱毒止血的清凉之物。与其他豆科植物不同，它的根部没有寄生的根瘤菌。它的果实是念珠形状的。弥散着沉静、古老、浸润万物的香气……雍和宫的槐树，与佛教有关。

万福阁的弥勒佛像由整根白檀香木所雕，高 26 米，法相庄严。我小心翼翼地仰头，看到来自拱顶的光，正照亮大佛金色的眼帘和肩臂上生长的莲花。大殿内部幽暗，越发衬出高处的照耀。我想象，那些僧侣如何清修自持，如莲，尘世浊气经过内心的吐纳，然后他们仰起从淤泥中开花的脸……佛依旧不语。对称于世间喧嚣的，是神隐身的宁静。仰望大佛，唯有习惯了太多灾难，才能有那样普度中无限安详的眼神。坚忍的修行者，如同蚌贝酝酿珠粒，他们毕其一生酝酿了骨殖里的舍利……以包容的态度来承受苦难，他们一生所求，只是为了理解佛像眼神里的宁静。

为什么，越高大的佛像越被尊重，越遥远的神越被敬畏？

当我仰望垂得很低的夜空，群星蜂拥，多到不可思议，我会遐思天国的存在，并猜测神为何作为隐居者，栖身苍茫。祈祷必升起在我们的内心，神示必降自不可企及的远方……不知为何，我暗怀伤感。仰望星空时，我们有若沉入深井，并且难以分辨自身所在的井里，究竟盛满清凉的水还是早成干涸的枯底。安详和空虚都状若宁静……神的眼里渊深莫测。即使我们的脸上全是孤儿的表情，也难以被显灵的手所安慰。也许神的好处，就在于不被人类的自私所扰，漠然或是悲悯，他可以随时，独自行走在高处的清凉里。

人类具有某种奴性和贱性，只尊重伟大而不可触及之物。看到怒目横眉的造像，我曾疑惑，神为什么也需要金刚霹雳手段，而不是一味的菩萨慈悲心肠？或许，暴烈不是神的污点，而是我们的污点——因为亲昵生欺侮。假设没有制约和惩戒，我们会把主人践踏为奴。

雍和宫香火很盛，这里集中着参观的游客与各怀心事的男女。香客们或三叩九拜，或停留在法物流通处寻请庇护。求财求名，求有子嗣而无疾患，求事业通达、婚姻美好，求金榜题名、红运当头……求的，多是世俗利益。很少有谁去关心，如何把“贪嗔痴”转化为“戒定慧”。到处是人头晃动的许愿者。看似虔诚，但许愿有时是最懒惰的行为，因为无须付出格外而漫长的个人努力，人们燃香跪拜，花费最低廉的成本，运用最简易的行为——他们把庙宇当作神灵高效的办公地点，让心想事成。

是不是，当我们欲望频繁，神便忙碌？假设如此，神岂不沦为仆役？神的尊严，难道不包含着对我们的蔑视？我们的敬畏与恐惧，难道不正因为，神常常对我们的欣悦与痛楚无动于衷？而且因为，他具有隐而不发、狂欢般的暴力。或许神的沉默另有深意。如果善有善报、恶有恶报成为绝对的律条，那么所有人都会从善如流，从善就此转化为投机行为。只有非功利的善，只有坎坷无数而依然坚持的行善者，才怀有纯粹的慈悲。

中国境内有许多著名的大佛，巍峨如山。我有时想，神有没有可能是低微之物？当孔雀展开尾屏，用尽自身全部的华美去敬仰……对面，不过一只黯淡无光的雌鸟。有没有可能，神，朴素到赤贫，平易到低微？其实低微最具力量，如同巨兽也会屈从于细菌的统治。也许，神无处不在，从无穷大到无穷小……如同真理填满生活中的每道缝隙。

我想起那次边疆旅行。当地为了兴修水渠，要把阻碍在河道上的一座旧庙搬移新址。物什杂乱堆积，一副破败之相，看来这里的菩萨不能自保。我四处闲逛，看到一间顶部开窗的高大房屋，门上别着两道粗犷的铁锁。好奇心驱使下，我把脸贴向狭窄的门缝向里观望。最初，目力所及只是一团没有层次的黑暗，我嗅到从中溢出的木头微朽的霉味儿。当我的视线逐渐上升，穿透顶棚，一小束狭窄而强烈的光从天而降。尽管照亮的区域极为有限，但足以使我震撼。光带，从左颊延展到璎珞……那是一尊被部分损毁的佛像，散发着模糊的光彩。尽管周围的黑暗仿佛没有被驱散，而是凝结为更黏稠的物质，我依然从中渐渐辨识出堆积在地上两段神像的残肢。斑驳不已的造像，浑身的漆皮陈旧、起皱、打卷。在大神身体上潜伏的日月，软鳞般缓慢剥落……其实随便一片，都是我们沉浮此生的方舟。在那个灵光乍现的瞬间，我体会到，旧比新更加迷人，被囚的神比自在的神更具力量，残疾的神比万能的神更令人屈服。

另外一个相似的神迹故事，来自朋友的讲述。

朋友和我平日联系不多，所以我并不知道，怎样的浅爱与深恨渗入他的掌纹，只知道中年过后，他倍感消沉，药物治疗和心理帮助都不能使他重怀对生活的热爱与信心。往日的迷恋忽然失去意义，无论是谜语般布满悬念的文字，还是宴乐般的美女，全让他抗拒。厌恶，由衷的厌恶——从天上到地下，他看到的，都是腐烂。梦想，变得海市蜃楼般稀有，没有希望的等待变成一种习惯性的灾难。朋友甚至想过自行了断，主动摘除自己与世界勾连的那根绳索。出于潜意识里的自救，他开始游历山水，但愿道路有奇迹。

某天，朋友来到一座城外古庙。说是古庙，其实老得只剩个地址，建筑和文物多半毁于“文革”。外来商人动了承包的心思，重整河山，大修土木。维修偏殿的工匠正用砂纸打磨漆柱，噪声频繁，深红的漆色倒是慢慢养润起来，仿出几分古意。可惜，殿内刚刚草勾墨线的绘壁格调不高，匠师丢下画笔去讨要工钱了。朋友撇撇轻讽的嘴角，准备离去。“轰”的一声，地面剧烈摇晃……不知道爆炸还是地震，他体会到难以名状的惊恐，本能地奔逃到户外。

剧烈的摇晃很快结束。仅止数秒，偏殿的一面墙塌了。惊愕于意外来临的事件，朋友呆立在那里，直到烟尘散去……他看到摔裂在自己脚下那些有颜色的泥块。当朋友抬起头，完全怔住了。受到剧烈震动而剥落的表面墙体后面，竟出现半幅瑰丽绚艳的壁画。那是被信徒用假墙和草泥保护起来的始终隐匿真身的古老壁画……刚才的灾难中，菩萨彰显了宽恕中的一角襟袍。

数年后，我专程拜访那座古庙，得以目睹传说中的壁画。也许是城市污染的后果，庙里的石雕积着一层可疑的粉尘和油垢。壁画绝无朋友描述中的鲜艳，历时漫长的矿物质颜料大量脱落，边角像病鱼起了满身的逆鳞。

……但我的朋友坚持，说他目睹了壁画显现瞬间那骤然抵达的光辉，身心被照彻。他流下泪，忽然初洗如婴。

墓道

我印象最深的场景，是辽阔神道和两侧的石像生。皇帝灵驾必经此路，彰显威仪浩荡。我知道龙头、马身、鱼鳞的麒麟是神的坐骑，它头顶的鬃毛展开如旗；而獬豸披覆浓密的体毛，瞋目而视，样貌分外古怪。这种勇猛公正的独角兽，据说能够分辨曲直，可从争斗双方中做出判断，用角顶触坏人，然后将其吞噬。西方把独角兽视为纯洁的象征，看到獬豸以暴制恶的形象，很难与对纯洁的习见画上等号。或许，无知只能造就初级的纯洁，邪恶把它当小点心塞进牙缝；若有知而无畏，凛然不可侵，才是更高的纯洁，可以制衡这个世界诸多的不洁。不过我对獬豸的兴趣另在他处。原来，幻想是有重量的。獬豸和麒麟是存在于头脑的抽象之物，在十三陵的石雕中却以最结实的形态现身——这几乎支撑我对写作的某种信仰：要使自己的想象具备现实的重量。

十三陵，埋藏着13位皇帝、23位皇后、2位太子、30余位妃嫔和1位太监。隐没于此的人，看尽荣华，拥有终端肉食者令人胆寒的尊严。同时，权力之巅的王座，又是阴谋与杀戮的频生之地，甚至目标所指，正是宝座上的皇帝本人。宫闱之变如此寻常，从宦官专政、狐媚蛊主，到父子反目、兄弟相残。如今陵寝比邻，仿佛隔世抵达的温暖……他们活着的时候，也许牙撕扯着牙；好在死了以后，可以骨头挨着骨头。

定陵的地下宫殿被称为玄宫，由五座石结构的墓室组成。冰冷的花斑岩地面，顶部形成的拱券结构，以及空旷的内部……身置其中就像进入巨大的石棺之中。行走其间令人恍惚，我想如同水面折射倒影，有多少辽阔的王国就隐没在我们奔行的大地之下？埋藏，不可目视，它们就像这个世界腹腔里的内脏。正如我们的表情受到皮肤之下各种秘密系统的控制，一些遗址和遗迹依然指挥着今天的运行——亡灵之声我们无从听见，但他们通过遗言所汇聚所成的传统，继续完成对世界的统治。

玄宫主室在后殿，用于陈设帝后的棺椁及随葬品。我小时候看到那些“红漆木箱”时吃了一惊，不知道选择的颜色为什么如此喜庆，帝后的灵魂要赶到天国结婚吗？其实我所看到是仿制品，真品早不复存在。1966年，万历皇帝和两个皇后的棺椁被扔到外面的山沟里，遭到当地农民哄抢，拿去制作自家的棺材了。皇帝的东西肯定非凡，包括他们自己的身体。一个相似的例证，我想起西方画家曾推崇备至的颜料：普鲁士红。它近于褐色，风干缓慢，会为画面蒙上一层效果极佳的透明浅色。这种价格昂贵的颜料，配方里包括油、香料以及尸体上分泌出的神秘有机物质。1793年，存放在教堂里的保护匣被捣毁以后，一些国王和王后的心脏流落于市。画家圣马丁和德洛林买下这些心脏，用以调制普鲁士红。人们至今可以在卢浮宫欣赏到德洛林一幅名为《厨房内》的油画，它的一部分颜料正是用王室成员的心脏调制而成。死亡剥夺了皇帝的尊严，他们的黑色结局带有嘲讽的意味，像从此堕入大比重的地狱……或许那是一种有关来世的法律。

我一贯畏惧丧仪之事，但我目睹过的精湛器物大多出自玄宫般的幽暗地下。忍不住流连博物馆的展柜前，欣赏那些玉蝉、象牙梳、漆匣、瓷盘、陶篮……难以言述的美可能盛开在任何之处，无论是礼器、工具或兵戈之上。皇帝们曾相信，死后虽然身体不能移动，但幽灵依然来去自由。他们愿意相信，对记忆的埋葬也意味着它被浇灌，意味着更为繁茂的重生，如同裸露出来的种子被埋进土里。然而，无数时代消失于地下的珠宝，一旦出土，更为价值连城，像奢华的种子结出数倍的果实……所以才会吸引抡动锄镐的盗墓者。复活的殉葬品枝繁叶茂，墓主却灰飞烟灭，甚至没能保留下一副骨架。即使贵为天子，显赫的背景也不过是为珠宝增值——那么，究竟谁才是谁的殉葬品？

随葬帝王的不仅只器物。我记得在西周燕都遗址博物馆，某位身材高大的墓主人旁边，陪葬的是个十岁左右的孩子——孩子的头骨已经破碎：旧黄色，呈现龟甲般的纹裂。至高的皇帝，理应索求更多的美、更多的沉沦。我想象那些陪葬的妃子，她们的美是否从未得到真正关注？或许，被发现、被欣赏的美反而意味提前到来的更大悲剧？我在定陵碑亭附近休息时，恰巧一只蝴蝶翩跹而过，然后它落在阴影斑驳的地面，像被秋风吹拂的落叶般颤翅，这使蝶翅上耀目的眼斑形成扑朔迷离之美。一个兴致勃勃的少年赶来，他瞬间就用捕网袭获了蝴蝶——它将变成几分钟之后的标本。强迫动态的美静止下来，否则人们的心就无法安宁。我很早就从《巴黎圣母院》里看明白了这样的真理，艾斯梅拉达必死，如同蝴蝶的命运一样，她身上那令人疯狂的美只有被强制停止下来，道德和宗教才不必继续支付体能上的代价。美人啊，她们身上的美牵动我们就像一道致命的绳索……所以，需要适时关闭她们发动世界的引擎。

赴死的妃嫔令人唏嘘，对她们来说，所追随的王甚至是无比陌生的。而凡人的婚姻其实也与死亡秘密相关。当我们在婚礼上信誓旦旦……什么叫白头偕老？无论是出于激情还是出于生存的惯性，所谓夫妻，所谓终身相许，不过是彼此选择安葬自己的人。没有比这更隆重的托付了，我们将把自己的死交代给对方处理，把短暂或漫长的睡眠都交与这个枕边人。无论谁，我们都将被某一个瞬间所摧毁，失去爱，失去恨，失去所有和汹涌有关的能力——死亡是最大的公平。

我们每个人都携带着死，携带着必然的个人末日。那是一种无法逆转的力量，它脊椎一样支撑在身体的内部。肋骨形成皮肤下的笼子，那些横置的栅条里面关着谁？我们的嘴不停开合，把食物咽下肠胃，一生努力，为了把每个人体内的死神喂养大，大得撑过我们的皮肤……最后死神张大嘴，把我们作为食物咽进混沌而黑暗的管道。原来每个生命，都是死亡的恩人。从另一个角度讲，只要活着，我们就需要吃掉什么用以完成及时的消化，所以我们不仅每天喂养自己体内的死神，同时自己也成为他物的死神。人类总是设想死神可怕的样貌，其实他的形象对我们来说如此熟悉——我们自己，正是死神的镜中人。

我认识一个胆大的乡村少年，他曾穿越荒郊野岭上的墓地来锻炼勇气。而我畏惧，那里全是不祥的气息，据说夜晚能够看到飘来飘去的磷光——也只有那里，能燃烧冰凉的火。白天十三陵游人如织，入夜之后，气氛沉重。当定陵上的月亮升起，如同受损的玉玺，我想象蝙蝠从洞穴中倾巢而出，卷起黑色风暴；而在更远的荒原，秃鹫受到死亡的鼓励，盘旋而上，开始了高处的舞蹈。

流星消逝，为了夜空恢复更疏朗的排列；我们死，为了腾空大地上一把窄小的座椅。

戏台

那年电视剧《铁齿铜牙纪晓岚》热播，张国立饰演纪昀，王刚演和珅。看了几集之后，我重新翻了翻纪昀的《阅微草堂笔记》，又想，有时间去恭王府看看——那最初正是和珅的府第，后来才被御赐给纪昀。王刚版的和珅形象富态，但作为乾隆宠臣的和珅其实是眉清目秀、相貌出众的美男子。去恭王府我只是当时动念，转瞬就忘，直到我多年后做了个奇怪的梦。

我梦见自己的初中同学浆果。她梳着明媚的童花头，眼睛里流光溢彩。浆果是我们物理老师中年才得之不易的独生女，因此恃宠而骄，像个娇滴滴的洋娃娃。不知出于什么心理，我在梦里力劝她去贵州的偏远乡村工作。结果，她客死他乡。失独的父母绝望，我无动于衷，葬礼结束之后我才开始反省：如果没有我的劝说，她活着，健康地。我忽然因介入她的死而内疚，痛楚不已，难以面对她的家人。此时我所处之地变成了一个极为促狭的房间，像缩在黑蜗牛的背壳里。从窗口望出去，屋顶的灰瓦挂着蛛网；再向前望，看见远处一座高大的三层建筑，像是宫殿与教堂的结合体。乌云低低地压近，让人透不过气，我满怀恐慌。好像有画外音告诉我，一旦前往那座建筑，我就能解除心理障碍；但当我努力尝试站到屋顶、向神秘建筑物遥望……巨大的畏惧阻挡了我。有一天，我去妈妈的医院玩儿，抬头望见相似的场景，竟然就是那座建筑的侧影。我犹豫着来到它面前，绰约的人影在里面晃动，我不知道自己究竟到了教堂、宫殿还是医院。仔细辨别，令人难以置信，这竟然是一座戏楼！我的脚像蹼一样获得上升的浮力，我看见自己的身体渐渐悬起，我由此看到建筑的第二层和第三层，同样，是戏台，歌伶舞伎正走马灯似的旋转。

那个梦，笼罩着某种宗教的氛围和隐喻，以至醒来我依然恍惚。为什么偏偏是戏楼？由此又想起恭王府，那里，有建于同治年间、独一无二的全封闭大戏楼，也是至今唯一还在进行演出的王府戏楼。

每每到外地旅游，接待方通常把古戏楼和古戏台作为重要景点。印象深的有两次。一次是在山西境内一座名声大噪的戏台，我冒雨参观，场面却凄清。雨水渗进戏台瓦垄间，滋养了几蓬青草……空无一人，失去戏剧的舞台，除了雨声只有寂静。那个时候，我忽就觉得戏台的幕后就隐藏着时间的脸：它有旧书纸样的肤色、湿木头的体味。另外一次是在嘉峪关戏台，壁画潦草、粗陋，我不喜欢，还是那则楹联令人感慨："离合悲欢演往事，愚贤奸佞认当场。"关外的风沙，历史深处的嘶鸣，都无形无迹，这个暖金色的黄昏，有着母羊一样略带腥膻的安逸。从来如此，更大的戏剧远在舞台之外。

距离越近越陌生，区区数公里外的恭王府倒没去过，也算遗憾。于是我挑了个秋日下午，想去恭王府的大戏楼看演出。

我童年听过不少折子戏，并非个人偏爱，因为姥爷是戏迷。我记得那个绿皮革外观、旅行箱似的电唱机，唱片或是黑胶，或是薄薄的塑料片——后者赛璐珞的脆质与水果糖般的艳色，与京剧的端庄形式不符，看起来源自后工业时代的设计风格。姥爷摇头晃脑，沉迷于密纹里略带颤抖的唱腔。我不喜欢听唱片，从那些深陷划痕的声音里，我无法目睹演员穿蟒着氅或璎珞披拂的华美戏服以及油彩丰富的脸谱。即使坐在戏院里，我也难以忍受老生老旦，再铿锵也沉闷，他们了无生趣，站桩似的咿咿呀呀、没完没了；我有时也不倾心青衣的典雅，工整得缺乏诱惑，即使醉酒的贵妃在洒金折扇下徐徐弯下腰肢，给我的感觉只是雍容导致的行动不便。唱念做打，小孩子最爱武戏的热闹——武生耳畔点缀着孙悟空那样的绒球，且也有孙悟空那样的本事，把一杆枪棍舞动得像直升机的桨翼；刀马旦俏丽活泼，翎子像天牛的长触角神气地摆来摆去。然而，我知武行不易。戏班的童伶在街心公园里晨练，深蓝的运动衣上满是汗渍和土迹——他们把自己的身体弯折到不可思议的角度，几近酷刑。两个臂肌隆起的师傅同时骑坐在一个七八岁的幼童身上帮他压腿——孩子痛得五官变形，开始只无声挣扎，然后撕心裂肺地哭泣。这是日常的痛楚，没有安慰的怀抱用以缓解。武行演员，早在童年就懂得必须从持续的痛苦折磨里才能讨得不稳定的未来，他们是日复一日习惯对自身用刑的人。

到了恭王府才知道，大戏楼不接待散客。即使是团队，凑够200人左右，才能在廊柱绘满藤萝的大戏楼里看上几分钟杂技之类的节目。演员在此献技，全凭戏台下的水缸传音，声效奇佳。而今窗门闭锁，缎黄的帘子牢牢实实地遮挡，我只能隐约看到高悬的宫灯。

这是秋暮，午后的暖阳照在大戏楼的檐脊。游人拥塞着进入石洞，去摸那块多子多才多寿多田的著名“福”字碑；咫尺之遥的大戏楼这边，人迹寥寥。我长久坐在戏楼旁边的檐廊里，忽然很想姥爷，想起他带我看过的那些戏，那些义臣与昏君、娇娘与妖异。

……许仙应该如恭王府的旧主和珅一样，都是风姿绰约的男人。但看着他的鸭尾巾和福字履，我怎么也想不明白，白蛇为何因他意乱情迷？许仙如此庸常，既不坦荡如山又非情深似海，只生了一副吃软饭的样貌。白蛇修炼千年的功力，竟敌不过皮相上的吸引？胡琴声声激越，许仙运用小生特有的真假嗓，尖细而高渺，引起戏迷一阵喝彩。小生往往有种内在的女气，如此更颠倒众生，就像能成为梨园巨擘的花旦多是男人。戏剧里的美学雌雄莫辨、令人迷惑。

还有包公戏《铡美案》。无法维护的平衡里，无法折中的恩义，令黑脸的包公内心辗转。曹操的白脸、包拯的黑脸、关羽的红脸，脸谱直接概括了主人公的性格。京剧的剧情不像其他故事需要刻意制造悬念，什么都昭然若揭，甚至人物一出场就既定乾坤。没有意外，只是重复。也许因为现实中频生无常与危机，对阴谋的恐惧，使我们做出戏剧化处理——简化阴谋，把它变得轻易发现和解读；令忠奸分明，使我们不致陷于负义与寡恩。我们为什么需要戏剧？局促的生活里，戏剧意味着某种可能的自由。在那个为想象所支撑和延伸的世界里，有着因果相报的公平、易于裁夺和执行的正义……真理因无辜而有力，并且情义永不会被辜负。作为成人以书面语写就的白日梦，戏剧里面藏着孩子的天真。

京剧的动作颇为写意，极简。扬鞭代马，摇桨行船，跑个圆场代表千里奔行，挥动几下毫无杀伤力的道具刀枪，就象征了万马齐喑的沙场。而在人物形象塑造方面，又精雕细琢，从戏服到妆容，繁密的美令人目眩。尤其旦角，妖异的桃花眼，云鬓旁珠翠环绕，璎珞上璀璨生辉。开鸾镜，整花钿，又着罗衣。什么样的春闺梦让她暗含珠泪，什么样的时空错让她重订鸳盟？她有蝶翼般华美对称的脸，罗裙下行云流水的步态宛如一条成精的游蛇。拥臂自揽，她身上已汇聚千般的爱宠。

……《霸王别姬》，虞姬上场，佩带着那把夺命的剑。这是美人的宿命吗？终将陪伴失败的英雄，见证彼此颈间汹涌而出的血。虞姬之美，具有深渊般的力量，足以让人半生沉沦。谁又是那不悔的英雄？即便曾战神一样集中着美与暴力，谁能抵抗那最后的沉沦？多数人的命运轻盈，死去的重量如一只昆虫的骨灰；那些绝世的英雄与美人，亦能如何？他们的死，不过为史书增加一点很快散去的余温。

或忠诚或阴险，或伶俐或憨直，五彩缤纷到失真的五官。镜前勾脸的演员，一笔一画地，把自己变成遥远的陌生人。生旦净末丑，神仙老虎狗。大神看戏，小鬼演出——我们所谓珍贵的生命，也不过小角色唯一而短暂的上台亮相。为什么世间有丑行和罪恶，至善者也要体会折磨与毁灭？因为若非如此，就难成一出好戏，神的娱乐需要远远大于他所谓的道德。

现在，所有关于戏剧的遐想都无从交流——姥爷过世十多年了。离开恭王府，我在附近的什刹海稍微转了转，天色渐晚，我的怀念将在渐凉的空气中散去余温。抬头看到海蓝色的夜空中，月亮已开始夜航……虽然能清晰地看到斑驳，月影就像被礁岩划伤漆面的底舱，但我想，这个有戏剧安慰的夜晚依然是幸运的。因为我知道，月亮常常像沉船一样彻底消失，满载青花瓷般完美而易碎的梦境。

硬果核

我的女友应该是社会概念中典型的“幸福女人”，姿容漂亮、职场顺利、家庭稳定且财富丰裕。一切都建立在均衡美学上，她并未刻意营造和渲染，所以格外感恩于天赐。似乎毫无破绽，可还是存留遗憾。女友自觉丧失了宝贵的创作激情，虽然她的表达依旧流畅自如，但早年的冷峻峭拔、强烈的穿透力和席卷能量，都无可奈何地流失。并且她明白，这几乎是个不可逆转的过程，如果不出什么意外，料定她的文字将和生活融会，逐渐和缓安详——换言之，她将变得平庸。女友从不张狂，她说自己的愿望多少有些贪婪，毕竟占尽便宜，她再幻想一支永不枯竭的笔几乎就是苛索无度。但写作对她那么重要，难道幸福的瓦解作用，正使写作变成仅仅是曾经重要的事吗？

我一向缺乏对物质的定力，只有在经济基础保障下才能动笔从容。但同时，我非常理解女友处境，虽然没有她那样全面的好运，但命运待我不薄，让我找不出什么理由抱怨。我到达了风平浪静的中游，日益远离童年的纯真与不安——那里，窖藏着艺术创作的某种原始生命力。我隐隐焦虑，感觉原来清澈、直接、饱满的表达受到影响，它不再喷薄而出，甚至毅力参与下我才能艰难分泌出一点有限的产量。那么，写作不再是我的内心需要，它已然沦为谋生的小把戏了吗？我当然知道，每个作家都必须独自面临困境，写作意味着终其一生的自我挑战，障碍和荆棘是道路上的寻常物。可我仍心有不甘，什么致命的变化，不仅使前行受阻，还动摇了我们的引擎和持续运转的轮轴？

回想刚刚开始练习的时光，我之所以写作，能归纳为从孤独到虚荣的各种原因。其实原因并不重要，如同无论什么理由领取的结婚证至少都能获取法律意义的平等。我喜欢这种需要闭门研习和领悟的技艺，这种在寂静中提升的功力，沉浸中的写作者可以因此无视岁月的大雪正在积压。的确，写作提供秘密的保障，它不像体育或舞蹈那样存在着显然的职业寿限，对真正意义的作家来说，什么都不是威胁，疾病、衰老、灾难能转换为重要且必要的财富，所谓打击也许只是手段暴烈的赐福。还有什么比这更美妙呢？所以，我选择并信赖写作，以近乎曲折的方式为自己寻求心理安全感，增加对不幸的承受能力。

让人难以预料的是，或许毫无征兆，一个作家转瞬就被推入创作低谷，彻底摧毁了信心。他无法寻求援救，瞬间被剥夺一切，他还不如运动员或舞蹈家那样幸运地有个抛物线般的下降过程以供心理缓冲和适应。无论创造力曾经怎样近于旺盛情欲难以控制，曾经怎样如内心的野兽充满蛮力，一个轻巧的外因，甚至连外因都不需要，残酷的讽刺业已发生——写作者茫然面对大脑和纸页上的空白，无计可施。当你今天还文思泉涌，骤变可能发生在明天的任何一个时刻。我并未蓄意将创作行为神秘化，周围的江郎不胜枚举。如果把写作能力喻为蹿来蹿去的活泼兔子，年轻时候我们勇于去做捕猎者，后来呢，宿命了，认定挣扎也是枉然，索性变成被动的守株，冀望于自己的树干长得粗壮些，便于微弱增加兔子的撞击率。

作家遭遇中年危机是今天中国文坛的普遍现象。多少名家久无新作，靠着声誉产生的利息来维护自己的江湖地位；有些即使还笔耕不辍，效果却乏善可陈，相当于晨练健身操，并无什么观赏价值和力量震撼，他们不过向世人证明自己的胳膊腿儿还能动弹。多少新锐力量，程咬金般气势如虹地发力前三斧，就因为耗尽储量不得不戛然而止；有些刚才还在利用青春期叫卖的孩子，转眼就面临创作上的更年期。不得不承认，我们集体患上了早衰症。

各种各样的座谈与研讨，试图为浮躁的文坛寻找病因和药方。有人说，位于转型期环境，生活节奏变化快，来不及观察和沉淀。有人说，禁区太多不敢放开手脚，久而久之，写作者视野狭窄、画地为牢。有人说，评价标准的混乱和不公正，使好作家的才华得不到充分的释放和关注，减弱了他们的热情。有人说，作家过得太安逸了，逐渐远离弱势群体和苦难，丧失了社会责任和道德良知，沦落为技术主义者。有人说，由于稿费低廉使作家成为实际上的穷人，他们难以获得应有的社会尊重，所以放弃纯粹文学，转而从事影视编剧等更高收入的行当，慢慢地，也就荒废了武功。说的似乎都对，但无一例外，指责所针对的，都是外界环境没有给作家提供良好的写作氛围。为什么会如此矛盾——作家太富有，所以不能写；作家太穷困，所以不能写？大概，把责任全部推卸给外在条件，我们有了这看似堂皇的借口，我们自身的懦弱就很容易回避掉，无论是被他人还是被自己。

到底什么样的社会环境才是写作的乐园？我们需要降生于哪个恰切的时代，文学才能找到扎实稳妥的基座，风雨不侵？多少个世纪以来，我们每每听到人文学者频繁而愤慨的警世呼吁："这是恶劣的环境，这是崩溃的时代，这是迫在眉睫需要被拯救的世界……"但情况并未好转，反而愈加恶化，人类社会从来没有在先知们急切的声声吁请中减缓它堕落中的加速度，我们不得不伴听着带有刺耳金属噪声的钟摆消磨日夜。那么，如何为手中的笔找到肥沃土壤？是不是，伊甸园只在虚拟之中，理想的植根途径势必艰难……因为任何一种现实都不适宜盆栽理想，因为理想，永远都是错位的激情、不肯臣服现实的信仰？

知识分子最为宝贵的批判精神和反省能力正在受到损伤。不是说他们丧失了基础的判断能力，不，资讯时代的全球性资源共享和信息的反馈效应，使他们比过去拥有更灵敏的顺风耳和千里眼，在更强技术武器的支持下，他们更高瞻远瞩、放眼天下。一切看似有力，但他们的批评里忽略了一个最重要的领域，而这种忽略是致命的，它使高屋建瓴的思想体系建立在非常脆弱的支点上。那就是，他们往往忽略了对自身的批判。文化优势造成的心理幻觉，使他们犯了低幼级的错误：他们以为自己是高级医生所以不会得病。给予自己某种天然豁免权，他们这么做不仅仅是使批评领域存在巨大盲区，更严重的是，由此暴露出许多知识分子的危险倾向：把一切推咎于他者的责任，而自己无须担当。或许，他们认为语言和态度已经是担当了，不必再付出行动上的实际成本。每当听到作家们铿锵有力地追究今天的社会环境给写作带来的严重伤害，我在他们漂亮的修辞中总是颇感迟疑和怀疑：最大的障碍和挫折难道不是来源于写作者自身吗？当然，作家列举的种种社会现状都是考验，但之所以被视为考验和摧毁，也许，是因为我们的内心太容易屈服。甚至军队未到，仅仅看到远处的敌旗，我们就已不战而降。

是的，我坚持认为最严峻的问题不在于外部，而发生于作家的内心。意大利左派作家契撒雷·帕维瑟做过如下表述："你没了内在的生活。或者更确切地说，你的内在生活是客观的，就是你的工作（校样、书信、章节、演讲）。这太可怕了。你不再犹豫，不再害怕，不再惊讶。你正在变得冷酷。"

昆虫经过数次蜕变才能最终羽化，写作者也要经历不断的成长期，必须通过转折里包含的考验，才能抵达峰值，拥有高度之上的翅膀。青春阶段，恨不得谁都能成为诗人——壮志和无可名状的愤怒支撑着少年，他对服从、周旋、投靠等等谋生伎俩极度不屑。那是进入程序化的社会系统之前本能和心灵所进行的普遍反抗，对多数人来说，那也象征着最后一次的反抗。从此之后，许多人逐渐消耗自己的元气，直到不知不觉中，被锻造成一个模具下的标准件，为世界的机械化运行发挥着小小功效。当人成为了这样一个零件，为了保住他的空缺，为了更牢地嵌入他的位置不被甩离，他不敢轻易调整自己的尺寸，换句话说，他放弃了成长。所谓的保护壳也禁锢了他，仿佛一只死在茧里的蛹。虽然专业分子善于伪饰，但从更深的层面讲，做人的方式就是作文的方式。

从青春期的拒绝，到今天对万事万物抱以松弛的宽容，从人格建设和社会功用学角度，也许不失为一个好的取向，但也许不利于作家的自我完善。当内心不再风格化，一个人随时可能在妥协性的和平事业里失去自我捍卫和独立判断，慢慢地，把热情变成习惯，创造变成工作——职业化过程意味着随时参照行业标准和社会尺度，他不再是自由热爱着的孩子，他失去了童真的眼睛。

有些写作者堕落得更可怕，他们认同，趋同，不惜苟同，来换取一点点立即的好处。听起来依靠于“团结就是力量”的法则，其实，并非他们的为人习惯多么合群，根源仅仅在于个人的乏力。必须置身群体、见容于权势，他们才能立稳脚跟，才能获得荫护和利益。他们麇集在任何一个奖项旁边，嗡鸣不已。他们力争于取悦多数，这种取悦的决心意味着付诸行动，包括协同多数拉拢或打击少数。他们这么做的时候不会带来良心困扰，因为他们自认不是在杀生，而是用祭品供奉信仰。内心枯竭，汲取不出清凉之水，他们的文字仿佛一种使用得并不顺手的工具，但他们写得扬扬得意，误认自己已经熟能生巧。罗兰·巴特的女弟子尚塔尔·托马说过："创作源泉的枯竭，内在生活的消失，可以用一种明显的方式来表达，我不能再写了，但也可以反过来表达——这更多的是在毁灭的过程中，到了遭受阴险打击的阶段——我什么都能写，我感觉不到任何困难。极度容易与不能写作一样对应死亡，但是，与后者不同的是，他不与虚无面对面，而是采取机械的重复，在安排好的提纲上动手脚，热衷于过时的风格。作家滑稽地自己模仿自己，改动场景与情节，重新回到一个死去的主题，好几光年以前就已经熄灭的感觉。"比较之下，有些盛名之下自感水准下滑而选择退出的作家倒更真诚，至少，他依然敬畏于艺术的标准。也许，一切不必上升到道德意义，勤奋者只是比休整者态度乐观，希望技艺在持续练习中有朝一日得到复苏甚至腾越？

总而言之，我始终相信一种悖论：创作心态越纯粹，作品所呈现出来的越丰富；创作心态越复杂，作品呈现出来的反而越单薄。我一直提醒自己保持警觉，不要落入圈套。作家如果为声望、为奖项、为某个流派虚拟的掌门人地位而写作，内心就将荒芜，乔装的虚情假意在上面种不出花儿，而他所贪图的功名最终都会变为惩罚或泡影。写作是个马拉松，跑个千百米就忙着庆功几近笑柄，作家应该心无旁骛，听不见喝彩，看不见跟踪的摄影机，把注意力凝聚到跑道上来。

万事知易行难。尽管抱有警惕，写作时我开始力不从心，就像随年龄而增的赘肉，我难以恢复原有的轻盈。和女友探讨我感同身受，幸福变成了一个不等式，上天收走了我们部分的才智。有些人逆境中锐气不减，越遭受锻打越绽放火花……他们是某种意义上的幸存者。到今天为止我都算运气好的，平安是福吧——我由此暗怀隐忧，怕自己的根茎因为在过分滋养里烂掉。谁不想让灵感的小火苗不被吹熄呢？我自感未必能经受住那种秘密的腐蚀。当一个作家得到太多物质与精神上的安慰，内心不再有什么不甘不满，他的元气多么易于被释放掉。个人价值似乎得到实现和证明，他太舒适了，因而渐失对灵魂的关注和反省——如同疾病才能使人特别关注自己的某个器官一样。甜幸福侵蚀着，渐渐，当我们丧失了足够敏感的体察和感悟，也就是说，我们将丧失作为艺术家的基本天赋。

有一天，中央十套《人物》栏目放了一部纪录片《干杯，西藏》，记述八十年代生活在拉萨的一批艺术家的生活，我很是震撼。那种热烈激扬的情绪，那种精神气质上的纯粹，那种困难中顽强的理想主义与浪漫主义，那种狂欢与殉难……今天看来是如此陌生，如魏晋之风之于宋明理学。

比如这样一个片段。摄影家罗浩和一个朋友相约去那曲，他们站在公路上随手拦了一辆运羊车。因为驾驶室只剩一个空位，罗浩只好裹上最厚的衣物和毡毯栖身在后面的露天车厢。

不久之后，罗浩就感觉寒冷穿透织物，令他难以抵抗。他所坐的地方距驾驶室后窗玻璃只有一米之遥，他想再忍一忍，到实在扛不了的时候再去拍窗求援。然而很快，等他觉得不能再承受的那一刻，他的意识已经恍惚，肢体完全僵硬，根本不能挪动自己抵达那短暂的求生路。幸好车辆在拉萨没有加油，开了不足百里，遇到加油站，朋友和司机才发现濒死的罗浩已失去能力。朋友忙把他拉进小饭馆施救。脚底微温的水，使奄奄一息的罗浩感到暖意如汞柱般慢慢上升到胸口……从死亡边缘挣扎回来的罗浩与朋友相拥而泣。

如果这仅仅是历险的个案不必惊奇，我所惊讶的是，整个群体都那么容易与生死之类的大问题相遇，有些鲜活的生命就葬在那片雪域之中。

除了西藏的地理环境险恶、当时的通讯手段和交通运输还不发达以外，一定还有什么存在于他们自身上的原因。现在，我们不可能遭遇如此频繁的考验。我们非常理性，做好种种必要的防护措施，我们很难有勇气在并无安全保障和明确利益回报的情况下这么冒险。我们的身上太完整了，不走险路，所以只能满足于做旅游区里肤浅的观光客，遇不到悬崖陡壁上只留给勇者的神迹。我们可以把自己的行为解释为更珍惜生命，不做无谓牺牲，但在长期诸如安全、利益、人际的事事权衡、周全考量下，我们不由自主地畏首畏尾，视野和格局自然越来越小、越来越短视、越来越急功近利，人性原本可能的张扬激情势必萎缩，甚至，有人从萎缩变成委琐也不以为耻。

今天的文化圈带了几分娱乐圈的色彩，也开始追求妆容、奢侈和炒作中的曝光率。我们这些酒桌旁、电视上侃侃而谈的口腔动物，疾呼着暴风雨，可真正的闪电和雷声能把我们吓得够呛。滑稽的是，尽管我们不过是油漆匠，但我们胸怀远大，期待着获得绘画史上大师的称谓。

女友尽管清醒，认识到对一个艺术家来说幸福带来的懒惰是危险的，但她不能挽救自己，因为她还贪图这层厚厚的糖衣。巧克力也蛀空了我的牙，我已经承受不了生活突然的冷热和酸辣了。然而除了内心，我也深知，我们不会获得任何其他的转折力量。我唯有一面恐慌，一面告诫自己：抵抗吧，即使无望，当所有的甜都不能腐蚀内心，我们才拥有自我救赎的渠道。

为了酝酿未来，果核不被甜而多汁的肉质所腐蚀，食客的利齿也不能在它的木质纤维上留下什么啃咬的痕迹。坚硬的、平滑或褶皱的外壳难以被撬动，果核藏存着它的秘密、决心和封闭中的能量，倔强地，散发着它的苦味。但愿我能。

有关离开的三个梦

1 狂欢·2008年7月21日的梦

阳光新亮，照进房子，地板上像摆了块玻璃……是夏日那种明媚的晴朗。我向外看，忽然之间天色暗了，一团大而变幻的黑影在窗玻璃上翻滚。雨瓢泼而至，狂风呼啸。一个正在双杠上翻腾的运动员被狂风吹举，使他无法完成结束的落体动作，他的腿蹬在杠子上，背部却长久地与杠体持平。昏暗，形成一种具体而盛大的压力，我心中大骇，急欲躲避，但从一个房间躲入另一个房间也无济于事，暴风雨无处不在，让人越来越坚信危险的预感：世界末日就要来了。

洪水，末日的洪水，使全世界在浸泡之中。我看到各色人等，乘坐小船聚集而来。人们肤色各异，衣着鲜艳，邻近我的两只船上坐着墨西哥土著，帽檐宽大得夸张。有的演奏着古怪的乐器，有的在鼓掌，漂流水上的人们毫无悲戚之色。这些热情的陌生人邀请我上船，共度狂欢时刻。

前面是接引者吗？随后我变薄的身体飘起来，像低空起飞的风筝不太稳定，我预感自己将前往天堂。但天堂远非想象中的金碧辉煌，眼前，重重铝合金防盗门一道道地拉开，样子仿若乡镇上的小银行。我以飘浮状态中速飞行，感觉到还有其他几个人跟随着，但我并没有回头观看，只听得刚才拉开的门正一道道合上，发出空空的回声。我有点害怕，为什么此地要严防死守，它是禁地，意味着我再也不能折返？为什么天堂的入口散发如此冰冷的金属寒气，而不是温柔的天使微笑着等待？前方吉凶未卜，但我的身体不由自主，仿佛被风筝的暗线牵动，继续向前飞。

最后抵达的，类似一个很小的礼堂，气势并不恢宏；或者说，更像一个别墅的圆厅。里面站着许多人，全穿深蓝色带帽子的落地长袍，像为葬礼集体赶来的中世纪神父。帽檐压低至眉骨之下，我看不清面目，但感觉他们拥有法官的威严和律师的公正感。使我颇感惊讶的是，天堂如此狭小，一点儿也不辽阔，站立着这么多人甚至是局促的。难道好人太多，而供养好灵魂的空间从来都是有限的？这时，有人在我耳畔低语，似乎传递冥冥中的指令：一会儿神圣的仪式即将开始。我有点惶恐，因为不知道自己在程序中应如何表现。

这时我望着天堂的窗外，那里阳光清透，操场上有人在进行体育锻炼。我心下生疑，又无人咨询，我在想：那里也归属天堂吗？在天堂之外，是由谁来执掌的区域呢？

醒来以后，回忆这座小户型天堂，我想起曾经读到保罗·策兰《死亡赋格曲》里的诗句："我们在空中掘一座坟墓，睡在那里不拥挤。"

2 乡愁·2009年1月2日的梦

由于某种并未阐述的原因，我得罪了同村一个女性。生性狭隘的她开始了疯狂的追杀，我不得不惊慌躲避。她放出各种奇形怪状的神话动物，一会儿是凶悍飞狮，黄金溶液般的皮毛；一会儿是巨翼鸟，它们嗜血的胃急需食物的安慰。我在逃亡中似乎是飞，因为所看到的世界经常是航拍的角度。而我突然决定的栖藏之地，也处于高大的树冠里，我在树杈联结形成的窄小平台上获得短暂的喘息，听着不远处猎食者的嘶叫。仇家立下毒誓，决不放过，即使远走天涯，我也将始终不能摆脱她随时靠近的阴影。

我不得不背井离乡，开始漫无际涯、时刻惊悸的逃亡。我难以得到安宁，因为无论在哪里落脚，马上就能感到一种杀伐之气在逼近。

我在一个作为旅游景区的小镇得到过片刻的安宁，那里久负盛誉的豆腐干，味道鲜美。镇上有一座寺庙，祥和得几乎呈现为强烈的家居意味，大殿和院子里麇集着一群小鸟，体形和麻雀大小相仿，但更清纤，羽色灰黑，只在腹部有一抹鲜艳的绯红。红腹鸟呈现出被豢养的习性，它们像鸡崽一样，拥在几个拣米老婆婆的脚下，啄食撒落下来的谷粒。

忽然之后，心里的宁静就结束了，我感到由衷的倦意，乡愁的伤感充溢胸口。数十年的逃亡生涯让我受尽惊吓，身心俱疲，耐受力到达极限。我决心冒险回到故乡，一探虚实。

一切很快变成惊愕。在我流落他乡的那一刻，仇家就没有跟上来一步。她从未实施旅途上的计划，而是始终享受着家乡怡然的田园风光。这并非出自宽容，而是更深的谋略。她说真正意义的惩罚，仅让我恐慌远远不够；有效的惩罚必须包括羞悔的部分，才能让我体会痛楚。影子般的追杀不过是在炫耀体能上的优势，而仇家根本没有花费任何成本，她有条不紊延续自己的未来，似乎彻底遗忘敌人，却让我在意念的剿杀威胁里，终日惴惴不安，被源于自身的阴影所恐吓。回过头来，彼此的悬殊越大，我越陷入深重的羞耻。因为早在远离的那一天，我就赢得了自由和安全，我却把自己拴在看不见的枷锁上，时时刻刻如履薄冰，我的荒谬成了演给她看的闹剧。所以，虽然仇家已不再有任何兴趣纠缠此事，使我感觉这种耻辱，这种带有轻蔑性质的宽恕，正是更重惩罚的开始。

我羞愧难当，不能相信自己智力如此低下，竟然做了几十年的小丑。这时我正好路遇魔鬼。他毛发蓬松，看起来有点像全身起了静电的大猩猩，但没有与块头相对应的体积感。只有轮廓，却看不清面目，他似乎由一团乌云组成，又朦胧又灰暗。

我想以死来洗刷耻辱，做出个人意义的了断，于是向魔鬼建议：“你为什么不吃了我呢？”魔鬼传来嘻嘻的笑声，他嘲讽说：“你的灵魂算不得正餐，它对我来说，不过是一顿零食。”

果然，我看到自己的手，托着原本以为会像蜡台一样具有献祭象征意义的灵魂……它其实是半透明的，呈现一点胶质，样子就像装在简易包装里的一小碗果冻。

3 儿子 · 2009 年 1 月 10 日的梦

最初呈现的，仿佛一部电影的片头。一个少年在现代化小区和摩天大楼间飞檐走壁。他耳畔的风声，正变成翅膀飞走。坠落是险峻的，但他总有本事在最后一刻，像猫一样轻捷地着陆。他是个能够在灾难中掌握平衡，仿佛天生长着缓冲肉垫的人。他要去见自己的父亲，一个武林高手，一个隐逸了的宗师。

武林高手正走进自家庭院。庭院入口的一张小圆桌上，摆放着一只巨大的高脚酒杯，高度大概是从指尖到手肘的距离。清透的溶液里，泡着一个女人的半身雕像，质地近于冰激凌蛋糕，那是武师的亡妻。武师习惯入院之前，先亲吻亡妻，仿佛啜饮回忆中的酒浆。随着他的动作，亡妻雕像在酒杯里颠倒了方向，再被搁回原位时，她也恢复了自己的端正。只是经过短暂的微幅震荡，从雕像上散落了一些微粒和碎屑，正溶解在液体里。无论武师是出于深爱，还是出于动作上的惯性，一吻之下，每次都使它面目渐渐模糊，进入消融。武师的心态是否因此而沉重？他越是亲近，她越是被消化在时间之中；他的疏离反而能让她获得宁静中的完全。

行至庭院深处，武师忽然涌现不祥预感，有一种杀伐之气涌来。他辨别不出方向，不由得注意了四面八方。这个庭院位居于小区中心，环绕的是四面闭合型的高楼，露出千篇一律的窗户。奇怪的是，这个明明看似公共庭院却被认作是武师的私有地带。无外两种推断出的结果，一是院子始终在公共视线的监视之下，武师以为的私密从来就不存在，他的生活是一种展览，或者是公众观赏中的景致；二是这是个魔法式的院落，每个人进入时，都会确认这个院子是自己的，他们逍遥地同时生活在这个庭院之中，时间上的叠加却不带来空间的叠加，这座庭院比立体车库更为先进，它在一个空间里融进不同的时间，而身置其中的人除了自己，看不见他者。

过了一会儿，武师明白，来了两个高手，为了抢夺他的儿子。两个人身形飘移，形同鬼魅。武师与两人交手，但他隐约觉得，还有个隐形中的第三个人，但武师不能判断他是谁，在哪里，他就像个隐匿的影子，难以对攻。渐渐，武师在对抗中气力衰减速，力有不逮，对方劫走了他的独子。

多年后，武师归来，庭院凋敝。他巡查自己当年设立的机关和密道，却已踪迹全无。好不容易发现一处残留，是像半地下窗口式的，挑破牛皮纸，里面是浮土，再拨开浮土，武师看到逼仄的空间里，几只健硕的野猫早就以此为家，它们成为唯一知晓并利用密道出入的生命。

武师神情黯然，无所归依，但他依然和旧友宴饮。当曲终人散，忽然听到院子里有人喊起来："孙悟空来啦！"武师与众人一起来到院落，看到天空中三三两两放着的风筝忽然一头栽在众人脚下，最先落下的是沙燕造型，后是巨鲤风筝，就像日本男孩成人礼中放着的风筝。接着是成群的纸鸢，集结半空后，纷纷落进院落。最后，半空中，一团锦云蒸腾，从中光芒闪烁，过了一会儿，宴席中已坐进一个金光闪闪的人。

他的头发和脸，都仿佛擦涂着一种化妆品状的金色粉末，像准备参加舞台演出似的，有点像《大话西游》里的周星驰。他坐在灰蒙蒙的人群里，突出耀眼。平静地望着武师，他说："我回来了。"原来，这便是武师多年未见的儿子。

武师站在那里，他甚至感觉不到自己的喜忧。即使天有吉兆，出现在眼前是完璧归赵后的孩子，他还是觉得似有阴谋。事件不应以如此的逻辑向前，似乎有什么异动之物，藏匿于和美之后。他仿佛适应了丧子的宁静，仿佛这种归来是一种搅扰。

这时的弦月，如同一只犀牛角，阴郁地照耀……父子之间，是彼此都不适应的冷场。

纸艺里的乡村

1

……火把形状的庄稼，燃烧在丰收之季。

玉米，这种支撑农业命运的作物植株高大，茎秆挺直，具有流苏般的顶穗。剥除柔软苞衣，紧实光润的籽粒嵌满中轴。我没有看到过单数行列的谷穗，玉米属偶数纵列……它们对称发育，维护着内部精湛的平衡。

朋友有个偶然发现，他把玉米芯子埋进土里然后取出，就会形成一个凹坑，把从轴芯剥下的玉米撒进凹坑，其容积恰好盛进全部的颗粒。重新填平的地面，会出现一枚黄澄澄的魔法硬币。

的确，玉米具有童话般的美感，尤其当它们铺满乡村的晒场、屋顶和道路。阳光和风使它们渐失水分，变得金黄、坚硬。日子也如此，一天一天，一年一年，如谷粒从穗子上渐次剥落。灯火微弱，远处有低吠的狗，瓦檐下的农户们入睡了……乡村之夜有若黝黑的土陶，沧桑又饱满。均匀摊晒着的玉米粒，就像光阴上凝结的一层月色。

2

……如此描写村庄，我所调用的并非记忆，而是阅读印象、审美倾向与修辞习惯交互作用产生的混合物。这是地图意义的旅行，事实上我从没有因为生存需要而接触泥土，我没有一个滞守乡村的祖父和从那里出发开始浪迹的兄弟姐妹。几乎一无所知，乡村作为列车外一掠而过的布景而存在，即使金黄的油菜花美至虚幻，也理所当然，是旅客可以用睡眠来忽略的风光。窗外，麦田，不断的麦田。村村镇镇刷在砖墙上的广告：饲料、种子、焊管、配件、石材、农用车、模具、锅炉。偶尔有乡镇企业巨大的水泥筒柱，像膨胀变形的梦境。我无数次站在车厢之间的踏板上，观察轨道边的树，它们庄稼一样快速倒伏，使得列车看起来像把收割的镰刀。沿途的乡村，它们只是目的地之间的衔接物，而从来不是目的地本身。而只有车票上的终点，才可能与命运存在某些联系。更何况，低微的一晃而过的脸：那些脏孩子，那些出卖汽水和身体给长途货车司机的乡下姑娘，那些作为肥料沤在田里的父亲，那些背叛的儿子。我没有停下来耐心观察过，除了在短暂的风俗旅游项目中，或者参观社会主义新农村建设成果时——那是嫁接城市模式并得以成活的新型乡村，正得意于自己陌生的气息和活力。始终生活在城市，这是我唯一的环境，我无法摆脱都市人的感官经验来谈论乡村。这使得我对乡村的一切想象，只能建立在城市经验的反向上展开，甚至，是反面的经验。我该以如何的诚恳去接近和描绘？乡村远在我的经验之外……和极乐园一样，和苦难一样。

那么，什么样的信心，使我认为自己能够书写或者能够徒手建立一座田园化的乌托邦？是不是，我无意识间，把那里的物和人当作可以驾驭的？我们总是情不自禁怀有美化乡村的愿望，但很难说，这种美化是不是地位悬殊下的某种炫耀和恩泽；况且，美化的潜在心理，难道不是认为现实不美？至少，不够美，我们才以美化的外在包装方式去完成对其文化的内在侵略吗？

牲畜沉重的头颅低垂，垂向已开始翻浆或依然散发寒气的土地；它们的肩胛上，套着同样沉重的马颈轭。驱赶它们的人，是否忠诚地复现着我们祖先的模样？插秧的脚深陷泥泞，拾穗的脖颈压得更低，农民弯腰驮起或像牲畜一样拖赘向前的，是否千百年来是同样一个古老的村庄？那些将人类供养的村庄，位于煨在炉火旁的北方，或是在水生植物环绕的南国，如何经过书面语的处理，依然保持着它们生动的暖意和水汽，以及在风霜雨雪中渐渐皴伤的表皮？

3

我曾经在西站旁住过很多年。从我的窗口，就能看见车站顶端的时钟，巨型指针沉着地下降，并循环地抬升。

几乎任何一个城市，火车站都成为其中混乱、破落和不洁的象征。即使由玻璃幕墙和大理石岩面构成的现代建筑刚刚被启用，置身人头攒动、行李拥塞的站前广场，你也会迅速被阴霾气息笼罩。即便正午，艳阳高照，车站建筑物铺开的暗影，也让人想起旧棉衣的衬里，想起陈年的腐气和不再保温的棉絮。一种乱哄哄的混响，悬浮空中，耳鸣般致幻，使你即使置身最密集的人群中，也像被什么东西隔远了。永远不干的可疑水渍，那种黄色介于锈迹和尿迹之间。广场高大的立柱下端，被痰、小便和积存的垃圾侵蚀得发黑的基座。方便面和过期饼干的气味。轱辘上的箱子，塞得满满的编织袋。

每天上班，我都要穿越北京西客站的中央广场，穿越那些背井离乡的人们。长年户外劳动，他们的脸粗糙红肿，油垢的头发上有发屑，汗酸和泥垢使他们散发令人不快的体味。他们南腔北调，那口音影子似的，让他们永远拖着寒苦的出身。这些乡下人挤靠在一起，茫然失措，智力复苏是因为企图运用小心眼骗过公共汽车售票员为他们肮脏的铺盖少买两张票——他们注定失败，并遭到女售票员有意放大音量的刻薄的呵斥。几个同乡聚在一起，小集体所提供的安全感使他们相比之下是幸运的。有时我看见独自流落的人，拿着半张皱皱巴巴的纸卷，上面有一行劣质圆珠笔写下的地址。他神色慌张，因为有人告诉他，地址不存在。他再次辨识那个写得歪歪扭扭的地址，不断地吐痰。穿着碎花棉毛内衣裤的女人，睡在角落，旁边是她满脸污浊的孩子。前年冬天，曾经有半个月，每天都有个中年男人，衣衫破败，却像领袖一样站在早上六点空荡荡的广场上发表讲演，辅以频繁手势，用谁也听不懂的方言。他的听众稀稀拉拉，站得远远的。我偶尔会猜想，来往的旅客中一定混杂着特殊的人：病入膏肓的姑娘；寻访出走孩子的父母；失忆症患者；甚至潜逃犯，正用死者的打火机点燃一支烟，他将前往陌生的地方，重新寻找信赖的眼睛……

地理上的位移也会带来心理上的转变吧？逾淮谓之枳。这些主动或被动失去土地荫护的人，背着仅有的铺盖向城市席卷，如同竭力流向高处的水那么艰难。我看到公共汽车上精疲力竭的劳动者，熟睡，并且发出鼾声，可他的两手还分别抓紧侧面的把杆和上方的吊环，身体跟随颠簸的节奏而晃动……这就是他在城市中须臾不能放松的安全感。多数时候，进入城市的乡下人沉默地出卖着体力。从建筑、家政、保安、清洁，但我们看不见他们，他们是一群我们意识里的隐形者。一遇风吹草动，或者刑事案件发生，我们立即转移视线，把怀疑的目光落到他们身上。而在日常生活中，作为一个庞大的复数，可以说他们太安静了，没有扰人的噪声，我们很少去想到，每个人多么地小心翼翼，才能去维护这种令人心酸的安静。他们的安静里有宿命的屈从。他们自认卑微，不抱怨，因为抱怨都需要资格，需要有接纳的对象，需要有额外的心思和多余的力气，才能向某人或者命运撒娇撒气——那都是太奢侈的权利。这些生存能力顽强的人，像脱落下来的坚果，看似硬壳保护，却不堪瞬间的一击……被吹落得太远了，我无法设想那棵曾经养育和支撑他们的大树。

4

一些人降生在乡村，可能是种地域性错误，因为他们的天性更适应城市，更适应植根于水泥和人群的夹缝而得以茂盛，更适应变化、享乐甚至堕落。从玲珑的性感模特，到纵横的职场精英，各个为乡村孩子所陌生的领域，如今密布成功着陆的后天城市人。生在城市所占有的不过户籍上的心理优势，但若论驾驭城市，许多曾经来自乡村的人却更游刃有余。我在其中也看到了自己的文人同行，他们握笔为犁，耕耘纸上。

在散文作者那里，乡村被当作经常且重要的创作题材。描绘自然景色，回忆质朴亲人，他们借用文字汹涌乡愁。刘亮程的《寒风吹彻》，朝阳的《丧乱》，曾给我带来巨大的阅读震撼。的确，如遇重击的印象经年不去，乡土题材的散文中有许多令我格外尊重的力作。

但刘亮程的成功，也激励了许多匆忙的效仿者。一支火把刚刚被歌颂，周围就会聚拢大大小小颤抖的烛焰——即使它们脆弱得易于被风吹熄，也要挣扎着，借助一点点他者的荣光。

任何一个被肯定的榜样，都容易引发盛大的集体化追逐；创作在今天的文学语境下，常常体现出某种公然的盲从。刘亮程之后，蜂拥并麇集那么多乡村遗孤：肠胃消化不了都市的营养，手依然握着一把隐形的锄镰作为最后抵抗……他们模仿着对农业文明一往情深的怀念，他们模仿着移居城市生活后诸种不适应症，甚至模仿刘亮程散文里那一点点蓄意的农民式的倔强和笨拙。坦率地说，我在这些大量涌现的乡土散文中，很少读到什么优秀之作；如果更坦率，我承认，自己甚至讨厌被批发的怀旧情绪中那股集体散发的霉味。

还有些写作者，走另一路线，喜欢把乡村诗化为宋词元曲境界。荒凉大地上散布着村庄，灯火寥落……远望过去，一如星空，挥发着抽象的审美意义，并不对现实真正产生什么作用。在他们的笔下，上升为诗意的乡村，一如上升为天堂的星空，将被定义为它自身并不包含的内容。他们混淆田园和农村两个概念，仿若隐逸之士体验逍遥之美。田园和农村，一个是审美向度的，另一个是纯粹的地域性指认——从功用学角度，后者甚至是反审美的。文人墨客们反复咏唱的书本意义的桃花源，往往作为理想价值而存在，其实抽离于农村的现实情境。当然，两者之间共享了一个交集区域，情人般，融合着暧昧的僭越激情和道德上的不洁感。陶渊明式的归宿，以艺术的心境生活在乡下，才可能产生所谓的田园诗意。效颦者学其皮毛，并无悠然见南山的从容心境，只满足于表面的叙事美学，其实，头不在艺术、脚不在乡村，他们飘浮在丧失时空坐标系的虚妄里。

一切岂是出自对故乡的热爱？他们在技术抒情背后显示的是明显空洞。纸乡村，那么轻盈——轻盈到轻贱，没有泥土甚至稻粒的重量，它们那么轻易被修筑和篡改。我无权要求这些乡土散文作家满怀苦楚的深情，至少，文字里应该有一点点真挚在。这些所谓的怀乡人，这些宣扬中的滥情者，我有时感觉他们的假唱早已丧失了生理意义的激情。他们分泌那点貌似的爱，为什么看起来，更像一个夸张的文艺习惯，甚至政治圈套？我讨厌被他们的唾液共同咀嚼过的麦子，讨厌被他们当作饰品的农具，讨厌他们仿佛只要一回到故里就可以急疏利锁、顿解名缰的自我形象假设。渲染的情意如涟漪荡漾……那是被潜在的名利之棒搅动起的波澜，仔细嗅嗅，能嗅到一丝死水带出的淤臭。

5

也许，是我过度偏激，表现平泛的乡土散文作者未必是委婉中的虚伪，或者，热爱是真切的，却疏于表达上的故障？时值中年，我发现自己日益耗尽感情的储备能量，在写作中明显缺乏激情，没有了当初的爱恨爆发力。无论怎样向往怀旧中的余温，我好像也气力不逮，不能再幸运地挖掘到那隔世的财富，那么书写乡村的人是否面对同样的问题？

无论往事怎样一再响起有力的低鸣，也终将成为渐弱的尾音，何况，这些写作者早已离开童年的襁褓，被环境改造成另外的面孔。毕竟，一旦离开故乡的池塘，就必须尽快去掉自己的蝌蚪尾巴，变成两栖之蛙，才能具备惊人的弹跳力更好地求生。

一切都不值得赞颂，如同飞鸟不赞颂自己君临万物的视线，鱼不赞颂自己耐受深潜的肺叶。人类赞颂的，往往是自己不拥有的财富和不具备的能量。游子赞颂乡村的时候，多数情况是在远隔之后。尽管他们的散文里，乡村美得仿佛是纯粹手工打制的天堂……但无论怎么赞美，乡村其实已是被弃置并拒绝的生活。

乡村，那里凝聚着某种过去时态中的信任与厌倦。一个只存在于纸上的乡村，一个只通过文字就可以折返的故里，它散发着怎样的气息？从纸盒里倒出糕点的残渣，放在手心里，一点点地舔食……某些时候，这就是我们对乡村的捡拾、消化和回味。

6

先生是我的大学同学，少年时代他曾经在乡村度过一段成长时期。我第一次跟他回家，在酒桌热烈的闲谈中，数目庞大的家庭成员众口一词，都在反复强调彼此间浓烈的亲情。那种彼此烘托的氛围，作为外人的我感到非常不好意思。我不适应直露的表白，不知道在叙述中夸大血缘功能是乡间的普遍习惯，还是他们特有的家族传统。

一切都不值得赞颂，如同飞鸟不赞颂自己君临万物的视线，鱼不赞颂自己耐受深潜的肺叶。

先生始终对乡村抱有眷恋，好像一个年轻人早就心怀落叶归根的向往。他最大的感受是城乡在嗅觉上的差异。在农村，泥土是泥土的味道，马粪是马粪的味道，庄稼是庄稼的味道；而城市，几乎没有任何体味。农村的环境也许不卫生，但卫生，基于城市标准，意味着一种化学意义的胜利。他觉得乡村的人情味儿也是浓厚的，并非性质夸张的表演。因为乡村建立了人和土地之间的关系，彼此之间是有根系的，所以更为深入；而城市，完成的是人与人的横向联结，不过藤蔓的关系。

我自己印象深刻的脸，是多年前沧州乡下的一个远房亲戚。关系远得父母也说不清楚，他们含混地让我喊他表叔。表叔瘦小，牙齿窄黄，间有齿垢，冬夏都穿一件黑条绒上衣。他隔上数月就会在某天突然造访，一进门就用力堆笑。

每次来，他必有所斩获，从粮食到用具，软而空的编织带塞得满满的。我对表叔抵触，因为他的体味，还有，他总暗示我的衣服旧了，不如把它们作为礼物送给他的女儿——那个我从未谋面的表妹。他甚至不等我决定，就把我的裙子迫不及待地卷进行李。在他狡黠的描述中，这个表妹和我有着超乎实际的血亲联系，以及，由此生发的天然的性格默契。表叔尖嘴猴腮，长相非常像常见的鼠类，在我的意识里是个可以被轻慢的长辈。我多年之后才能理解他作为父亲的苦衷。他独自承担不露声色的怠慢，以使女儿获取一个可能亲近城市的潜在机会。

苦心失算了，连续几年，表叔没再来过，我们后来辗转得知他意外病故。再后来，我们两家都陆续搬迁，终于失去了任何联系。到最后我也没搞清楚，这个表叔，到底通过哪个环节成为亲人？那个始终穿着我的衣服度过青春期的乡下少女，命运如何？这个隐藏着的表妹，好像是我被施与了分身术，部分地被拴牢在田埂之间。她让我感觉自己，仅仅是从乡村躯壳里脱逃出来的一只趋光的蛾子。

7

否认乡村，否认来源，是否必须如此，我们才能使自己成为洁净的无土栽植，堂而皇之地摆进中产阶级窗明几净的客厅？无论倨傲的城市人怎样证明清白，也必须承认，我们无法斩断和乡村千丝万缕的联系，它是断乳后蓄意遗忘的记忆。乡村是祖先居住之地，代表我们所有人的故土和出身。我们不过是悬系绳上的风筝人，那么还能有什么，作为乡村的脐带，在今天仍然割舍不断地为我们供给着血与氧？

为了不背负忘祖的罪名，我隐藏起自己真实的想法。真实的想法是，我不喜欢乡村。我讨厌重复性的体力劳作，讨厌围绕作物的害虫和蚂蟥，讨厌收获随时受到气候的威胁。村人们在春耕秋忙之外无所事事，他们的品格未必就是不言自明的纯朴，许多人笨拙、自私、鲁莽、狭隘。乡下的钟是慢的，单调与困窘摧残着那些带有鲁莽气质的脸。在最贫穷的地方，他们活得就像一件简易农具，没有任何选择其他生活方式的机会。拯救太虚幻，似乎也途径唯一：必须让某种城市工业模式介入甚至覆盖原始模式，他们才能摆脱底线上的挣扎。尊严？他们常常只有窝在自己的穷乡僻壤才能免受伤害，可他们又终生向往那些鄙夷着自己的地方。

我读到过更残酷的句子。画家米勒以农民为创作主题，英国艺术评论家说他没有美化村庄的形象，这样简洁的判断让我受到震动："他对农民的了解大都是他们的生活，特别是农夫，已简化到与野兽无异。"

那些苦楚中的人让我难过，我觉得我是爱他们的。当然，这种爱里最大程度地包含着恐惧。我承认，自己畏惧成为他们其中的一员，害怕沦为一种农具陷入风吹日晒的劳役。尽管我的个人景况并没有好到哪儿去，我同样是作为工具，被放置在社会运转的巨大磨压之下。我有什么资格使用同情？他们就是另外的我，在边缘，被排除在自己所渴望的自由之外。有时候，我甚至怀疑自己的悲悯，是否所谓的慈悲心肠不过自以为是又略带炫耀，它比平静更令人生厌？

这些被像土地一样被压实在最底端的农民，我们依靠他们，依靠他们皴裂的手种植的谷物维生——他们本是恩人。从这个意义讲，我们如果慢待他们，意味着忘恩负义。赞颂，难道不是应该保持的必然态度和底线良心吗？我们无以偿报，用文字表达感谢，恐怕已是对恩情最廉价的偿付了。那些远离家乡的写作者回望来路，依然怅惘留恋，而不是遗忘和鄙薄，难道不是体现出他们的知恩图报？赞美乡村，似乎是乡土作家起码的道德责任和唯一出路，除此，他们还能持有怎样另外的立场而不被指责为薄情寡义？

有些词语在意义上已被圣化，比如：母亲、祖国、故乡，她们是三位一体的神，是不可被亵渎的宗教……对她们的一丝怀疑，哪怕是最理性的，也容易招致最非理性的攻击。如同乡土散文作家对待乡村的态度一样，我们对待乡土散文作家，也似乎必须抱有先期的宽容和认同。质疑，往往会带有源自社会或自身的道德困扰。谨慎的评论家甚至对并不入流的乡土散文，也表现出模糊的表演化热情。所以，我克制并掩饰内心对乡土和乡土散文的某些不适应，宁愿保持安全的沉默。就像暴力如果隐藏在爱国主义旗帜下是最容易被豁免的，因为它仿佛已更名为正义；一些伪善的感情混杂在乡愁里，难以被揭穿，因为我们已不是口无禁忌、因纯真而心生力量的孩童。在公共性的纵容里，我们默许乡土散文里所描述的一切……这是作为纸艺的故乡，被随手折叠和裁切；对某些乡土散文作者略显轻率的游戏态度，我们也决定抱以超乎规格的艺术尊敬。

8

如果缺乏反省意识，我们就随时能找到原谅自己的理由。但是，假设始终不真实面对乡村，我们的赞美岂不等同愚弄？如果不从现实和内心出发，一切的观看也并非凝望，不过属于另外的无视罢了。

就像故乡，更深层的概念甚至与籍贯或出生地无关，它象征精神意义的归属；如果在与故乡的依存关系上我们说谎，意味着从原点就开始的危险偏离。乡村，祖祖辈辈的脚印延伸出来的路……我们必须首先诚实，哪怕做到这种诚实是困难的；唯此，我们才能真正体会到某种天然的情感向心力。

也许，武断地指责某些散文写作者对乡村经验的处理，已包含了一种刁难。因为，乡村是他们出生和贯穿整个成长的地方，也是他们唯一的源头。即使他们在心态和技法上并未得当，假设我们站在捍卫的立场上，用意却是阻止他们抒写乡村，是否同样属于不公和轻视？设身处地，倘若别人剥夺我书写童年的权利，理由是我已丧失与童年相匹配的纯真，我又能回到哪里去呢？每个人，都只信任那些曾经给予我们保护的人与地方。

再换个情境。欧洲农庄里精巧的教堂和墓地总是让人感慨，对比之下我们的乡村显得那么贫陋，仿佛除了陈旧的观念，想不起还有什么能把村人们凝聚在一起——当我们发出这样的感慨，常常是把自己隔绝于底层之外，放置于某个真空里；而没有稍作设想，当面对奢靡的酒店或古堡中的晚宴，我们自身的形象是否被更高的阶层视为粗鄙者？我们所跌入的，是否近于苦农的瞬间命运？

也许没有什么高下之分，只是在下面的，有宽的肩膀；在上面的，有窄的眼界。真正的尊重，只是给予平等——尽管对本已处于不平等地位的双方来说，这是勉为其难的幻想。所有人从本质意义上说都是后天城市人，区别，只是从乡村开始移动的先后顺序而已。我不信以我们有限的教养能给予生活在底层的农民以绝对意义的平等，如同我不信那些处境更优越的阶层和民族，能轻易放弃对我们的轻视、警惕和敌意。我们所能做到的，或许仅仅是要求自己比曾经的自己更多一点点的倾听与理解，这也是我们对自身的拯救与提升。

也许，无论是作为读者的我，还是作为创作者的乡土散文作家，都需要重新审视我们对于乡村的观察与情怀。

9

中国乡村所具备的显在悲情，易于让人论及生存与救赎的主题。它不应仅仅让人联想到牛粪和烈日下轮回的劳作，它包含着远为丰厚的内容。它是人类生活的一种范式，与自然之间维护着古老而美好的沟通方式。

的确，理想意义的乡村，象征着人与自然之间和谐的配比关系。农耕牧歌时代，人仿若植物，一方水土，自给自足，无须侵犯。进入城市，工业文明制胜之后，人类命运渐近食肉动物性的竞争和掠夺，秘密地嗜血，只不过充当猎手和猎物的，都是人——连同尾随着的鬣狗和秃鹫，也是由人自身来充当。

自然的有机生长，人造秩序的安排；陌生的邻里关系，具体而直观的亲情；时刻表、秩序册，随遇随性的生活……工业的理性的城市，和农业的感性的乡村，形成某种二元的对立与制衡。即使总是把农村放在附属意义上的人也不得不承认，农村是城市必要的留白。每个人的心灵深处，都有一块没有被制服罩住的率性的裸体区域，我们对乡村和田园的热爱也暗含了道德上的隐喻、价值上的自由追求。

苏珊·桑塔格在《文学就是自由》的讲演里曾经提到："旧对新，自然对文化——我们文化生活的一个个伟大神话被当成地理而不是历史来演绎，也许是不可避免的。但它们毕竟是神话，是陈规，是滥调，如此而已；现实要复杂得多。"

同样，城乡的二元神话使我建立的是僵固的思维模式，这种两极化的辩证处理，使我简化其实却粗暴地理解现实处境——也许我从来没有面对过由生动杂质构成的乡村，也许土著者的感情和旁观者的理性都不能够完全约束它，乡村始终拥有不被归纳的自由。

每天食用粮食和果蔬，这些产自乡村的食物，它们丰沛的汁液消化在我的肠胃里。这是渗透在身体里的乡村，这是进入血液和细胞里的乡村……而被喂养者总是心怀茫然，即使，我自己早已是乡村的产物。

10

数年前的夏天，我到京郊度假。听说拒马河畔晚上会涌现萤火虫美妙的光团，所以黄昏后我沿着河边村庄散步，等待童话般的奇迹。然后，我遇到了它。从萤火虫到病牛——这是我走过的一条短暂的乡村之路。

这是一头奶牛，链条套牢脖子，把它固定在河滩附近的老树上。它有通黑的脸，和底部泛红的经常用于出卖的乳房。主人来了，抱来干草摔到它脸上。奶牛的嘴拱动着，试图从中找出几茎新鲜些的草叶，它的头扎陷在草堆里，从它松垂多褶的脖子间，传出急促的吞咽声。巨大的、澎湃的、有着节律的口水声。

牛边吃，边用耳朵频频扇打眼睛上的入侵者。它膨胀下坠的乳房上，散发着腥膻和奶香，引来了野蜂；而苍蝇，大多落在奶牛的两颊。两只苍蝇一直热衷于逼近牛的眼球，从那里面正分泌出混浊而略带黏稠的液体。这时，我才注意到，这头牛快瞎了。苍蝇并排靠在牛下眼睑的部位，两个匍匐前进的家伙，交错而小心翼翼地准备偷袭。牛的眼睛一眨，苍蝇就在睫毛的击打下后退。但它们并不放弃，利用间歇马上攀爬，紧贴奶牛外翻的下眼睑，吸吮病变流出的眼液。奶牛翻动眼皮的时候，偶尔露出眼角夸张的猩红色和已经非常不干净的白翳。它不停地眨眼，像个智力残障者表现出持续的吃惊。

牛是深具悲剧感的动物，它甚至没有赢得羊在宗教意义上的牺牲美学。沉重的头，既没有温情也没有愤怒的宿命的眼睛……这种体型庞大而顺从的牲畜，生死之间，被犁铧和屠刀堵截。所有的动物，都不反对享用它的肉质，享用它的死。虽然人类并不通晓动物的语言，但从声音的高低缓急，我们依然能够猜测出情绪起伏。牛的叫声最悲切。多数时间，它沉默，很少叫，但那偶尔的“哞哞”声徘徊在低音域里，仿佛从未摆脱过哀痛。

我发现，这只半瞎奶牛化脓的眼睛，依旧温柔。就像一滴雨水里倒映着教堂，它的眼睛里，仿佛盛纳着真实的庄稼、灶台、质朴的农夫面庞和屠户在卤水中磨快的刀。人类会无动于衷地将它杀戮？还是将赞美它全部的美德，赞美它为牺牲所做好的形象准备？

一切都是宿命。不知为什么，我当时恍惚觉得，这头牛，就是整个乡村的象征。

小小的，蒲公英般的雾团果然飘起来，那是萤火虫的光亮。我的视线跟随着上升，然后仰望夜空那蜡染般的蓝……古老的星宿静谧安详。病牛在我的身后，远远地，传来深的胸腔里几乎难以辨别的一声低鸣。

独唱

1

“明明是我想出的好点子，她不过是个听众，怎么在她的总结里就成了集体智慧？不过是变相自夸她的领导功绩罢了！她甚至让人感觉，那些创意属于她，好像这个创意可能带来危险后果需要她来勇敢承担似的。她以为自己是丰收女神吗？视线里的全部果实都得归她所有！别看她那么温柔地使用语气助词，其实呢？这个老年版的芭比娃娃是个女霸王。”

事隔一周，小笋没有缓解情绪，加菲猫般的可爱圆脸上流露着愠怒。她是我老师的孩子，曾经天资卓越的少女诗人，后来去了广告策划公司，虽文学上再无建树，但小笋把抒情才华用于创意文案，仍木秀于林。她的口语表达充满修辞，刻薄与夸张兼而有之，听起来颇具效果。

招致小笋抱怨的上司孔雀，早年在采访类的电视栏目里短暂地做过兼职主持，后来退隐江湖，甘居幕后，转战广告公司做了主管。我不了解孔雀，只是对她表面印象不错：她似乎并不做作和高调，知性的声音有说服力。有一次，在小笋的公司年会上远远见过倩影：妆容精致，服饰得体，样貌虽不再令人惊艳，但那从岁月沙漏里流失的美依稀可辨。我一直把孔雀当作没什么破绽的成功女性，在小笋控诉她种种暗度陈仓的手段之前，我还挺喜欢她的。一直没有什么恶评的孔雀，看来温和娴静，至少，不像什么公害。

“你上当了！之所以完美，因为她的生活是经过彩排的，演戏演到骨子里了。”小笋听到我对孔雀是这样的态度，声音高了起来，倍感孤立的她急于和我在立场上结成同盟。小笋鼻子里喷着冷气，轻蔑地撇撇嘴角：“孔雀为什么离开电视台，是真喜欢低调吗？什么低调，这种蓄意设计的低调不过是便于埋藏往事，有利于完善她的道德形象工程罢了。你没听过孔雀在电视台的绯闻？她穿着是个低调的美人，可脱掉衣服之后，就成显著的美人啦。”

小笋三年后如此负面评价她最初的榜样，不禁让我诧异：许多远观的美好，经不起近距离目击。刚入职时，小笋屡屡赞颂孔雀，从价值观到口红颜色。小笋说过：“孔雀唯一不足是太过仁慈，不够恩威并施。她照顾我，也对路人甲、过客乙关怀体贴，毫无杀伐之气。这对管理来说相当于致命缺陷。你知道，在今天做个好人，成本有多大吗？”当时情境历历在目，小笋的感慨犹响耳畔，想不到，转眼，物是人非。

“我记得孔雀当初对你很好啊，你还说过，她对你有恩。”我喝了一口石榴汁——因为没有去皮，榨出的浆汁甜中带有青涩的微苦。

“那时我还是个新人。孔雀当然愿意鼓励新人，因为他们不构成威胁。等我成长了，她就开始紧张，然后不动声色地收拾我，担心我的未来影响到她，怕对比之下显不出她的出色。”小笋摇头，“孔雀最喜欢当别人面儿微笑着回忆我原来的笨，其实这是一种巧妙的提示手段。孔雀要提醒我，也告知其他员工，她对我有再造之恩。晓枫姐，你知道孔雀为什么要示恩吗？”聪明又委屈的小笋做如下判断，“因为，钱财可以还清，情债可以扯平，唯有习惯市恩的人，我们没有任何偿还方式，我们永远欠下她的！在她的培养下，如果我们过得不好，对不起她，谁让我们辜负了她的期待？如果我们过得好，那欠她更多——未来越美好，她的培养就功劳越大，我们欠她的翻倍！”

“孔雀在小事上施尽恩惠，大事上寸土不让。当她认为我不构成竞争的时候，尽显她的美德；一旦认识到威胁，我看，她连在表面形式上都不能维持美德啦。”听小笋说自己正遭受着孔雀程度升级的打压，我不禁为这孩子担忧，问她：“你打算怎么办呢？是调离是非之地，还是单刀直入和孔雀谈谈？”小笋表情茫然，貌似完美的女上司让她无措。

“她的温柔有毒。”这是小笋的话、孔雀的脸。

……她的温柔有毒，像午睡的蛇，对周围无动于衷，暂时维持着宁静。蛇，几乎是甜美地蜷卷着，像个无奈且宽容的弱者。小笋不能轻易揭露孔雀，她会首先遭受他人质疑，被看作忘恩负义之徒。小笋说自己顶多像个被咬到私处的受害者，告诉亲人浸毒伤口的隐秘所在，然后在蒙羞中去死；而孔雀，毫发无损，她像被催眠的女王，令人生畏的暴力继续以一种甜美的方式潜伏着。

内在的狰狞。小笋所遇，不过是女人之间的常态：嫉妒。

2

印象中第一次体会到“嫉妒”的正面撞击，我不到十岁，正上小学。我并无天资，可奇怪地被老师选入合唱团。我声域狭窄，唱得高不成、低不就的，只剩哞哞的女中音，是合唱团里不起眼的分母。由于听话而获得老师的好感，我无缘领唱，却被安排成演唱之前出列的朗诵者——从歌词中提炼部分片段，铿锵有力地一通念白。两次演出后，我被小荷老师安排到学校广播站当播音员。“红领巾广播站”每天运营二十分钟，五分钟的通知、总结、表扬和批评之后，是十五分钟的小说连续广播，直到上课铃声即将响起方才结束。我和同年级的薄蕊成为骨干，轮班。从广播站走到教室有一定距离，播音者享有迟到特权，课堂上老师已经开讲，同学们已经安静，她们才能施施然带着不动声色的骄傲返回自己的座位。我一再得到小荷老师偏爱，她总把第二天的段落提前交过来，我频繁朗诵，几乎成为学校的第一主播。既无乖巧长相，又无悦耳嗓音，连我都为自己找不到受宠的理由，难怪他人觉得不公。

薄蕊堵住巷子里的我，生硬地质问："你为什么拦稿儿？凭什么总轮到你播音？"这个身材高挑的少女，眼里燃烧着冰冷的怒火。我茫然，反应了几秒钟才明白，她指责我从小荷老师那里拦截稿件，进行垄断式播音。薄蕊为什么不对小荷老师说而迁怒于我呢？我从未主动和积极，甚至内心并不向往占据主播位置……有一次因为仓促换稿，没有任何准备就把"哭泣"读成"哭拉"，我的失误被近百个大大小小的喇叭放大音量扩散出去成为公然的羞耻。我不理解小荷老师的偏袒，就像不能理解薄蕊汹涌的悲愤一样。她的泪水蒙上眼眶，微颤嘴唇，我能看到她细密的齿尖："我警告你，你想唱独角戏，没门儿！"我来不及辩解，薄蕊突然转身，带着小鹿受惊般的莽撞跑开，留我独自愣在原地，默默回味数月来她对我莫名其妙的冷嘲热讽。

此后，远远见到小荷老师，我夺路而逃，或者找理由推脱广播任务——我剥夺自己，以平息薄蕊的怒气。这次遭遇，落下两个后遗症：一是我从此不喜欢自己麦克风里的声音——多年后我作为嘉宾参加电台的访谈节目，听回放时，我难堪并难以置信，自己就是那个藏在收音机里的老巫婆；二是我很怕女性之间的争端和冲突，在一定程度上，我愿意蓄意破坏自己，自贬或者放弃利益，以换取某种安全地位。

到了高中，薄蕊的角色换了吕吕。

摸底考试结束，吕吕问道：“你的总成绩算出来了吗？”她比我更关心我自己的分数。我们性格不同，交往甚稀，之所以存在隐蔽竞争，因为在小圈子舆论里我们都被夸奖为智商不错。平时懒散，凭小聪明纵横江湖，临近高考我们俩的学习突飞猛进，同时成了落后变先进的典型。被迫共享某些褒义词，是否意味着从利益角度，我们已构成对彼此的掠夺？

当吕吕听说，我知道成绩但没来得及加出总分数……吕吕神经质地连续按动圆珠笔帽，它发出单调得难以忍受的咔嗒声。“我帮你算分吧。”吕吕果断地拉起我的手。似乎的亲昵突如其来，我不适应，本能地往回缩了一下。但吕吕态度坚决地摊开我的右手，边问各科分数，边用圆珠笔把我的掌心当作草稿纸开始了加法。写着写着，滚珠受阻或者没油，圆珠笔写不出字儿。吕吕加力划写，平常用这个方法，能挤榨出软腔里的最后一点残余。可惜这次并未奏效，吕吕继续……我的手心被划出许多白色的条痕，随后成为交错的红道道。我感到疼，反而就是这疼让我坚持着不抽回手；吕吕带了点恼怒继续用力划刻，我等她在这张手心草稿上得出为她所关心的运算结果。

我做过全麻手术，记忆力差，根本记不住英语单词、化学公式和历史年代图表，不过运气不错罢了，重要考试往往能瞎猫撞上死耗子。吕吕才真是聪明，就实力而言我难望其项背。我内心服输，毫无斗志，无意拼出输赢，像个因伤退赛的运动员——这并未使吕吕获得平静。是否与我这种量级的笨蛋共享荣誉，对吕吕意味着羞侮？敌意是不受理性制约的，吕吕只能用智力降低和控制它的强度。

3

英国学者詹尼特·托德总结文学史上的五种女性友谊：浪漫型、欲望型、控制型、政治型、社交型，并且认为，一般流行文化里呈现的大都是第一种：亲密、温暖的同性情谊。

然而日常经验中，女性之间的关系远为微妙与复杂——看似波澜不惊，却蕴蓄风雷。嫉妒，被认为在女性身上体现得更为明显，连“嫉妒”这两个字形，都是“女”字为偏旁的。人们普遍认为，嫉妒作为一种潜伏在源头的持续的不安情绪，会诱发不同的性别反应。男性更愿意使用竞争这个词替代，显得公开而明亮。人们通常要求男性独立消化他们的负面情绪，动辄倾诉的男性被社会习惯所排斥，所以他们的嫉妒沉默运行并试图无痕地销赃灭迹。即使过分强烈的占有欲、不甘和愤怒使男性失态，难以继续隐蔽他们的嫉妒，他们习惯宣泄，甚至直接诉诸暴力。而女性，和平时期的慈善家，当暗生看似平白无故的仇视，由于缺乏体能和武力上的优势，她们更适合使用暗器。女人好妒，其实与她们在文化塑成上的弱者身份有关。嫉妒，是弱者的仇恨。那种阴险与潮湿的气息，那种强烈而不能自控的速度……嫉妒的确是暗器，是潜在焦虑所释放出的动能，是女人恃弱凌强的反抗方式。嫉妒者往往不是通过超越来平衡内心的恼怒，而是幻想被妒者倒霉。女性之间诉诸武力的少，更多，是暗地里的语言伤害——她们被彼此之间的词语磨损，为了自卫，她们长满舌叉后的小毒牙。

当然，嫉妒是不名誉的，有时甚至比卑劣更令人难堪，至少后者骁勇，丧失底线后能产生由无耻而带来的坦然。承认嫉妒，过分挑衅我们的尊严，超出心理尺度——在这个问题上，男性通常不像女性那么诚实，他们集体否认，以至貌似磊落到无辜的程度——也许，并非不妒，许多男性不过对情绪有着比女性更好的控制罢了。嫉妒如此普及，如此难以启齿，对女性来说有着近乎手淫或隐疾的耻感。所以，我们更愿意使用文雅而提上台面的“羡慕”来代替它，因为“羡慕”更像赞美，更具褒义的美感。

论及嫉妒起源，它往往来自敏感与细腻的情感……一种女性尤为胜任的内心体验。嫉妒是包藏着恨的潜在激情，表现形式可能却极为克制。好妒者易被触怒，只是未必以对称性的烈度呈现——好妒者甚至是特别安静的，用以控制内心的愤恨，就像装了消音设备的枪膛。或者说，对女性来说，嫉妒已是一种日常而形式温柔的暴力。我们知道，嫉妒具有强大的动能，可以形成粗野的力量。如此隐蔽的厌氧菌般的嫉妒，可以酝酿毁灭性后果，因为越是不动声色的嫉妒，越比什么都易引发大脑里的意淫暴力；蓄积的压力需要释放渠道，所以嫉妒能在某个毫无预告的突然时刻引发危机，甚至导致杀身之祸。美国社会评论家约瑟夫·爱泼斯坦以专著探讨嫉妒，他这样写道：“嫉妒也是暴怒的一部分，至少是隐藏着的、默不作声的那部分……嫉妒的本质在于其隐秘性。嫉妒位列所有隐蔽情绪之首——它藏匿得如此之深，以致当事人通常都不会意识到，它很多时候可能是其行为的动机。”

我想起动物界的女性杀戮。蜜蜂中，工蜂属于发育不完全的雌蜂，蜂王是唯一发育完全的母蜂。在为王储准备的蜡室中，几只被蜂王浆特殊喂养的幼蜂中只会有一个幸存者，因为最先出世的新蜂王将杀死所有竞争者，甚至包括自己的母后老蜂王。为了夺冠，杀死姐妹，杀死母亲，如此肆意到狂暴的怒气，只为使蜂王从此不再陷入对他者的嫉妒，也使自己免遭他者嫉妒的清算。新蜂王升空，享受仅有一天的短暂蜜月，得以携带三百万至八百万颗精子返回，然后它作为终生被关在幽闭蜂巢里的囚徒，每天将产下多达一千五百个卵。即使这是令人恐怖的代价，没有哪只可能即位的蜂王望而却步，显然，它钟情于这场唯有女性参与的战争中自己获胜的残酷享乐。

4

孔雀与小笋虽非闺密，但在较长时段里，惺惺相惜也好，如沐春风也好，两人关系远比工作搭档近切。她们是否为曾经的亲昵尴尬？抑或，正是那份亲昵导致的疏离？总之，近到一剑之内，方可咫尺天涯。

我们不会嫉妒欧洲某个总统或世界级电影明星，太遥远，他们的影响力无法辐射到我们的内心。我们愿意向陌生人传达好意，而嫉妒，以及类似的恶意，是一种发生在“近邻”之间的感情——这是嫉妒的独特之处。除了气质上的阴柔，女性之间往往更亲密，更习惯依赖和分享，所以从土壤pH值的酸碱度上适宜嫉妒生长。间距近，才能在地理与心理意义上提供僭越的可能。人们对安全感和隐私权有着普遍需要，是否，当彼此了解秘密时就构成隐形的侵犯以及潜伏的凶险？两性对嫉妒的处理方式不尽相同：男性会因嫉妒疏远彼此，对于女性，嫉妒常常相伴于友情，甚至可能在嫉妒的作用下成为闺密。

我们会在生活中遇到这样的典型范例。A和B表面上关系甜美，但A的日子不像B那么志得意满。B经常施惠于A，这为她埋下隐患。俗话说：“一碗米养恩人，一斗米养仇人。”不断以强者的姿态给予他人施舍，会激发受益者内心潜在而无望的妒意。这段友谊中，A得到的最大享乐并非来自感情互动，而是B遭遇婚姻挫折时，A能以闺密的身份参与讨论，能以温暖关怀的方式，获取隐私性质的情报，并从B沉浸灾难的困境里体会隐秘的高潮。通过他人不幸来重新定义自己的幸福，B烈火焚身的暖色光焰，烘托着A脸颊上越来越明媚的玫瑰色。看似闺密，其中一个的爱好就是以隐蔽却奏效的办法刺痛另一个，让对方从伤口里流出她所需要的蜜浆。A也怀有同情，但那种同情是用来愈合曾因嫉妒而产生的心理伤痕。像女声二重唱，无论先天条件如何，她多么想唱那个更被彰显的高音。B的不幸很快通过A的嘴得以扩散，当然A的堂皇理由是忧愁好友未来，无措中多方求援。现实生活中，我们在传递他人消息时，负面的总是更宜于播散；而对于他人的好运，因为嫉妒，我们常常刻意忽略。

5

我分析自己对小笋的关心，报答师恩之外，还因为经历上的相似而心存共鸣。除了薄蕊和吕吕，我在漫长的时间里从未被嫉妒的齿锋所伤，因为没有什么可供艳羡的资源，平凡令我安全。我年少所遇不过嫉妒的阴影，毫无重量，不会升级为实际冲撞的行动——直到，遇到司南。

我兼职电影策划，并不擅长，只是合作者相识多年，适应了我的直率和认真，不挑剔我的水准，于是我跟着跑场子，挣些散碎银两。有些事，我混沌而侥幸地闯过去，根本没意识到雷区——司南惊讶于我如此糊涂和业余，竟全须全尾地混了这么多年。司南略长我几岁，从副导演做到制片人，起起伏伏，摔摔打打，见识的风浪多了，自然远比我有能量、资历和诸多应对技巧。

平心而论，司南的性格我并不欣赏，我觉得她太在意评价，不够松弛和从容，那种内在的拘谨是不自然的体现。司南迷恋那个想象中的自我形象，维护得特别辛苦，以至于她把别人一个无伤大雅的笑话都误认作亵渎或攻击。她的一切行为，都需要找到与正义相关的解释理由——站在所谓公理公德的立场上，她喜欢表现得毫无私心。多拿一份纪念品，司南说为了惠及同事，她承受不了独享的不安。出差不忘掠走浴室里的小瓶小罐，她说怕酒店弃置造成浪费，自己所为出自环保。她很少说同性的好话，却从不与异性交恶，当然情感纠葛造成的怨毒除外。

然而我对司南的看法不能流露，因为她的善待。她去国外旅行，不忘给我买纪念品。换季时，司南会专门给我打电话，语气煦暖怡人，嘱咐我初春时节不要穿裙子，否则埋伏下来的寒冻会在老年发作。她让我注意饮食，因为发现我太贪吃。的确，我无法通过节食考验，我总是经受灵魂煎熬之后，屈辱而又气急败坏地吃两个口味以上的冰激凌；而且我痛恨运动，逛趟家乐福算是我的长途旅行，把减肥视为人生大悲苦。司南偶尔纵容，给我买精致的点心，自己却不受诱惑。我惊讶于司南的体形，我不知道这是天然的骨感，还是为了美苛刻到忘我的程度——她穿着据说是从工程力学角度设计的无痛高跟鞋，瘦得像只蜻蜓飞来飞去。

司南主动示好，我感恩图报地回应，类似孔雀和小笋。我记得童年的翻绳游戏：一人用手指支撑毛线编出的图案，另一人用手指接过去翻出另外的花样。我能掌握的变幻招数很少，不贪图击败对方，我只是害怕线绳的图案被破坏在自己手中，于是小心翼翼、担惊受怕，明明是游戏，我却玩得责任深重。我的友情观亦如此，尤其对司南，简单的喜悦，带着因为不愿成为破坏友情的罪魁祸首而产生的微量担心……我们始终在良好的氛围，保持着友谊三十七度二的热度。

得知司南背后对我的议论和作为，我难以置信。直到证明消息属实，惊讶带来的茫然，完全覆盖了愤怒——我反应滞后，看起来是麻木的宁静。我能理解司南对我压抑的强烈厌恶，难以理解她为何要勉强自己向我靠拢。我们完全可以各走桥路，活动在彼此的盲区里，何必非要在瞄准镜里目睹障眼之物呢？朋友分析说，无他，司南纯粹出于生理性的嫉妒，只是最简单原始的自私。我何德何能，怎么能令司南嫉妒呢？假如承认她对我出于羡慕而产生敌意，那我必须具备一种相当的自我欺骗与傲慢。司南又怎么可能承认嫉妒我呢，一个不值得的小角色？况且，司南明确相信自己已清除了不良品质，人格闪耀着可以辨识的微光——99% 的时候，她都认为自己是对的，一切都是为了捍卫某种抽象的正义。

6

许多年前，小笋，这个体态丰腴的姑娘讲述她并不出众的女伴却嫁入豪门给她带来的情绪冲击，小笋忽然觉得自己青梅竹马的童话爱情是种微妙的屈辱，愈加气恼于男友不争，索性分道扬镳。男友与小笋分手后，情场失意、职场得意，像块茎植物一样没有在腐土中烂掉，反而催发新绿的芽，成了春风得意的商界精英。生活，像是总被错猜的谜，小笋渐生暗自的恼怒。

此后我并不了解小笋的情感状况，只记小笋隐约提到过困扰：心里有个“新的他”，可惜“新的他”已经有了“旧的她”；小笋不甘，明明自己比“旧的她”年轻许多，可他却无意转移方向。我劝过小笋：“别不平衡啦，谁都年轻过，人人都有的财富无须拿来炫耀。”小笋专注地看了我一眼，随后缄默。没听说小笋有什么新的纠葛，直到，我瞠目结舌地得知爆炸性绯闻：小笋竟与孔先生有私！这个孔先生是代称，他，是孔雀的先生。

什么才是冲突真正的起源？小笋为何釜底抽薪？令她渴望而不安的爱情受到法律干扰，小笋才对孔雀心怀怨毒？还是仅仅出于对孔雀难以平息的恨意，小笋才觊觎并通过一份不妥当的性关系施与针对性报复？那个在我看来还是孩子的小笋，在她同事的叙述中是个完全陌生的可怕形象，孔雀的遭遇获得了广泛同情，小笋被描述为农夫用体温焐暖的蛇。妒意，很容易结晶为仇恨，无论走在哪里，小笋有本事把自己很快变成有力的麻烦。小笋越级向上司密告孔雀，而且兴风作浪到了犯众怒的程度。蛇毒一样寂静漫延在她体内的嫉妒……陷入旋涡的小笋一意孤行。小笋相信自己诅咒的才华和能量，她并不畏惧违背社会规范，并从某种不断的毁坏感中由衷得到鼓舞。忘恩负义是必然的，最初的给予和最后的宽恕终将无效。假设孔雀原谅因妒生恨的复仇者，并不能减少继续的耗损——因为，如果你曾因自己的才能而遭受嫉妒，在这个基础上，也必因自己的美德遭受追加而来的程度更甚的嫉妒和报复。

所有的殷勤发生在自己的身上就是温存，发生在别人身上就是肉麻——这几乎是女人天然的判断，何况心高气傲的小笋，她向孔先生申明某些她本来无权发布的纪律，要求他尽快与孔雀了清干系。小笋幻想通过激情，让孔先生觉得自己更值得向往，她认定，所谓丈夫对妻子的依恋，准确概括莫如说是惰性，小笋有义务帮助孔先生摧毁隐形的枷锁。

然而情场无胜算。孔先生警惕于小笋的破坏力，幡然醒悟回归家庭，留下功亏一篑的挫败者。小笋感觉自己受到侵犯的尊严就像蛾类的翅膀一样颤抖着……她总是把自己想象为受害者，包括嫉妒的时候。小笋让我后怕，想起她的语气，具有食肉者凛冽的暴力，原来她的正义不堪一击；再想起小笋猫科动物般的圆脸，我不寒而栗……当猎物从喉管里涌出的血迹在猎豹脸上渐渐风干，看看这只温柔如猫的豹子吧，它的眼神还是那么无辜与悲哀，甚至还有两条装饰性的泪痕。

7

自私者看重自己的付出，忽视别人的给予，任何时候都能找到便利的切入点，强调自己遭受的委屈。小笋倾心于自己的受害者角色，只有待在这个位置上最体面……把罪责归咎于他者，才能使道德上的弱点不被辨识，并且心安理得地生长。嫉妒是一种由于认定不公而产生的敌意，小笋为了达至内心平衡而翻转自己的不利局面，把内心的嫉妒转化为近乎的正义，随后，她才能上演无辜者的有力复仇。

的确，比较之下，嫉妒者往往处于劣势。A 承认 B 比自己优秀和美好，产生了相对意义的不幸福，当 A 一旦开始嫉妒，她就是以潜在的自虐完成了无法出口的赞颂。受控于嫉妒的 A 成为奴隶，至少由此确立自己的弱者位置。女人被诸多负面之物干扰而不能达至自由，尤其嫉妒，相当于情感上的肠梗阻，难以消化，寝食难安，伴随着难以启齿的疼痛。这双刃的嫉妒！当 A 嫉妒 B，B 当然对来自 A 的诅咒和为难深感折磨，但更大的折磨作用在 A 自身——嫉妒像随身携带的小型刑具，无时不是动用私刑。

我想，小笋觉得自己并无不妥，她只是渴望报偿自己已经承受的某种不幸和不公——不，不是简单的支付，她需要加倍的赔偿。嫉妒者的讽刺、恨意和诅咒似乎成为争取平等的一种安全方式，绝望的嫉妒者会启动相应的剥夺手段，他们所向往的平等，有时需要在残酷中才能得以实现。

……O.W. 霍姆斯有句点穴的概括，他冷言冷语道：“对于那些追求平等的热情，我毫无尊重之感。因为这种热情在我看来，只是一种理想化了的妒忌而已。”

8

利用语言的误差甚至反差来谋利的人，总是令我产生不适宜的怜悯，尤其他们流露如意得逞后的窃喜。数次与司南在电影策划会上相逢，我们交流如常。司南热情地问候，她以为我蒙在鼓里，所以继续用毫无破绽的无辜和热忱，期待我的感知

我们应该警惕口气温和者眼睛里的冷漠，就像警惕皮毛松软的猫科动物隐伏在肉垫里的爪钩。

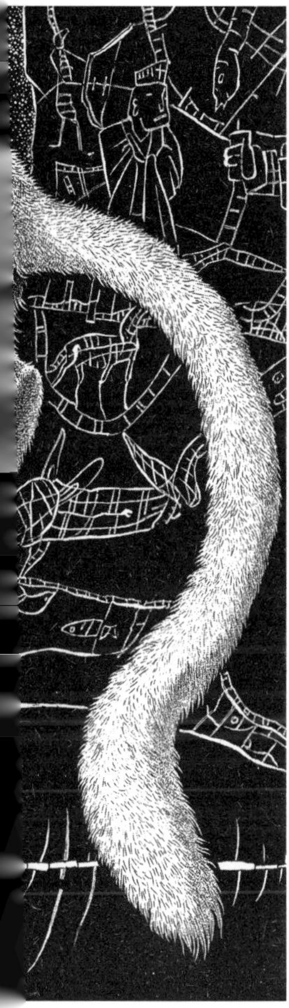

与回应。我明白，但不露声色，附和着把酒言欢。旁观的知情者目睹此景，心生凉意——他恐惧的形象不是司南，而是我。知情者认定我城府极深，能在忍耐中从容做戏，只因我没找到合适时机；一旦天时地利，他认定我必将司南一招致死。他畏惧于我的冷静，却想不到，引而不发，只因我并没有什么克制着的愠怒。

当初得知司南背后的手脚，我曾震动，并反省司南其人。司南乐于显示自己的同情心重，但仔细分析那种同情，是鸟与鱼之间的那种同情——对方不能成为受益者，不能因这种慷慨的慈善而获得任何实际好处；这种表面上给予他人的同情，只是为了让自己产生良好的道德优势，所谓的同情背后，是自以为是、含而不露的自得，迹近内心的炫耀。我在司南对我的行为反差里，突然嗅到那种无法克制的嫉妒的气息：一点点熟皮子的味道，闻不到其实必经的血腥，只剩下柔软和温暖。嫉妒永远在幕后，像个隐藏面目的制片人：不会在公演的剧情中扮演角色，只是安静地操纵。我们应该警惕口气温和者眼睛里的冷漠，就像警惕皮毛松软的猫科动物隐伏在肉垫里的爪钩。

司南幕前关怀、幕后杀伐，我想她一定为自己找好了辩护理由。她恨一个懒散且自在者轻易得到他人经过艰辛才能赢取的机会，如我；她恨群体意义的纵容，让我这样的自私者不恰当地获利，而缺乏系统的校正和惩治。我们能否说嫉妒是天性中必然的恶？虽然它对某些进步具有驱动作用，但嫉妒者总是摧毁他人以适应自己体内的公正。

尽管如此，我对司南的对抗很快平复，乃至波澜不惊。一方面，我的生活比较平顺，看不到真皮层下的复杂人性，以为谁都是心口如一，难得有人跑到面前，让我怀有乐趣地观看一场暴露后台内幕的演出，感受别样；另一方面，我觉得司南可怜，缺乏曝光的果敢才会进行暗箱操作，从手法上她已是个失败者。

不过，放弃受害者的成见，我们可以对事物做出另外的解释。在不伤及个人利益的前提下，司南利用各种小机会施展关心，由此扮演设想中的“完美自己”。她貌似温情而乐于助人，力显为此的忙碌和焦急——没有利害冲突的时候，我们永远看不到她的蜂刺。是不是，司南示好的过程是在努力消化自身的嫉妒，并非绝对的虚伪。所以，我们可以把司南的行为坚持理解为虚伪，也可以理解为，司南为了释放自己近于妒意的东西，做过许多具体而日常的努力。司南对我诉诸行动，是否最终无法处理长期郁结的压力？抑或，我虽从未与他人交流对司南的真实看法，但司南从蛛丝马迹的细节中判断出我并不由衷喜欢她的为人，我的和平主义在她的理解上大概就是虚与委蛇，我这种由敷衍带来的不真诚理应遭到回击？

司南所为，并未对我造成实际困扰，反而带来隐形的帮助——是否需要向嫉妒我们的人暗中致敬，因为是他们帮助我们建立虚幻的成功感？也许这正是对人生有益的疏解压力的方式。从某种立场上，嫉妒者最能欣赏你的优点，他敏感发现，并且放大你的优势——好妒者的做法，与最好的老师行为一致。

……被嫉妒，是一种虽然危险但却怡人的享受。嫉妒体现为从他人的幸福里引发的不满，而作为被嫉妒者，别人恰当的不快与不满，正如糖奶的汇入，使我们独自的黑暗散发出咖啡般令人陶冶的香气。

9

我认识一个极具天赋的写作者，只是由于身处偏远，她迟迟没有得到与之才华相匹配的声誉。二十年的编辑生涯使我养成职业习惯，见到重磅新人，根本无法抑制兴奋。与几位朋友一起，我们不遗余力地推介，她耀眼的实力完全征服了我们。后来，女天才成绩斐然，受到广泛赞誉。

有一天，我陪她在医院看病。候诊过程漫长而乏趣，我拿出新作的草稿请她指教。她一声不吭地看完，表扬了我几句，然后判断：“当你发现自己不如别人的时候，你着急却很克制，你默默努力，以实际行为追赶落下的距离。”从当时语境中，她暗示，我文明化的嫉妒是针对她的。看病的患者川流不息，我的大脑一片茫然，无言以对。坦率地说，我从未感知自己对这位女天才怀有妒意，当初对她有所帮助，并非要以有恩者自居，并非为自己蓄意制造前路上的劲敌以完成自我激励，我只是不平，她如此卓越的才华却被如此轻易地忽视。事实上，她的虎虎生气、表达中那种强悍的自由，我永远无法企及。我虽在修辞上有些小把戏，但就其经验、力量与创造性，我不能望其项背。虽然女天才的评价趋向良性，近于积极的肯定，我依然难以认同和平复。她认为我喜欢暗流之下的竞争，这对敏感的我来说很不舒服。她的曲解，侵犯了我的无辜，也触痛我略带偏执的自尊。

无论自我评价还是他人议论中，我都被认作缺少嫉妒心的女性。我暗自追问：不易嫉妒，是否由于我刻意掩饰或者长期自我美化所形成的误读？分析来、分析去，觉得不是。不擅长嫉妒，是否意味超脱的品性？非也。我不争，是特殊环境和心理共同作用下的产物。

我从未发现父母身上的妒羡因子，他们安然于得过且过的平淡，没有刺激下迸发的野心——我得到的，是一种遗传上的承袭。家人对他者基本丧失进攻性，嫉妒在我们看来已是一种针对他人的强烈敌意。

我唯一清晰地体会到嫉妒，是母亲对弟弟的偏袒——那种成长期的受挫，几乎耗尽我的体力，我的能量迅速衰减到平和。初次感染这种坏情绪，它就彻底击败我。所以从儿童时期，我就刻意训练自己的控制能力以避免剧烈的痛感。我厌恶竞争——嫉妒容易引发的行为，或者说，我怀有焦虑和恐惧，习惯退让乃至放弃换得平安。由此，我进入了休眠，如此漫长的状态使我认为那已长为一种隶属于天性的习惯。我屈服于嫉妒的力量，从不反抗；甚至在最易唤醒嫉妒的爱情领域，我亦宿命。据说妒忌者是因为自爱胜于爱人，我一直不太喜欢自己，这是否成为不擅嫉妒的一个理由？我喜欢谁会默不作声，因为不信他会钟情于我，即使他与别的姑娘卿卿我我，我平静如常，觉得自己连嫉妒的资格也没有。偶尔我被示好，但我想他一定有真正的意中人，我不过是他一次蹩脚而粗糙的演习罢了。我的初恋就是一场暗恋，身置其中所遭受的创伤让我不知所措，我无望地把自己锁进耻辱里……对生活始终平顺的少女来说，那几乎构成一种深重的创伤。从此我只能以被动的姿态来处理感情，因为我担心沦入早年的覆辙和深渊里。我的自尊，重过对男人的期待。嫉妒是一种激越的能量，而我，并不具备自己曾误以为有的热情，没有足够的妖娆风情和燃烧热度，我相对寡淡和冷漠——谁会跟这样不入戏的女配角上演投入的剧情呢？

总而言之，我较少体现嫉妒与美德无关，看似同归者走的却是殊路。我是考拉型人格，懒惰，喜欢躲避、妥协和放弃，缺乏妒意不是出自宽容与豁达，而是怯懦，我实在害怕麻烦和纠纷。只能说，我爱体面胜过其他，无论是男人还是荣誉。其实，这是起点意义的自保策略，使我免入复杂的程序——安静得像一小潭死水，就不会误入河流错综的分支。为了安全，我很早就用超人般的力气扭转自己，尝试把生活建基于嫉妒的废墟之上。我十五岁烫伤的时候，医生和妈妈都难以下手，需要我自己撕除前胸和左臂浸染斑驳的纱布，每次撕除都导致一片血肉模糊，但为了尽快康复，我必须沉默着强制自己执行。年少嫉妒所带来的伤口，相当于我在精神上的烫伤，我主动撕除挡在不堪之上的遮盖物，以求从速剥离"嫉妒"，免遭未来的感染。我自认是青春期被注射过微量的嫉妒毒剂而得以终身免疫。

10

……且慢，假设我果真如自己描述的那样百毒不侵，何必对女天才随口的话耿耿于怀，就像被戳中穴脉？

弗洛伊德在论文《论妒忌、偏执和同性恋的某些中性机制》中谈道："就如悲伤，妒忌也是一种有影响力的心理状态，甚至可以说是很正常的。如果说有人表面上好像从不妒忌，那么就一定有迹象可以证明，它是被强制压下去的，事实上仍在他的无意识精神生活中扮演很重要的角色。"看，他把妒忌说得像爱的能力一样几乎人人必备。

我由此产生深重的自我怀疑。许多人被问及妒意，与我态度相似：死不承认。当然性格差异导致嫉妒的有无与强弱，我们不必以理念的模具压制所有个体——如果每人都必须确认自己隐藏的嫉妒，是否也牵强和武断？但弗洛伊德告诉我们，有些以为逃脱嫉妒以获自由的人，其实从未成为漏网之鱼。

薄蕊、吕吕和司南，我经历的嫉妒极为有限，是幸运，也因我不够出色。非凡者不会被饶恕，他们遭受嫉妒的高频率几乎在佐证成功——这是一种简易的鉴别手段，被同情证明着我们的不幸，被嫉妒证明着我们的成功。我反复强调，除了嫉妒过轻易赢得母爱的弟弟，我实在想不起自己具体嫉妒过谁，我的兴趣似乎不是在排他的友情和独裁的爱情占据权力。如此说来，我被嫉妒和我嫉妒别人的比例是3∶0……我显然处于受害者的位置。

不要忘记布罗茨基的警告："要不惜一切代价避免赋予自己受害者的地位……"

我能够承认羞耻，却无法承认嫉妒，难道，嫉妒作为最隐蔽的羞耻难被真正触及和揭露？是否如女天才所言，我的嫉妒极尽克制而愈见有力？因为我的性格比较接近男性，我同样沿袭了他们通常隐讳到无形的嫉妒方式？我使用"羡慕"，仅仅因为，这个词显得不像"嫉妒"那么低贱，可两者区别不过一张菲薄的包装纸？或者，嫉妒本身就是一种面目狰狞的羡慕。我的语言风格经常使用贬损，无论贬低的是自己还是对手，其实都是在压制一种呼之欲出的渴望，用来抵御随时被魔鬼唤醒的妒意？我愿在不被发觉的情况下默默修补漏洞，以使自身更具道德上的圣洁感——是否我不肯嫉妒，仅仅因为，我在精神上都不肯给予他人优势的地位？并非豁达所致的不嫉妒，揭示了我的野心——能刺激我的竞争位于更高层级，不在有目共睹的生理视野之内?

我不计较司南，她伤及的并非我在意的东西。如果因此激发怨恨，等于是她的弱点迫使我滋生出对等的弱点——不，我不肯给她这种平等和尊重。我愿意原谅，愿意一笑泯恩仇，表面原因是宽广，更隐蔽的内容让人无从追踪线索。事实上，我以一种懒洋洋的放松姿态来处理司南的攻击，怠惰后面，有着轻蔑，有着化名为体谅的不屑一顾……这是我深潜的傲慢。我根本不能允许自己的品德优势被司南随意剥夺。在某个道德评价的舞台上，我试唱完美的高音；司南不过是又一个被淘汰的对手，退到背景中的和声里。嫉妒很少给人明亮的印象，所以那种阴影正是她恰切的站位。

……就像童年，在合唱团演唱之前我开始独自朗诵。抑扬顿挫，我在公然而不自察的做作里体会自己的优秀、圣洁、天使般的无辜。是的，那个时刻，我不希望存在任何伴音，它们都会被我视为干扰状态的杂质。

11

嫉妒是人类普遍的隐疾，是虚荣的伴生物，完美主义者与自我主义者都难逃它的统治。嫉妒是对美好的向往……可如果美好理想落实在他者身上得以实现，那它像是嘲讽而不是激励，霉变的美好将散发强烈的败坏气息。

目睹他者受苦受难，这是人类源自古老的享受。我们骨子里，除了在保护自身利益不受损的情况下容易产生善意之外，都潜藏着对他人不幸的渴望。我们的幸福从来不是绝对值，是比较值，它需要烘托……或者直言，我们需要恰当的牺牲品。最好天降不幸，万不得已，当我们无法遏止沸腾的嫉妒时，我们才会被迫亲自下手。我们像猎豹埋伏下来，而牺牲品并未察觉自己的身影已映入埋伏在前方的嗜血眼睛……等着吧，她束手就擒的命运以及利齿下的最后呻吟。

希腊神话里大量故事涉及神的嫉妒，以及由此引发的战争和灾难。即使全知全能的神也难克顽疾，何况我们这些神创造的孩子，更无法摆脱尴尬的遗传基因。正如无论怎样的文明，都需要保持一点点内在野性才能维护自由一样；也许嫉妒有如人体的微量元素，多了中毒，少了同样不健康。孔雀和小笋，司南和我，天才和傻瓜，享受者和受难者，多言者与寡趣者，得势者和失利者，大脑里淤塞思想者和肠胃里空无食粮者……众生纷纭，而我们的灵魂无不千疮百孔。通过这种不完美的相互映照，我们才能分泌同情和怜惜，就像看到镜中的病孩子。原谅我们彼此的嫉妒吧，就像原谅病孩子的不安全感，原谅所有的病孩子都是形式温和的独裁主义者——他们抱有专断的要求，想垄断母亲、神明和命运那全部的爱。

12

最大愿望是独唱。如果不是出于烘托效果的需要，他们将拒绝所有的配角。好了，几片并不茂盛的绿叶就足够的。他们讨厌舞台上存在着有能力为自己校正音准的嗓子，那会使情绪受到干扰。即使缺乏天赋，即使难以从音乐本身中受益，他们依然拒绝成为普通听众。每个人都想成为独唱演员，哪怕，像一个开始衰迈的舞者，用已不再适宜的动作坚持着，执拗地，阻止他们想象中即将的替身上场。

在病孩子合唱团里，多是隐匿的独唱向往者。有人想凭借天赋的嗓音脱颖而出，有人想利用与指挥的关系，有人暗自希望意外的中毒事件让其他人哑音……最后，只剩自己站在聚光灯狭小的光环里，像珍藏品般被精心展示。为了这一刻，他们甚至忘记了此后将永久伴随自身的惩罚性的孤独。

此时，有个彻底沉浸在音乐里的孩子，他甚至没有注意到自己在团队中的位置。胸腔随着音阶而打开，天堂的梯子搭出通往云端的路，而他的灵魂尚停留人间，像只在森林交错的枝条间鸣啭的鸟——世界空旷，他渴望远方的回音，来呼应此时独一无二的歌唱。

这个心无杂念、物我两忘的孩子，看似多么干净、多么纯粹……其实，多么，目中无人。其他向往独唱的孩子，至少感知同伴的存在，并向往从中脱颖而出；而他，独享傲慢，没有参照的坐标系，他在意识里消灭了所有的他人。在所谓通往艺术的道路上，他没有同伴，不仅饿死内心的魔鬼，也遇佛杀佛、遇祖灭祖。他独唱时，要求周围环境的专注配合，所以这里是他需要的舞台，拥有刑场上绝对而完美的宁静。

齿痕

1

几十米长的走廊一侧，放置着窄窄的玻璃柜，里面陈列的全是硬石膏的口腔模型。

各式各样的牙。石榴子般饱满淤塞的。门齿大得几近食指指甲。某颗牙远离行列，方向倾斜——从麻将牌里即将打出的一张。有的缺口很多，整副牙就像交替的钢琴黑白键。奇形怪状的。毒蛇一样向内弯曲的。变形木条样膨起的。像被暴风雨破坏过的栅栏，既有规律又毫无规律。难以想象，它们怎样根植于口腔。

我知道这些架子上裸露的齿模，大多已消失了存在痕迹。

它们是往昔的雕塑，是遗照，是关于昨天的笑柄。牙齿经过人工的物理测量，如今获得完美的几何线条、范本似的统一弧度。曾经自卑的人们，可以由此展现技术支撑下的笑容。

医院走廊的另一侧，墙上除了张贴科普常识，还有一张醒目的大幅海报。金发碧眼的西方女子，红唇辽阔，像被透明器械强制撑开的嘴里，一半是不锈钢托槽明显的金属颗粒，另一半是对比之下的陶瓷托槽——米粒状晶体虽然密布，远看却是隐形的。其实矫治器是画蛇添足，美女本来就齿若编贝，闪烁着珐琅质迷人的光泽……它蛊惑并招徕，让胆怯的成人也变得跃跃欲试。

我为什么会来到这里？歧途的入口是否最像天堂？

2

最初的祸源，只是一颗坏牙。

左下智齿几年前拔除了，我不愿忍受经常性的炎症，干脆告别了它；后来又由于咬合位置空缺，左上智齿没有了对称的磨砺，渐渐，它的长度超过别的牙齿几毫米，同样造成诸种不便，也拔了。拔除智齿很正常，但由于不够及时，龋患已然侵犯到邻牙。

牙疼考验的不仅是痛感的强度，还有耐性的长度，那是混合着的折磨。持续有力的痛感，如同牙冠本身的形状，有个向上突出的多余的锐角。什么都能使那颗臼齿疼，热汤、冷饮、甜食辣物、咀嚼动作甚至是说话时吸入的风，都使它像通上电极般开始发挥残忍的威力。坏牙在我口腔的某个角落，挖开了一个洞——洞口狭小而深旷，有什么掉下去，永远是掉下去的过程，不可触底。很快，牙龈就像即将烂掉的果肉那样摇摇欲坠。牙齿松动的感觉很奇怪，我随时尝到一种轻微的铁锈味儿。

开裂的牙已不能像瓷碗那样锔起来了，拔除后考虑种牙。我的情况据说比较麻烦，因为和正常数值相比，我的牙骨厚度过薄，需要先做手术垫块骨头才能把齿钉打进去。

心有余悸，再来牙科，准备种牙。坐在候诊椅上，壁挂电视里播放关于鹈鹕的纪录片，它松弛的喉部皮囊就像清洁工明黄色的橡胶手套。隔着候诊室的玻璃，我看到患者们纷纷像蛇一样大张双颚，任由微缩兵器般的钩叉工具，探伸到齿槽深处，添补牙膏皮般的一点点锡银色，或者试图清除顽固的牙石。没有谁不怕牙医。对许多成人来说，牙医的威胁不亚于魔鬼，他们把你身体上最坚硬、最牢固的部分轻易撬开，听吧，钻头比蛇芯更高亢的嗞嗞声。一会儿听到叫号，我十分不安地仰躺在诊疗椅上，脊柱的曲度必须适应椅面的曲度，把自己向后延展的脖颈暴露给牙医、剃头匠与割喉者……

种牙大夫是位中年男性，微胖，说不清楚哪儿不对，就像五官成型后又让谁揉了一把的感觉。我张开嘴，他立即夸张地感叹起来："你这样的牙齿必须去做正畸，赶快处理，还来得及；否则，从牙菌斑到色泽差异，未来后患无穷。"

反对，我不接受这个建议。我喜欢自己歪歪扭扭的齿行，无意矫正。

种牙大夫说："完全是为了你好啊。我给你推荐一个有经验的女大夫，如果你正畸再结合种植，可以减少许多齿科的问题，一劳永逸。要不然，今后的麻烦多着呢。"

他的语言里有种危言耸听的恐吓效果，好像我的牙是一组多米诺骨牌，在即将倾翻的最后一瞬被他挽狂澜于即倒。许久以后当我回想事情的经过，也认同那的确是被推倒的一刻，我从此开始陆续的倒塌。

3

的确，我从来不为自己的牙自卑，而且还自得于两颗淘气的虎牙——那像是我作为猫科动物的痕迹。有的古人类学家认为，用火煮食的起始时间应该在二百多万年以前，他的根据是人类牙齿在形状上出现的变化：当时牙齿明显变钝，很可能是用火加工后食物变得容易食用的结果。我喜欢自己的齿锋，喜欢它们的锥形和锐角，似乎保留着某种抗拒进化的痕迹。

我的牙齿虽不平整，但是那种不整齐是严格对称中的不整齐，以齿线为轴，两侧相应的位置上，每对牙都是孪生的。下排中间的六颗牙齿仿佛孔雀小小的屏尾，扇形打开，之间虽有部分叠合，也呈现精湛而诙谐的夹角——我说话的时候，露牙的部分有限，嘴唇正好掩盖住由于四环素导致的发黄齿根。

当然我羡慕那些完美的广告牙，也喜欢巨木雕凿的独行舟上，非洲的黑孩子烈日下耀眼的齿行。可不规整的牙亦有它的生动。比如邻居家的男童，门齿之间有着可爱的宽缝，更见天真。这是不是自恋到轻微的变态？我喜欢在自己的虎口上咬出歪歪扭扭的牙印。即使任性的牙没有排好位置，那又怎么样？那是我个人的印痕、独特的标记。

4

给牙齿拍相片的机器有支架，底部是钢质下颏托，上面是抵住额骨的弧框，拍照时感觉像被检查眼底……护士从白塑料底里倒出印模材，加水用力搅拌，看起来像草莓冰激凌，把它抹在四号托盘上——最小型号的成人托盘，尺寸近于儿童使用，却是我唯一能勉强塞进口腔的，哎呀不是草莓味儿的，满口都薄荷凉意……看到自己的石膏牙模觉得好玩，我的牙齿本来偏小，并且善于隐藏，现在这些害羞的家伙们被集体拎到幕布前面。

……正畸之前的这些准备过程，满足了我的好奇心。植牙大夫反复力荐同科室的一位女大夫来为我正畸，说她资历不凡。其实我无意改变齿型，却对“正畸”瞬间产生了奇异的尝试心态，这存在一些显在或潜在的原因。

和弟弟相比，我更不像医生的孩子。当植牙大夫得知我妈妈也是医生，他问我青少年时期为什么被父母忽略掉正畸的问题。想想，我的确没有关乎于此的任何记忆。我当个笑话一样跟妈妈聊起来，她反击：“你的虎牙多好看，根本不需要整理，越自然越好；他凭什么以为我是不负责任的母亲？你弟弟不是矫正过吗？他有点儿，也就是地包天，戴过牙套，只不过，你弟弟怕疼，试了两个月没有坚持下去，就放弃了。”这个答案，让我怔了一下。妈妈对我很好，但我从小深知她的内心由衷偏爱弟弟，漫长的成长阶段，我都在努力又吃力地默默消化着自己的妒意、失落和难过。这隐痛，潜伏多年，我觉得自己用数十年的光阴彻底治愈了它；从妈妈这里得知弟弟曾经正畸，得知他从未像我一样遭到忽略，我还是被往事的倒刺钩了一下。后来，我改变主意尝试正畸，是为了唤起母亲迟到的愧疚，还是想自我补偿某些缺失的怜爱？

事先问过两个好友，都在成人以后尝试过正畸，他们终因无法承受剧痛而放弃，拒绝再把矫形器放进口腔，结局和我弟弟一样。如果妈妈曾考虑为我正畸，我会终止这种尝试吗？还是会始终忍耐与疼痛同时到来的受宠中的战栗？所以朋友们形容过的疼，反而激发了我的好奇与挑战。我想象那个放在嘴里是一个马蹄状的微型刑具，当无法适应的时候，它可以随时被我遗弃。不过一次短暂的补课，一场迟到的体验而已。

我迷恋偶然性，相信奇迹和即兴的占卜，常遗憾于自己的生活单调乏味，是复印机下的日子。正畸能提供一种变数吧？这种典型的应发生于青少年时期的标志性行动，是否，对我象征青春第二次的出发？

被力荐的女牙医说，任何年龄都可以正畸，即使老者，何况我不过中年。她的口气如此轻松，省略去介绍治疗过程的繁文缛节，一再向我描绘美好的前景，并许诺我会因此而喜悦。

当我告知妈妈准备正畸，我和她都没有把事情看得多么严肃和严重，甚至谈论起来有点娱乐感：真滑稽，四十岁的我即将成为牙套妹。从脑子里转了念头到牙医准备方案的几天，其间我没有从网上或其他医生那里查询任何专业知识。从坚拒正畸到跃跃欲试，之所以态度转折很快，是嫉妒、好奇、冲动和盲目使然，我性格上的众多弱点集中暴露出来。凡事想得简单，我以为浅尝辄止，以为自己随时可以原路返回并毫发无损。

5

拔牙？而且三颗？

当女牙医这样告知正畸方案，我的表情茫然。虽然是朗日高悬的上午，但正赶上我前几天连续数日熬夜工作，脑子里本来就一片混沌，我从来没想过会拔牙，没有任何心理准备。女牙医善诱，我又极易轻信，在当时的恍惚氛围里，我慢慢觉得拔牙仿若剪指甲一样是再寻常不过的事。尽管女牙医在尾声时轻描淡写地提醒了一句："不用跟你家人商量一下吗？"她那么耐心的动员，我感觉自己已不好意思再回绝她的好意了，于是轻率地同意，随即进入拔牙室。

拔牙者让我稍等，他去办点事情，一会儿就返回。我站在拔牙室的落地玻璃窗前，看外面，是条寂寥的人行道。一个老者，正对着下水道的箅子口，一口口地吐着血水，大概也是刚走出诊所的患者；还有两条被牵行的狗经过，它们的脸部都显出奇异状的狭长，其中一条不断用侧脸磕蹭地面，原来狗主人怕它们误食沿途的食物，给它们的嘴罩上圆锥形的塑料筒，看起来，像是倒置的喇叭形的嚼子。一切，似乎象征警示。我想起自己咬牙模子的时候，像冰激凌那样的倒模材膏体灌进口腔，拿出来却是满嘴的血。脑子里虽然还不理智，但此时，我的不安隐约涌上来。我赶紧给一个朋友打电话，紧急场外求援——他几次帮人联系过正畸的事，应该熟悉内情。

彼时，朋友正忙于私事，无心他顾，所以采用了口气认真的敷衍态度说："别着急，不要紧，一切听大夫的，他们最有经验。"可惜，"敷衍"是我事后明白的，而当时我把它认作"忠告"。其实朋友并无过错，我在现场都没有反应过来的事，怎么可能通过电话就让他遥控出准确的方向？我糊里糊涂的，在根本不详细了解的情况下，短短半小时，我先后被拔去了两颗健康的牙齿。

拔牙后的一两个小时里，我依然没有反应出自己发生了什么、将面对什么。嘴里的麻药效力持续，我面部僵硬，无法说话。牙齿咬着浸血的棉团，甜腥未散，我看着镜子里的自己活像刚吃完人肉。这一天，是 2009 年 2 月 16 号。

6

牙也是会死的。

第一次拔了两颗，我包在仓促的纸口袋里带回来，为去血污，我把它们泡在水杯里。一夜过后，两颗牙变黄了，显出了死物的脏气。一颗牙呈弯匕形，出土文物似的陈旧。另一颗是下牙，山峰形的齿冠，在牙的侧面，我的指端能摸到一条等高线形状的隐约凸起，那是曾经血肉相依的地方。这颗牙还让我看到平时不会目睹的咬合面，不规则的浅槽组成一个小丑图案，那张脸很像万圣节上的南瓜人，带着一种略感阴险的快乐。

拔除第三颗的时候，拔牙大夫用顺手脱下来的医用手套包裹了血牙，递给我。乳胶手套非常薄软，像某种动物蜕下来的皮，也像只放大的避孕套。这颗牙曾具有撕扯筋骨的能力，现在，没有能力划伤那么薄的皮膜，它一动不动，待在食指指肚的位置，变成对世界毫无对抗能力的渺小之物。仿佛出于保护性的策略，这颗牙呈现和手套一样的轻微黄疸色……像只企图通过拟态手段获得生存的小虫子；蜷伏着，像容易被遗弃的、也容易被掩埋的死婴。从我的口腔转而寄宿手套，几小时之后当我把这颗牙取出来，胶皮手套上留着一个水泡样的凸起。我把手套翻过来，看着这个小凹痕，这是它栖身时留下的枕靠痕迹。我发现，刚拔下来的牙齿里能透出依稀的光芒，从内部散发的光芒……这伪造的小琥珀，这旧时光的纪念。仅仅几个小时，那种光就变得混沌模糊。第二天早晨，它如同先前牺牲的两颗一样，变得昏暗，我发现光源彻底熄灭——牙周膜被撕裂，牙髓里得不到灌溉的神经和血管成了枯枝——这颗秀气的小牙真的死了，变成生硬的老姜色。

牙齿具有自洁功能，就像历经风雨的果实却能保持清新；然而，一旦离开人体，牙齿又和毛发、指甲一样，会迅速变得丑陋甚至恐怖。

把三粒离去的牙放进一个小皮夹。皮夹是精巧的工艺品，梯形，本来用于装硬币的，只有食指那么长、拇指那么宽，右下角有个指甲大小的麋鹿标记。别上角叉状的金属搭扣，晃两下，里面发出骰子般的响声。赌注已经开始，命运已被改变。

我失去的，是永逝不返的恒牙。不禁悲从中来。一旦有悔意，我的疼痛就开始了。

7

从前的牙齿们，以某种夹角的方式互相依靠，这种彼此的小小侵犯，略带诙谐，也意味着亲密——如今这种亲密被强制的外力牵拉，走上分离之路。

牙齿上的矫治器，成为每天作用在精神领域里的小型枷锁。牙刷轻轻一碰，齿缝间就夸张地流血，我不知道创口在哪里，感觉所有的牙龈旁边都别满锐小的鱼刺。舌尖轻易可以触碰到刺结，常常需要借助牙签调整一下铁丝结头的角度，才能避免新的划伤。发炎的口腔里燃烧着灼热的疼痛，我仿佛是准备喷火节目的马戏表演者，甚至像条即将喷火的龙——积聚着对整个世界莫名而强烈的敌意。铁丝的刺结常常磨破口腔黏膜，有一次我边说话嘴里边流出血来，仿佛我表达的是某种具有杀伤力的令人流血的真理。

拔除的是两侧的磨牙，门齿并未移动，附近也严重不适，酥麻异常。偶尔轻咬手背能缓解这种不适，我幻想去宠物店买一块狗咬胶。奇怪的是，自己的上下颌倒不能磕碰在一起，必须保持在开启状态，微张着嘴——从安装矫治器那天起，我时刻带着一种受了惊吓后略带吃惊的表情。不由自主，深海鱼般前噘委屈的嘴唇，里面是破碎成锯齿形的牙……事实许多海洋鱼类长得就跟患有口腔疾病似的，唇部微微翘翻，好像正经历持续的牙痛。

女牙医说我的溃疡面积太大，牙龈出血也过于频繁，需处理。的确，嘴唇内壁的黏膜大量破损、溃烂，而且舌尖的轻柔触及，也能使我的齿缝间流下影视剧里烈士造型般的感觉很假的血；甚至睡眠的静态中，感觉自己做个梦也会让牙齿出血……半夜我在卫生间的镜子前，左手小心地揭开嘴唇，用右边的手指头伸进嘴里，一一抚过嶙峋的险象丛生的牙齿表面，寻找某根逆向的铁刺。

8

我相互别错的牙齿移动起来非常困难，必须借用其他一些辅助手段。先戴牙殆垫。是个塑料垫片，粉红的牙龈色，里面埋着的铁丝到末端才冒出蝎尾状的钩子，用于挂上牙齿。我的舌头接触的不再是腭突上起皱的皮肤，而是这个生硬的玩意。

一年过去，始终被塑料板固定的上齿还没有开始走动，下牙依然在扩腔阶段，没有调整到位。再后来，卸除上聆垫，换下聆垫，否则无法进食。

刚戴下聆垫的时候，比戴上聆垫还难受，我就像嗓子眼里被搁了根手指头，吞咽动作伴随着呕吐感，聆垫安置得不牢靠，易于脱钩和活动。两天的尝试之后，当晚我被迫把它从口腔里取出来，准备返回诊所去调整。因为聆垫的左侧不断磨着口腔内壁和舌根下一小块区域，黏膜又磨破了，痛得说不出话，吃不了东西。它被暂时浸泡在牙缸里，像我爸爸每天所做浸泡假牙一样——由此，我提前熟悉了我的老年。和聆垫一样，它依然是肉粉色的，但毫无柔和之感……它是口腔里的马蹄铁。

从垫片很快受到磨损的情况上看，女牙医判断我在睡眠时会不自觉地咬牙。我有这个习惯吗？好像自己随时处于寒冷与被胁迫之中？此前我并不自知，只是经常半夜疼醒或失眠。她说我的情况稀少且复杂，咬肌强劲，会在睡眠中不自觉地咬合，既造成疼痛，又使厚厚的垫板变薄。马蹄铁原本生硬的肉粉色，被我消化到半透明，我的唾液和胃酸不断试图溶解这些强悍的化学物质，仿佛意志在负隅顽抗。

漫长时间里，我的舌头随时能触到垫片，或上或下。我像某种长着硬腭的甲虫——夸张而生硬的腭，仿佛需要颈椎格外的举托；也像昆虫一样，我有着不堪一击的脆弱。

许多人热衷叩齿健身，他们的牙像小型缝纫机充满节律地上下磕碰着。我听不了那种声音。我曾以牙齿坚固自傲，嘁里喀嚓去咬破松子壳；但现在，我的牙不足以对抗瓜子的硬度。想起《芒果街上的小屋》里面的形容：“硬得像膝盖一样的果子”，我看一眼苹果就屈服了，不能设想挑战。告别诸多零食，比如甘蔗和糖葫芦，比如牛肉干。我对付不了巧克力的硬度，甚至圆白菜的纤维……我必须告别那些自己曾经眷恋而今畏怯到拒绝染指的东西。我曾戏言自己原来的牙是复合型机械，能同时进行多工种的协作：切、撕、嚼、磨，而现在我与食物的关系生疏、紧张，总是心怀迟疑。除了咀嚼困难，我还不能吮吸，不能通过吸管获得饮料，因为肌肉紧裹，会加剧口腔内壁黏膜的疼痛而无法忍受。

牙医有魔鬼样的镇静，而我目若惊鹿。每次调整弓丝强度的那几天，所谓吃饭，是把各种菜肉剁碎，有若鸡食，碎烂而混淆。我回忆不起任何一顿饭自己吃了什么。没有视觉和口感上的区别，大同小异的糊状。我失去了和坚硬事物对抗的能力。只吃流食和软食，吃草莓需要先用勺背压碎，西瓜本来是适合的水果，但我讨厌……看到牙龈色的西瓜瓤，我一阵阵恶心。

那段时间入睡困难，即使睡着也容易惊醒。梦境里，总有一个熟人露出背叛者的笑容，露出白得咄咄逼人的牙齿。

9

速度快、吐字清晰、用词讥诮，是许多北京人的口语特点，也是我的表达风格。

自从牙齿上了枷，我说话成了大舌头，囫囵不清。问题是，我发现自己被人表扬的及时反应是在语速中建立的，说话越快，思维的运行就越快，现在嘴里有了障碍，大脑也对称出现齿豁般的空白——口拙且呆滞，句子像狡猾的猎物纷纷逃脱，我不再能一口咬住它们致命的脖颈。听者吃力辨识我的语音，常不解反问，并要求我重复。从快人快语到笨嘴拙嘴的落差，令我颇为尴尬和羞愧。我不再成为利齿者，不再恣意攻击和取笑他人，这是生理缺陷逼迫下的宽容。干脆少说，尽量沉默……滑稽的牙齿版的小人鱼，每个字都走在钢丝上。

正畸进行数月之后，正值早春，我去南方出差。那里已花繁叶茂，植物汹涌着色彩和香气，却是我心情极度晦暗的时候。我依然处于艰难的调整期，异物感强烈，做梦都想把牙箍取下来。以前即使用力地笑，暴露出来的下牙也非常有限，它们以微妙的弧度紧紧贴合嘴唇内壁，几乎看不见踪影，像幕布之后的演员并不真正面对观众；现在我竟然露出大面积的下齿，乃至底端色泽陈旧的牙龈，总觉得说话时口水要从下撇的嘴角里溢出来。以前的下牙像隐藏在乐池里的交响乐团，无论旋律怎样起伏它们都含而不露；现在数量稀疏了，反而却显得多了，因为，它们争先涌现出来，变成一些神头怪脸的暴发户争相坐上主席台——其俗入骨！我讨厌，恨不得拿木槌把它们一一砸进牙床里！

用舌尖情不自禁地，舔触并探知经常移换位置并增加宽度的齿隙：频繁的小豁口，像植物叶片的缺刻。能感觉牙基和齿缝间细小的磨砺，涩涩的，如同附着在礁石上的藤壶。原来并不寄生杂质的地方也长了牙石，用细钩子挑出来：微小，就像脱釉的瓷片那样的质感，或者更像水壶里的碱垢。不过好在能正常进食了，只是这些日渐宽阔的齿缝里藏得下体积巨大的肉块、长达几公分的菜梗、片状或糊状的主食碎片……每每饭后漱口，看到缤纷的残屑，我诧异自己能够在牙缝里储备这么多可供地震时紧急救援的食物。

10

他们拿出各种器械，理直气壮、叮叮当当地在你眼前动武……我们赞誉医生为天使，同时，也迟疑地把牙医归于此列。然而，参观捷克著名的罗瑞塔圣殿时，我见到那个塑像：拔牙的小天使，左手举着钳子，右手举着一颗血淋淋的牙。他的脸上，满溢无辜的、兴致勃勃的、恶作剧般的喜形于色。我曾多少次渴望那些必然没有龋齿的天使前来拯救自己——可是，由于不会感同身受，他们是否因而无动于衷、幸灾乐祸？

坦率地说，对女牙医，我并不怀感激之情。尽管在第一次见面时，她的声音柔细中带微妙的奶声，加上从口罩上方露出的眼睛让我想起《人到中年》里潘虹的形象，我对她有过短暂的好感。女牙医清楚知道我的本意是要植牙，对正畸方案心存犹豫和狐疑，但她始终鼓励和怂恿，而正畸过程中可能出现的种种问题，她从未详细告知，即使涉及，也是轻描淡写、一笔带过，她始终在进行有效的劝说。

她举例说高龄正畸者比比皆是，即使六七十也无妨，让我觉得中年正畸易如反掌，而无视成人的心理压力带来的干扰。她从来没有事先提及：摘下矫治器后我需终生佩戴保持器，每天晚上都必须在嘴里塞进两块带着铁钩子的塑料片，即使是在暮年……是当一切都已无可挽回，在我的追问下，她才语含讥讽地回应："每天晚上都戴怎么了？谁看啊？"总是出现这样那样的麻烦，比如粘胶不牢造成脱落，需要数度返工，等等。有一次，殆垫的搭钩松动，不时掉下来又被推上去，小马蹄的声音很让人烦，不得不又去找女牙医。她让我等待了漫长时间以后，几秒钟就修好了，然后女牙医以批评的神情指责道："是你自己的原因，你肯定吃饭不像过去那么注意了。"我没有辩解，如此她确证自己的逻辑是对的。事实上，由于嘴里密布溃疡，那几天我几乎靠喝水维生，纯水和各种略带甜度的饮料，我的牙齿从来没有遇到过任何象征性的抵抗，它们成了不具备装饰效果的装饰物。女牙医从来不承认自己的操作存在任何瑕疵，似乎是我咎由自取，因为她说我的状况实在太过复杂，要用上全部的各类辅助手段……但是，在我正畸之前的检查阶段，她自信地告知我："没有问题，一切正常。"记得是在上了矫治器的第二个月，我第一次见到女牙医摘下口罩的脸，让我略感吃惊。首先，她的五官不像口罩遮挡时具有令人遐想的优雅，并且破坏美好印象的，正是她那一口上排前凸的龅牙——色泽不好，黄中带了一点灰色，甚至说灰中带了一点黄色更为准确。

她的牙齿明显比我原来的牙齿更需要矫正。我后来从她的谈话中得知，女牙医年少时也曾试图正畸，最后因为难以忍受疼痛而中途放弃。

11

女牙医曾使用的矫治器，是可以中途放弃的。我那两个朋友和我弟弟使用的都是这种活动矫治器，利用推簧加力——前提是，活动矫治器往往针对青少年时期的 。他们没有拔牙，不像我，被捆绑在固定矫治器上。我没有他们那样幸运的退路。

深重的悔意，我尝到它在口腔里又麻又涩的味道。我有时正驾驶就泪如雨下，需要打着双闪灯把车停到紧急停车带里哭一会儿才能恢复视线的清楚；当频频失眠，我疯狂地千百次地幻想自己重回进入女牙医诊室的那个瞬间。如果那个阶段我没有那么忙碌，能及时从持续的恍惚中苏醒过来就好了，那天先生能陪我去医院就好了，如果那天我能给妈妈打个电话咨询就好了，如果那天我没有听从朋友的误导就好了，如果拔牙大夫那天挂不上号就好了，如果我仔细咨询，哪怕用心看过说明就好了。那么多个如果，只需一个条件发挥作用，我就不会；有一百个机会可以阻挠我、可以拯救我……那条崎岖路上只有一条窄缝，而我就从那里掉下去了。我默默怪罪每一个路过的人，好像任何人吹出的一口气可以不让羽毛落在泥泞里，可以避免我不可逆的悲剧。那么多本来无足轻重的偶然性捆绑在一起，

Lichuanbi buchuan
July 14. 2018

组成一个结实而不能回头的必然性。

希腊神话中的奥尔菲斯是不能回头的，否则他的妻子就会被定格为盐柱，无法走出地狱之门。这个世界，常常拒绝回头的路。每次从牙科诊所出来，我从不回头，眼眶里全是泪水，走起来跌跌撞撞。像一只误入撒哈拉荒漠的候鸟，一旦进入就不能停歇，因为没有食物，身体里的水分也会在酷热地表很快被蒸发，所以，唯一的逃生之路只有不停顿地飞。我大张着嘴，一次次，放任女牙医操起斧钺钩叉的微型兵器横冲直撞。

12

太草率了。明明从未想过正畸和整形，我只是需要种牙，却轻易被说服，走上失控的歧路。种瓜得豆，结果往往与初衷背道而驰，人生诸种的丰富与无奈均来自于此。我在专业大夫不容置疑的坚定态度和口气里慌张起来，短暂的屈从，为自己带来长久的不适和痛楚。别人在三十分钟之内能够彻底影响我未来的三十年——我成了我自己的恐怖分子。

被拔去牙齿的时刻，我没有意识到任何危险和考验，那恍惚的时刻，像是

我从不回头，眼眶里全是泪水，走起来跌跌撞撞。像一只误入撒哈拉荒漠的候鸟，一旦进入就不能停歇，因为没有食物，身体里的水分也会在酷热地表很快被蒸发，所以，唯一的逃生之路只有不停顿地飞。

所有发生的事都与自己无关，我的理性建立不了事件在前因后果上的联系，完全缺乏自我保护，听任他人的安排和处置。我为何对人如此轻信？是性格上的善意和胆怯，还是处境顺利使我没有及时提炼出有关人生的诸种教训？

在此之前，我只遭遇过一次类似的挫折。

前不久，我曾莫名其妙地信任一个失业多年的家装设计师，他自认天分卓越而怀才不遇。我信赖他的空话导致的后果是，漏水、墙裂、电路错误、门无法闭合、地暖和淋浴的水管破裂、没有安装水阀……我每天被迫面临无穷苦恼直到崩溃。因为信赖，我提前把几乎全部的装修款项打入他的账号，导致设计师直接购买昂贵的大宗物件而不事先征询我的意见。尽管解约后我拆除了他种种自作主张的装修，浪费了大量材料，但偶有残留也让我懊悔不已。不出一年，仅保留他设计的门不能推拉而且其中一扇直接倒下来；瓷砖也纷纷掉落，窗前观景赏心悦目时或洗澡毫无戒备时，它们像暗器一样从天而降、碎裂在我脚下。我曾动念让设计师回访来看看满目疮痍的惨状。这位设计师虽眼高手低，但他并非恶人，我只是见证了一个人的自我判断与实际经验之间近乎荒谬的差距。考虑到设计师在家赋闲九年还要供养妻女，我没有让他赔偿一分钱，且支付了设计费，所谓好心在他看来毫无意义，因为我没有听到设计师的半句道歉，在他心里我隐约感觉自己有了恶人的名声。我为他的自以为是而震惊，更多是为自己的愚蠢而震惊，我怎么会笃信他那种明显渲染在自我欺骗里的吹嘘！这段经历对我来说，不仅难堪，是比一场令人耻辱的恋爱还难于接受的回忆，它也使我重估自己——我怎么会在几句宣传语下丧失基础的识别能力？为什么，我很容易把瞬间的好感发育为严重到荒谬的信任？

从装修到正畸，那段时间非常奇怪，我好像要集中精力去犯错，去完成所有匆促而荒谬的决定。当我恼怒并追悔于自己的轻信与托付，一切已成定局，无济于事。接连两次的打击，作为牺牲者的恐惧已经在我心里扎下根。我只有和信任的人在一起才有安全感，特地把八十岁的姑姑和表姐接到家里居住——这一点不像我年轻时的心态，那时候我多独啊。

13

我尝试过一个行为风格测试，把人群分为老虎、孔雀、猫头鹰、考拉四个大致类型。我既无老虎型的绝对掌控，也无孔雀的热衷炫耀，除了有部分的猫头鹰——讲求程序的公正与正义，我整个呈现为考拉型的放弃人格——温顺、畏惧争执、易于气馁和退缩，非常容易接受他人的心理暗示和行为安排，被动，被动，还是被动。回想自己的经历，只有与写作和自由相关的，我曾有过主动积极的选择，剩下的，全都听天由命。我知道这种宿命并非达观而是懒惰。

比如，我做过数次或大或小的手术，在我的要求下，从不打术前的镇定针剂。我不怕，一点都不紧张。我一直以为这是自己的勇敢，后来明白非也，是被动使然。性格里绝对的被动，使我被放到什么位置上就宿命地听任角色需要，意识配合，躯干听话——我是一个乖巧得失去态度的病人。在生活的许多方面，我都不自觉地贯彻着这种考拉型的顺从、病人式的屈服，没有反抗，没有隐含对峙的紧张关系。我身上有些奴隶气质，很多时候我更愿意成为服从者而不是支配者。人人的骨子里都有某种贱性，愿意听从等级、秩序和代表它们的统治者；我只是把并非出自功利目的的贱性，转化为日常化的温顺，似乎他人的喜怒要重要过我的个人意志。

这是孩子式的思维：等待安排……在"被"字的盾牌保护下，我不经风雨、未获成长。

14

因为我没有获得真正的内心独立和成长，我需要为自己的不幸找到某个"家长"或者什么人，能够替我背负责任。我的朋友、先生或者妈妈，他们没有及时援救。我委屈，把一切归因于他们照顾我的失职。

最受折磨的正畸阶段，妈妈看到我严重发炎的口腔，武断地建议我把勒丝摘去——不管未来有多少副作用，现在先解决问题再说，至少不继续增加创伤。妈妈不知道，如果摘除这些口腔里的刑具、牙齿上的镣铐，我已无法正常进食，因为牙齿松动、歪斜，就像离开拐杖的伤腿无法走路一样。她看似痛快的处理后患无穷，从长远看其实不负责任……和童年一样，我并未因蓄意的自我受难而获取特别的关爱。

可以说我最初正畸的想法，心理上有对母亲的潜在责难，似乎是这种方式提醒并怪罪于她当年的忽略。但我为什么要追究母亲的过错呢？如果真想矫正牙齿，我完全可以在二十多岁的时候去补上这一课，我自己疏忽了二十多年，并且在正畸之前没有在网上做一番简单的检索，如今却把一切归属他人——想靠这种迟到的自我惩罚，让母亲愧于自己的不公？

如果我不是先验地把自己认定为受害者，平心而论，妈妈的话可能是真的。她没有考虑为我正畸，也许不是忽略，而是审美上的选择。妈妈自己的牙也是不整齐的，错落有致。1939年出生的妈妈已经七十多岁了，除极个别的因齿患被强力拔除以外，她绝大多数的牙齿都像她本人一样，迟迟没有退休，活力四射地坚持在自己的岗位上。

正畸第十个月，我的脸形出现了变化，闺密直言我难看了很多。我讨厌镜子和相机，因为拍出的照片如此陌生，以至我需要辨认和说服这就是自己。经常痛哭，像站在精神的悬崖上，恍惚绝望。我喜欢自己原来的小歪牙，并在回忆中不断复习它们的笑貌。偶尔翻看旧照，仿佛向另外一个人告别。我感觉自己像一枚坏掉的种子，不会被采集，也不会重归春天的枝头。坏情绪加剧了我的衰老。以前脸圆得跟年画娃娃似的，我在心理上已习惯别人夸我比实际年龄显小……现在，脸被拉长，成为我最讨厌的那种苦相。看到我始终因脸型问题耿耿于怀，有一天同事问我："我猜，你妈妈是圆脸吧？所以，你才会对圆脸有这样的强烈认同。”我被触动。在我反应过度的惊恐里，其实包含着潜意识层面的隐忧：我担心不再像是妈妈的孩子。

我想起白雪公主，似乎水晶剔透的童话，但白雪公主的成长故事，也是一条对继母的复仇之路。如果白雪公主不是自恋而先验地把自己的形象预设为纯洁的无辜者和牺牲品，她会发现，使自己遭受迫害的，不仅是继母的狠毒诡计，主要发挥作用的，是她自身的诸多毛病。白雪公主挑剔——轮流睡遍七张小矮人的床，以便不错过最为舒适的一张；虚荣——她迫不及待地拿起毒梳子打扮自己；嘴馋象征的贪婪——甜得能够裹住罪的苹果，她根本无法抵抗它的诱惑；都说白雪公主是个善良的美人，但她的报复心如此强烈，以至于婚礼上特殊安排的庆贺表演，是继母临终前的酷刑。正是白雪公主自身的弱点，成为她坠入灾难的决定因素。继母曾经是世上最美的女人，这句话的意思是，继母就是一个长大了的白雪公主；白雪公主的复仇索要着高昂的代价——而所谓复仇的对象，也正是未来的自己。

正畸的痛苦太具体了，根本不需要形容。然而，一切并非他人的辜负与谋害，是我的怨意、好奇、轻信、盲目、草率、畏惧……是自身丛生的弱点所致。当试图向母亲施加隐形的报复，我看到了，惩罚，如何作用在我的每个明天以及由此组成的未来上。

15

2011年6月，我在电视里看到凯里·佩吉的音乐短片《星期五晚》。她勇敢地牺牲形象，扮演一个钢牙妹。她蹦蹦跳跳，头上戴着一个像是无线耳麦似的奇怪东西，只不过不是从一边伸过来，这道不锈钢弧横亘整个唇部，从两侧绕腮而过，与脑后的束带紧紧捆绑一起。多数人不会认识这个物件，我知道。这是外弓唇。

我从2011年1月起就开始佩戴外弓唇。它由两个具有弧度的不锈钢半圈相互焊接而成，内弧两端被磨成极锋利的锐器，像最精密的改锥尖头，佩戴时需要插入上牙后端——那里已事先安装好了两个金属套管，用于榫接。外弧两端的曲形钩，用于固定在可调节松紧的绑带上。上殆垫、下殆垫、橡皮筋、外弓唇……女牙医说极少有患者像我这样，用上全套的辅助依然收效缓慢的。每晚入睡必须戴上外弓唇，它坐落在我嘴唇之外几公分的高度上，是脸上的微型脚手架……我很怕枕边人睡梦中无意挥臂会击打在这个外置机械上。

虎牙后移，它们曾是我小秘密般的骄傲；现在我错愕地看到，它们正在后撤和隐退……像看着自己的财富随着沉船一点点没入大海而无能为力。位于口角的虎牙是三十二颗牙齿中最为牢固的，对面部的丰满起到衬托作用；一旦丧失，易于引起中部的凹陷。由于失去虎牙的重要支撑，两腮瘪了，状若既无咬肌也无笑肌，像患上肌无力的病症。我的脸经过塌方，呈现一副缓滞呆板的沮丧之相。

左侧切牙的陶瓷托槽脱落，女牙医一直没有补就，她说现在还轮不着调整这个区域，以后一起处理。牙齿的位置整体偏移，门齿不再对准人中，矫歪了。齿缝里难以清除的余垢正在变暗，牙齿像鸟蛋一样：脆弱并密布暗斑。我讨厌自己的牙，我要是个传统的俄罗斯男人多好，可以用汹涌的胡子把它们盖上。

表面上，我还可以拿正畸的事儿开玩笑。比如我说：它们原来是立体的，相当于 3D 版，但看久了眼晕影响视力，所以我逆流而动把它们改造成平面的老电影。比如我说：戴着牙箍吃东西有好处——它像擦丝器一样，刮下苹果和黄瓜，还可以储存备粮，在宽阔的牙隙间塞满各种食物，吃午饭时就顺便收集了一顿晚饭，如果中午吃葡萄晚上就能喝到自己酿制的葡萄酒了。比如我说：什么叫“不足挂齿”？我吃什么都会挂齿，我再也体会不到这个词的存在意义了。

闺密方希也拿我开涮，她要送个赞美对联，正磨砚取墨——这是引自陈继儒在《小窗幽记》里的句子：“一世穷根，种在一捻傲骨；千古笑端，伏于几个残牙。”

16

戏谑是表面现象，事实上，我内心的哀鸣之鸟不断盘旋。整个 2009 和 2010 两年，我的心情难以感受晴暖，从没感觉自己哪天真正飞起来过。我像个忙于给魔鬼写信的人，沉在眼泪的浸泡中，我只有沼泽里的湿润。有时候，痛苦得想死。

我知道这么说会被人指责为娇气、做作、矫情，仅仅正畸就绝望到要死，显得非常不可理喻。但当时，我万念俱灰。就像我们说产后忧郁症，做作吗？明明是一件喜事，是一桩关于诞生的奇迹，何来悲伤？内分泌的变化虽然能从理论上解释一位新母亲何以陷入沮丧与崩溃，但如果不是普遍发生，我们很难建立一种情感因果上的联系，也很难把那视为一种潜伏的危险。

我记得《长寿星》里摇头晃脑的京剧演员献给佘太君的唱段："愿太君齿落又重整。"我不知道有多少成人到中老年才开始正畸，只能负责任地说，自己当时的确深受折磨，被巨大的悔意淹没。我十五岁就烫伤了，面部皮肤落下明显疤痕，我永远不能拥有无瑕的瞬间；何必在意牙齿？如同在摔碎的瓷器上努力去擦拭一个斑点有什么意义呢？

如果我们观察儿童和少女，会发现他们展露的多是明媚的上齿；而衰老的标志之一，是面部肌肉塌陷，嘴角松弛下撇，说话露出大面积的下牙龈。我不断观察那些公共椅子上的老人：牙齿普遍缺损，笑起来千疮百孔。我已是标准的中年人了，到了这个岁数，难道不应该把每颗牙当作手指头一样珍惜吗？而我轻易遗弃四颗牙齿——占据总数量七分之一的财产啊。我何必如此迫切？倘若幸运地拥有绵长的晚年，我可以全口假牙——拥有凝练、紧凑、完美到失真的皓齿，何必现在就急迫把特色牙痕修改为生硬的几何弧度?

乌云无边，就像一群驼背人蹲在那儿。第一颗死去的牙仿佛奴隶主，需要三颗牙的殉葬；三个牙奴隶陪葬之后，导致剩下的全部要去陪葬未来。我心怀隐忧，担心自己的牙弓到底是方形还是圆形——我喜欢那种有弧度的齿弓，而不是那种墙一样的死板平面。为了完成隐匿在口腔内部的弧形，我已花费太多的时间、金钱、精力……和敌意，以致最后，我不期待相反畏惧铁丝捆绑后的那个谜，像等待一个令我胆战心惊的宣判。

有些小事，就像牙一样，决定、影响并终生改变我们对世界的咀嚼和消化。

17

机票是 2011 年的 8 月 15 日出发的。我受邀参与一个两岸文化交流活动，将在台湾生活两个月。由于此前托槽黏合剂脱落造成的修补发生过数次，我担心在异地处理起来诸多不便，加上女牙医说再矫正几个月也大意如此，我失去了最后的耐心，提前取下牙套。多数正畸者反映，刚刚脱离牙套不适，总觉得嘴里少了点什么——我不是！长达两年半的过程中，我从来没有克服强烈的异物感，一旦卸除，没有任何外物的阻碍，我用舌尖舔舐着不熟悉的生硬弧度，瞬间就体会到久违的自由。

是比过去整齐，但并无大改观。负面问题更多。牙龈萎缩，牙齿显得比原来大——我想起同事小淘的比喻：“马一样的长牙。”齿隙宽了，露着暗黄而崎岖的牙柱。其实正畸还没到位，左右不对称，一侧可以咬合，另一侧的上下牙隔河相望——如果把年糕放进悬隔的那侧咀嚼，五分钟之后拿出来，它还维持着栩栩如生的原貌。由于左右齿型不一以及面部疤痕的牵拉，我的左右脸变得不对称，嘴角一边高一边低，笑的时候右侧法令纹深陷。我就像被生活扇了一记耳光那么歪斜着脸。那将是终身的。正畸破坏了我的对称，破坏了清晨那样黑白平衡中的安宁。也许被扭曲，恰能如实反映我的心境。

尽管在此之前，我已经明白，正畸对我来说是无比愚蠢的决定，相对于花费万元去承受痛苦和毁容；但真正面对镜子里不愿被认领的形象，我还是涌起清明节的悲伤，默默悼念曾经的自己。镜子映照着我提前到来的老年。我想起诗人奥登那张沧桑的脸，像被揉皱的地图般密布褶痕……什么样的巨大摧毁，才能造就这样的脸？我觉得，那是主动撕毁与命运合约的人才能遭受的报复。十五岁烫伤，加上四十二岁的歪斜——妈妈，我现在是个打了补丁并且不对称的小孩。难道，这就是我辜负和背叛母亲所遭到的惩罚？

我的恐慌并非过虑，到台湾的第十四天，我在睡梦中听到齿间一声轻微的脆响，马上惊醒，当时没发现什么异样。第二天早晨检查，我发现透明保持器裂开一个不易察觉的小口子；等到黄昏过后，已感觉后齿松动，我发现保持器的裂痕已经漫延开来。幸好，我储备了另一个保持器带来。我这样的高龄正畸者，终生无法脱离保持器的支持，否则牙齿的零乱将甚于过往。所以无论旅游还是出差，我绷着根弦，我最大的恐慌不是丢钱，而是丢了保持器——我体外的器官……离开它的时候，仿佛意味自己的牙齿在分分秒秒地变形。

我不得不小心翼翼，比原来更精心，时刻保护着这张破损的不再受到宠爱的脸。

18

不过，即使在正畸到来之前，我曾宠爱过自己的脸吗？曾如对待宠物一样喂养自己的脸，纵容它所有的缺陷？是的，那张脸是我的狗，日夜忠诚地跟着我；当我嫌弃，它就流浪而不堪，直到最后再也找不到它的踪迹……

自从十五岁烫伤，我始终讨厌自己的样子。偶尔替自己惋惜，但这种态度相当于对被踩了一脚的玩具——在心疼的同时，更强烈意识到，它灾难后的价值已遭贬损。我用了三十多年的时间来努力接受自己的模样，恰恰是在正畸之前的半年多，我得到某种修复，心境豁然开朗，觉得越过界线而接纳事实，我终于完成与自己的和解。虽然我从小就属于长相难看的类型，然而只有那个短暂的阶段，我莫名其妙地达至个人巅峰。我甚至开始喜欢照相，手机里出现大量或笑或颦的自拍。可惜，灵肉融合的关系如此短暂，鬼使神差，我转眼就跌进牙齿正畸的心理挣扎中。小小的得意与自满，转瞬即逝。如果说十五岁的烫伤，让我的心境直接告别青春；那么年逾四十岁的正畸，让我瞬间沦陷在中老年的疲惫里。想想我把此生的多数时间用于对抗自己，用于艰难地适应既定的事实。上帝给每人一张不容背叛的面容。原来，鬼斧神工并非专指美轮美奂之作，而是说，神明的设计不可修改，即使它看起来诸多不理想，也有因自然而获得的自洽与完美。如何能够彻底认领这张脸，认领它的破损和灾难，认领它风格上的缺陷，认领它藏在背后颤抖的灵魂，认领它陡然的勇敢和漫长的怯懦？

影星里我喜欢巩俐和张曼玉，尤其喜欢她们矫治牙齿之前的俏丽，喜欢那种难被归纳的生动。两位被公认的美人后来虽然江湖地位坚固，但我总觉得整牙之后的她们，面部有着不自然的平，缺乏立体的弧线，说不出是哪儿，反正不像过去那么灵动。个性之美是多么稀缺，我曾经多么替她们遗憾。我想如果换作自己，肯定不会说服——平整的齿行无论闪耀怎样的美玉之光也是千篇一律的，何如保持别致的风情？

真正轮到自己，还不是一样急于消灭个性？我曾经的牙颇具特色，里出外进，排列不整，像露天电影的观众似的不对号入座，保持着自由散漫的天性；现在它们被迫向公众标准靠拢，变成政治性的枯燥会议，充满听从安排、妥协而乏趣的听众……它们将通过一一的验证，进入寡然的顺序。尽管喜欢自己小吸血鬼般的生动虎牙，以致我经常在手腕上咬出曲折的牙痕，然后向旁人炫耀它的层次，我还不是在外人轻巧的推动下，立即同意去除让自己骄傲的部分——那么痛快的决定，无论如何看起来都像蓄谋已久。难道，我从来没有学会取悦自己？

一直如此。不仅难以取悦自己，且我对痛苦似乎有着某种潜在需求……微妙的习焉不察的自虐。

19

我曾对写作抱有迷信般的敬畏，认为作家必须不断体会痛苦和牺牲，才有可能赢得一点或多或少的回报——写作如同安慰，唯身陷折磨者才可体会。此种定见之下，当我年少时见到内心敬仰的一位作家——看沧桑历尽的文字本以为他必身心憔悴，没想到，作家膀大腰圆、声音洪宽、热爱美食和豪饮——我不禁失望地感慨："你，你怎么能如此健康呢？这太不合情理了！"

每每在佛前许愿，我都希望自己的写作能变得稍好一些，我希望始终在徐徐进步。我并不信奉成名趁早，有时过早到来的奖励易于成为显著的障碍。许愿时，我承诺付出一些代价。事实上，我从来没有想过所谓代价的具体内容，它仅仅是一种态度倾向和口头政治。健康、婚姻、亲情、智商、运气……我到底肯舍弃什么？我小气并且固执，这些命里的宝，我什么也不给。我只是在神明面前说了大话，以为只要自己象征性地表态，就可以免除义务，得到等同奉献之后的无偿好处。

当命运以最小的幅度试探：只是失去几颗牙，我立即如入深渊。我甚至与生活和写作之间都失去了唇齿相依那种天然的默契感，笔底枯竭。曾经自由翱翔的想象力，现在好像是系在牙根上低空飞行的风筝，令人担忧地摇晃着，随时会一头栽下来。

写作是否必须如此：是一生唱给自己的苦肉计？我的豁齿，是否如同女人的裹足，因自我伤害而向往获得额外的垂怜？习惯秘而不宣的自惩，我和我自己之间存在着某种令人伤感的关系——无论是十五岁的烫伤还是四十岁的正畸，我留下了毁容般的纪念。

……只有亲手在自身施虐，才最擅用恰切的力道来体现强烈的效果。

20

曾与一个从医多年后又改行的朋友见面，我的状况让他深感意外和迷惑。他说，自己从来没见过一个患者像我这样，正畸已进行三个月，口腔黏膜的破损竟然如此严重，常人早在七到十天之内就创面自愈了。我说：“我一直在用蜂胶治疗溃疡，是不是我对蜂胶过敏才引起反复感染呢？”我不仅属于遗传性瘢痕体质，伤口愈合困难，同时还是易感体质，不仅对青霉素、庆大霉素、大黄胺等类药物统统过敏，我有过匪夷所思的过敏史。比如九岁时早上穿着新凉鞋去游泳，下午回到家，手脚全部赤红肿胀，像螃蟹夸张的螯肢——手，因为摸了水底的青苔或某种水草；脚，因为对塑料凉鞋里的某种化学成分过敏。

朋友想了一下，认真回答：“不，我认为你是对正畸的整个事件过敏。”

也许，他说得对，是我的意志全程参与了对自身的迫害。因为不仅只溃疡，我的许多临床反应异于常态，违反常情。比如多数人很快适应矫治器的存在，如若无物，反而正畸结束矫治器被取出的时候不适应，总觉得嘴里不对劲，少点什么。我不，强烈的异物感贯穿数年，直到取出矫治器的那一刻——我立即重获自由。顽强对抗全程，几年里我时刻幻想消灭牙齿间的入侵者。

成长中，有的灾难如烫伤是被动的天罚，有的灾难如正畸是主动的人祸，这种主动与被动的交替构成我们宿命的一生。我对十五岁的毁容并无悔意，因为我从这受挫中受益颇多，得以丰富，得以重塑性格，变得更善意和体恤，所以这段经历并非灾难，而是秘密建设着我的未来。而正畸，是我一生至为后悔的决定，我找不到其中任何积极的意义，只是低端的疼。我不再像年轻时候，有着一腔悍勇，以为克服痛苦是很棒的体验，甚至能带来挑战和激励；现在，此种蓄意直面痛苦简直毫无动人之处，对痛苦的消化过程不过是把痛苦渐变成自己天然的部分加以生硬地接纳——到最后，我几近成为痛苦的战俘和奴隶。所以，我力图警示自己的女友们，千万不要冲动之下重蹈我的悲剧。

然而，尽管有我的前车之鉴，但两个与我同样处于“高龄”的女友，依然勇敢无畏地成为钢牙党。结果，她们绝无我所体验的那么夸张，仅仅几天不适，马上生活如常，她们甚至是在期待的喜悦中去体会正畸的每一步过程。我震动且无言——是医生的技术水平、自己的瘢痕体质、信任被辜负导致的强烈委屈感以及过度的自我关注，导致我遭受如此漫长而难以解释的痛楚?

正畸本身，是美好的医学手段，它使很多人摆脱自卑，不仅使牙齿，也包括随之变动的唇形和脸形，都更趋近美好。甚至我相信，为我治疗的女牙医也肯定造福众生，为许多心境晦暗的患者带来慰藉与命运的扭转。只是我这单独的个体，存在特殊的心理弱点，而恰巧被女牙医忽视，使我没有得到最重要的预警：存在心理障碍的成人，最好不要轻易开始正畸。从正畸的开始到结束直至今天，我几乎不能自控地首先关注人们的牙齿，甚至走在街上，我不注意路人的长相却对他们的牙情有独钟。牙齿，被包裹在嘴唇后面，是每个人垒砌起来的微型长城，本来易被忽视，现在成了我强迫症般的聚焦之处。并且，我越来越迷恋不整齐的牙齿，迷恋那种与往昔相关的生动。

“牙”，仅仅是字形，曾成为令我不寒而栗的禁忌。像“蛇”这个字一样。我怕蛇，但无论是电视里流动的图像，还是书籍里定格的特写，并非活物，那里的“蛇”不可能侵犯我，但在想象和恐惧之中，它的威胁如此逼真。是否对我来说，“牙”与“蛇”一样，更多是在心理而不是生理上发挥着既虚拟又真实的威胁?

21

医学研究证实，情感能够影响痛感——也就是说，疼痛带有强烈的主观性，如同快乐一样。疼痛是综合性的复杂体验，焦虑、消沉、伤感或其他负面情绪，会加剧体验的强度。慢性痛的怪异之处在于，系统的受损区域毫无缘由地持续释放疼痛信息，从而对大脑形成巨大负担致使其发生结构和化学上的变化，于是信号被放大，痛感神经像大脑中点亮的圣诞树持久不被熄灭。

我回忆起自己一次颇为尴尬的体验。因感冒嗓子剧痛一周，刚刚有所恢复，正赶上杂志印刷，我去工厂监印封面的颜色。旁边机器运转的噪声震天动地，为了让印刷师傅听清意见，我不得不扯着嗓子喊。几分钟后，我突然感觉喉咙的某处被撕开，零星的血腥漫上来，我立即噤声。但晚了，此后，我的咽喉有如一只生生被剖开的血蛤，不仅无法发声，它没有一刻获得摆脱痛感的安宁。半个月后，情况未见丝毫好转，我像聋哑人一样用手语和手书传达意图。妈妈检查之后，没有发现外在的伤口和炎症，她迟疑着说："你的疼是不是精神作用？"一种强烈的委屈和潜在的怒气在我的内心滋生，不关心我的病就罢了，忽视就罢了，没想到妈妈如此冤枉我，那每分钟都在发生的具体而结实的疼痛，竟然在她看来可能是一种幻觉！

疼痛数周不愈，我开始怀疑自己的健康出现了更大的问题，这只是个不幸的引兆。我去医院检查，那个实习大夫有双三十六摄氏度以下的冷眼，他的判断以及口气里轻微的嘲弄再次伤及我的自尊："什么事也没有，你现在就可以开口，说话，说！"我为疼痛和气愤所折磨，无法与之争辩，含着满眶的眼泪离开门诊……站在人流如织的商业街上我无措，不知何去何从。

慢慢地，我在喧嚷的人声中开始小心地试音——也许，妈妈和实习生的话并非妄言。尴尬的事实是，当确信是自己的精神作用控制了致幻性疼痛的时候，十分钟后，我的嗓子不治而愈、清亮如常。

一位著名女作家给我讲过类似经历。她天资聪颖又勤奋，自然成绩卓著，曾经深受颈椎病困扰，有时甚至需要把自己的头颈和肩肘用布带吊在床架上才能进行写作。后来，我问她多年的颈椎之痛何以康复。她的答复令我吃惊，原来，并无肌肉和韧带的损伤和器质性病变，只是精神作用下催生的疼痛……她说，那种疼痛，远远比肉体上所谓的真实疼痛还要真实、深切和持久。只有解除了精神意义的自戕，她才得以从刑具下逃脱而重获解放。

22

牙齿表面的釉质约有一毫米厚，是人体中最为坚硬的组织。釉质的摩式硬度高达 7 至 8，虽比钻石略逊一筹，但几乎与水晶、黄玉的硬度相当。如此坚硬，却对酸性物质的抵抗力极弱，易被溶解而造成蛀牙。爱吃糖不爱刷牙，这是我们从幼儿起就开始的习惯——所以某种意义上说，牙齿上出现的小悲剧，在揭示我们身上存在着易被引诱的欲望和贪婪。

每只鲨鱼一生中要换掉上万颗牙齿。据说坚持用盐水漱口可固牙，数位由此获益的高龄老人在电视上展示他们堪比钳具的牙，频频咬破核桃之类的坚果。我心想，怪不得大白鲨有那么令人胆寒的齿锋，它们一天二十四小时用海水里的盐漱口。可惜人类自愧弗如，尽管每隔七年，全身的新陈代谢已经把血肉细胞彻底更换，我们由此变成崭新的自己，可恒牙不变，终身追随。

从身体角度，婴儿是最完美的，随后每个人的成长，就是身体被磨损、被破坏、被解构的过程。人啊，眼睛和手脚，四肢和躯干，什么地方出了问题都可能被称为残疾；而牙，纵使你缺损全部的牙，也不能因此被视为残疾。因为人类的审美和财富观，让大象为它的牙付出生命代价——原来，在牙这件事上，巨兽也无法自我捍卫。那么，我是否应该而且必须，把失去自己的牙痕当作惩罚里最幸运的安排接受下来，就像接受虚拟惊吓而获得的胆量?

23

月亮残黄，一只老旧脱落的牙冠，带着它明显的蛀斑……纵岁月不老，亦有它必然的斑驳。身体的隐疾带来心理上的终生影响，难以被他人察觉。每个劫难过后看似的痊愈者，其实都是把某种心理病灶秘密缝合……如同月亮凝聚着它的阴影。

正畸结束以后，我想向女牙医要回自己的石膏齿模作为纪念，她答应过一段时间给我。但等我再去，她说早已处理掉，无从找回。我将成为移居地的留鸟，再也没有星空指引下的折返之路。从此，我将没有记忆地开始使用整理过的牙齿，我将终身和保持器一起入眠，带着破损的需日夜维护的勉强的弧形。我用一面鼓胀、一面塌陷的脸照相，用一边悔恨、一边安慰的心境度日。我再也没有在虎口旁边咬上牙痕，我暂时没有适应手上那个陌生人的印记。

……但无论如何的悲欢，像蚯蚓，所有走过的路都必须经由自己的身体开采。用脚走过的常常是既定而可视的公共路线，另外还有一条隐秘路径藏在我们的体内——从牙到肠道。我的齿痕就是我的路。经由咀嚼，经由牙的切肤之痛，那些我们吃过的食物，吃过的亏，吃过的经验、真理、教训和秘密……它们搅拌在一起，被缓慢消化，继而组成个人秘而不宣的成长通道。

跋：形容词赞美诗

2013 年的整个 3 月，我都在恍惚之中，因为从此自己将开始职业写作。告别从事了二十多年的编辑岗位，我擦去办公桌上的指纹，收拾得像犯罪分子离开现场。由于本性上的健忘、混沌和偏执，这份职业易于让我紧张和内疚，直至压力难以承受。那些受我责难、令我愧对的作家们，我不曾有益你们的人生，好在今后，我不再是个祸害。

我天生懒散，以前总拿编辑工作当借口，陆陆续续，写得很少。因为我把时间都浪费了，所以我就没有时间了。勤奋对我来说或许并不适合。我曾说，对于天赋不足的写作者来说，平常最好不要时时构思，就像一个神经衰弱者，若非睡眠时间就不要躺到床上一样。可现在，只剩阅读和写作了——活到中年，除此之外，我没有过其他的坚持。并非自证纯粹，而是说，我的寡情寡趣，唯有通过单一的途径才能有所调整。我的读与写，包含着某种自救的成分。

比之写作，我更愿意成为阅读者。我觉得，阅读者的体重有一部分由书籍的脂肪组成——那些美妙的字词，那些高蛋白的小昆虫，或许早在童年就帮助他们理解了什么是飞翔。像置身花丛的蜜蜂，尾刺不经意地划过蜜槽从而沾染芬芳，这就是阅读者得到的奖赏。我读书缺乏体系，盲区甚多，尤其中国文化传统这块。对我个人来说，何谓传统？究竟什么才是我文化意义的经书？我的兴趣和能力集中在翻译文学领域，那就是我的源头——吃国产奶酪长大的孩子，消化道始终被异域食物填充而获得了适应性的营养。是否这意味着，在一种先天性的背叛里，我终将无法忠诚？阅读使我从庞大的写作者阵容里找到与自己相似的血缘，有的名字未必在文学史上具有重量，但我知道若是自己整形，看着勒口上的作者照片……那或许就是我想要的一张脸。

嗜好密集而浓烈的风格，我爱那种个人口音很重的文字；阅读影响下我的创作，同样是繁复、绵密、任性到一意孤行。每当读到心仪之作，我情不自禁学习那个作家的语感。当手法拙劣的剽窃者遭受鄙夷，小心而隐蔽的模仿者已完成秘密的致敬。我明白自己由此偏离公众趣味，丧失读者，甚至责任编辑看我的出版校样时都产生过类似高原反应的头晕和窒息，但我并不为此羞耻。寂寞就寂寞吧，我喜欢人烟稀少处的清静；如果有幸，我可以更靠近某些只存活于边缘地带的真理。

其实我的态度并非傲慢。我承认从未摆脱困境，总是一再陷入怀疑和自我厌弃，写作培养了我对自己的蔑视。偶尔的夸奖也难以使我振作，反而是批评，能使我获得奇怪的安全感，如敲背之妙。

我最受诟病的特征是华丽。是汹涌的词。是缭绕的句式，以及路线复杂却腹腔空旷的意义迷宫。“七宝楼台，炫人眼目；破拆下来，不成片段。”这是审美和境界上的局限。我难以克制地迷恋浮巧小智，强迫症似的寻求对偶效果——从成语的四字工整，到哪怕是残剩比喻里所暗示的神谕。我知道留白必要，知道手起刀落的快意，知道刃若锋利，必去除由装饰带来的障碍……道理我全明白，可情不自禁：比之寒光，我更易醉心于刀鞘上的雕花。

工笔。巴洛克。浓墨重彩。它们都是在缓慢中积累足够的形容词。是形容词，带给我写作中的安全感。比如，当我们使用“月亮”，它是公共的名词，并无个性；当前缀形容词，无论“魅惑的月亮”还是“清凉的月亮”，都包含了写作者的态度，使事物渐具私属的性质。反复标记的形容词让我心花怒放，有如贪婪的老财主守着他的密码锁：我的，我的，都是我的！其实，形容词既是我的密码，也是我破解世界的长柄钥匙：金属上的独特缺刻在锁孔里旋转，随后从秘境里透出光线……

许多大师和前辈的成功在于：简洁而有效地使用动词，尽量减少对形容词和副词的依赖；许多学生腔的作品，都习惯堆砌过量的形容和泛滥的抒情……尽管，许多的经验与教训，我依然不悔对形容词的热爱，依然向死而生。我深知，与创作规律存在出入，我将由此遭遇自由或付出代价。

喜欢繁复修辞，但我讨厌甜美主题，讨厌花丛中的嘤嗡。我像只彩虹色的热带苍蝇，带着过分的艳丽，带着蛛网般的细腿上携带的一点点不祥的观念，手脚轻捷，无声抵达，无声远离……我愿做个低调而有效的作恶者。

认真地写下去。我羡慕而从不嫉妒那些优秀的女作家，不是美德驱使——嫉妒是拥有同样的才能却没有得到同样的机会，相对于我的小才能和称不上努力的劳动，命运对我，已是厚待。多少写作者幻想自己创作出伟大得有如天堂建筑的作品，可面对的，却是被推倒一片的残局生活。相比之下，我已心怀感恩。

我当然知道，执拗有时适得其反，积重难返的风格容易散发暧昧而倾向于败坏的气息。我觉得满意的文字不多，尤其翻看数年前的旧作，感觉朱颜改，把自己气得青面獠牙。但这意味着创作上的进步吗？一个多年未遇的朋友读罢我的新作，给予简短有力的评价。他鼻孔里喷着冷气，说："还是那样，写得顺的像山东快书，写得不顺的像绕口令。"